NARRATIVA

911

Lorenzo Bonini
Paolo Valsecchi

UNA CASA DI FERRO E DI VENTO

Romanzo

NORD

ISBN 978-88-429-3587-2

In copertina: *Miss Gladys on the Veranda*, di Harold Knight
Photo © Christie's Images / © Estate of Harold Knight

Progetto grafico di labiancavolta

UNA CASA DI FERRO
E DI VENTO

PROLOGO

Noi che abbiamo una casa
coronata di rose
ed un giardino
chiuso intorno dagli alberi e dai monti
nel cui breve giro
ogni volta si perde e si ritrova
l'armonia della nostra esistenza,
e nella casa
l'Albero di Natale illuminato
ed un sottile profumo di calicantus,
libri, dischi, giocattoli,
bambini. [...]

PIERA BADONI*

* Tutte le poesie citate in esergo sono tratte da: Piera Badoni, *Felicità, che pure esisti*, a cura di Alba Caprile, Periplo Edizioni, Lecco, 1998.

Estate 1996

E dire che l'avevano avvisata. Tutti quanti, a più riprese.

« È stato uno scempio, Marta. Uno scempio. Non ritroverai nessuno dei tuoi ricordi, niente di ciò che amavi. Preparati a non riconoscerla nemmeno, casa tua. » Così dicevano. E, diavolo, avevano proprio ragione.

Quando se n'era andata, lei era per tutti ancora la più piccola, la figlia minore. L'ultima arrivata. Quella che a tavola sedeva vicino al padre e poteva quindi allungare le mani sul vassoio prima che iniziasse il giro dell'intera famiglia. Ora invece, alle soglie della sessantina, è semplicemente l'ultima. L'unica rimasta.

Per la verità, Marta non entra in villa da oltre trent'anni. Il fatto che ritorni proprio ora a Lecco, sul Lago di Como, non è sembrato un caso a nessuno. E non lo è, infatti.

Nessuno dei suoi parenti riesce a immaginarne la ragione. Nessuno di loro potrebbe mai indovinare il segreto che Marta, psicoanalista di successo a Zurigo, intende condurre fin dentro la villa di famiglia. Eppure non si tratta di qualcosa di etereo e impalpabile, come un pensiero sepolto nel cuore. Tutt'altro. È invece un segreto tangibile.

Un quadernetto nero, per la precisione. All'apparenza piuttosto ordinario, zeppo di parole scritte in una calligrafia inclinata e nervosa. Un diario, si potrebbe dire.

La prima data che compare è di quasi un secolo prima. La firma è quella di suo padre adolescente.

« Zia Marta! » Il richiamo della nipote Elisa arriva da una ventina di metri più avanti, in cima alla salita. La ragazza si sbraccia affacciata al muretto di cinta, fresco d'intonaco rosa. « Si entra da qui, ora », aggiunge.

In effetti, il vecchio cancello della villa in ferro battuto, « marchiato » dallo stemma di famiglia, è serrato e fuori uso. Forse i cardini non girano più, forse non si è riusciti a collegare l'impianto del citofono. Vai a sapere.

Nemmeno l'ingresso è più lo stesso, riflette Marta, incamminandosi mestamente verso la ragazza.

C'è di peggio, comunque.

Dell'intera fabbrica, che sorgeva a fianco, non è rimasto nulla. Un secolo e mezzo di vita è stato sepolto tra le fondamenta di un anonimo complesso residenziale: alveari di cemento squadrati e invadenti, alti e massicci quanto basta per impedire alla villa la vista dei monti e del lago.

« Elisa cara », sussurra Marta una volta raggiunto il nuovo ingresso, stringendo al petto la ragazza. Quando l'abbraccio si scioglie, la donna si allontana di un passo, senza tuttavia lasciarle la mano. « Guardati. Sei diventata una donna. »

La giovane si schermisce dietro una coltre di ricci corvini. « Vieni dentro, zia », le fa cenno.

Per raggiungere l'ingresso dell'appartamento centrale, le due donne circumnavigano una dozzina di auto che affolla il retro dello stabile secentesco. Alle loro spalle, un ballatoio moderno – come un artiglio allungato sull'edificio – congiunge il primo piano di un'ala della villa a un lato del nuovo alveare. Appena a fianco, una rampa di asfalto s'infila serpeggiante nel sottosuolo, diretta a un parcheggio multipiano interrato. Proprio dove un tempo c'erano gli orti e il frutteto.

Marta storce visibilmente il naso.

Elisa distoglie lo sguardo.

Il bollitore rumoreggia, mentre l'orologio da parete scandisce ogni secondo. Dai piani superiori risuona la melodia di un concerto d'archi alla radio.

Elisa è appoggiata al lavello, come in attesa. Marta invece è seduta al tavolo da pranzo e gioca sovrappensiero con le bustine del tè. A stento riesce a credere a ciò che la circonda. Quella che un tempo era la dimora padronale della sua famiglia - la più bella di tutta Lecco, senza alcun dubbio - oggi è un involucro incoerente, pura scenografia. L'edificio, per come l'aveva conosciuto, non esiste più. È svanita l'antica scalinata, sono scomparsi le camere e i salottini con i lunghi corridoi; più nessuna traccia degli androni a tutta altezza, con i loro splendidi lampadari.

Ora la villa è attraversata da tramezzi, divisori, pareti in cartongesso: quella che era una grande e unica dimora è stata sezionata in una dozzina di appartamenti, coerentemente agli assi ereditari.

La nipote Elisa vive in quella che può considerarsi la fetta centrale della torta. Dall'angusto atrio d'ingresso si accede al cucinino e, sull'altro lato, a un piccolo salotto che affaccia direttamente sul giardino. Una scala di legno risale poi altri due piani. Condotta a visitarli, Marta ha tirato un sospiro di sollievo ritrovando intatta almeno la vecchia stanza da letto dei suoi genitori. Ridiscendendo le scale ha però intravisto, con un senso di angoscia, la sagoma di un arco in pietra scura incorniciare una semplice parete bianca, intonacata di fresco.

Non c'è dubbio: quel muro posticcio era stato un tempo l'ingresso al salone.

Proprio così. Il grande salone delle feste, il luogo intimo della vita quotidiana in villa, il palcoscenico preferito da suo padre per celebrare pubblicamente la sua ostinata idea di famiglia unita.

Osservando la tinta delle essenze allargarsi pigra nell'acqua del tè, Marta ricorda con nostalgia la cascata di luce che inondava il salone dai finestroni incorniciati di stucco. Proprio al centro incombeva autoritaria la poltrona di suo padre, con l'inseparabile coperta di pelliccia e l'odore di toscano d'intorno. Alle spalle del trono del patriarca era disposta a semicerchio una decina di altre seggiole, arrampicandosi sulle quali erano venuti grandi tutti e dodici i Badoni.

Oggetti e ricordi spazzati via come polvere.

«Perché?» sussurra Marta smarrita.

Elisa sembra combattuta per qualche istante: non sa se considerare quel bisbiglio una domanda rivolta a lei o una semplice espressione di amarezza. Alla fine tace, stringendosi addosso il maglioncino di cotone.

Lo sguardo di Marta si perde tra i colori del cucinino. Da una mensola, accanto a una voluminosa zuccheriera in ceramica azzurra, si affacciano alcuni rametti di lavanda; mele, uva e datteri ravvivano il piano di una penisola in legno. Un paio di canovacci ricamati a tinte verdi e scarlatte sono riposti a lato del tavolo; da un vano aperto sopra i fuochi fanno invece capolino una dozzina di barattoli di conserve.

L'intero appartamento riecheggia la creatività e la leggerezza di sua nipote. O almeno questo, nella propria giovanile ingenuità, è stato il tentativo di Elisa.

La realtà è, però, tutt'altra.

Quella casa ha da sempre un'anima più profonda e contraddittoria. Qualcosa che è sopravvissuto tra gli interstizi dei vecchi mobili, che anima le fotografie ingrigite dal tempo e i ritratti ormai scrostati.

Sono spifferi, pensa Marta, *sussurri.* Echi di voci che si perdono nella ruggine degli oggetti e nei fili delle vecchie federe. Sensazioni esili, ma al tempo stesso tanto cristallizzate da non temere certo di essere annientate dai ninnoli di Elisa o dai suoi vasetti di piante aromatiche.

Dentro la villa, questa è la verità, erano nati e tramontati sogni, amori, desideri. Era passata la vita, e tragicamente anche la morte, con l'impeto torrentizio che appartiene solo ad alcune delle esistenze umane. Quell'edificio aveva rappresentato un distillato di umanità, di idee, di visioni, ma anche un buco nero di libertà e aspirazioni. Anni di luce, e anni di oscurità.

Tutto nel segno di un uomo.

Delle sue intuizioni, delle sue scelte, della sua anima.

Suo padre, Giuseppe Riccardo Badoni.

Ed è per questo che ora lei è lì.

Perché quel diario deve aprirlo soltanto dentro la villa.

Marta sa bene che ciò che leggerà potrà finalmente riempire una voragine. Sa che l'unico segreto mai svelato della sua famiglia è nascosto tra quelle righe. Il più importante, il più sfuggente, quello che dà il senso a una dozzina di esistenze, forse di più, e a una storia lunga quasi un secolo.

Papà?

Il tè si è raffreddato. Elisa le ha rivolto un sorriso e, da alcuni minuti, si è ritirata ai piani superiori. Forse non ha compreso sino in fondo. Non può. L'ha comunque accompagnata alla porta che dà sul parco, prendendola sottobraccio fino al pergolato. Ancora, dopo un secolo, quella graziosa gabbia di metallo si ripara all'ombra dei due grandi platani.

Qual è il segreto che non ci hai mai svelato, papà?

Marta è una psicoanalista. Sa perfettamente che luoghi simili esistono nell'intimità profonda di ogni mente e di ogni vita. Ha dedicato la sua esistenza a trovarli, quei luoghi segreti e, per quanto le è stato possibile, spalancarne le finestre. Gettando aria e luce sulle intime stanze di tante anime in burrasca, sciogliendo i nodi di pensieri ed emozioni rimasti aggrovigliati al tempo. Talvolta, anche ai rancori.

Fino a poche settimane prima, però, non sapeva che suo padre avesse consegnato quel luogo segreto alle pagine di un vecchio diario. Né tantomeno che l'avesse fatto pervenire a Adriana, la sorella maggiore di Marta, il giorno in cui si era convinto a rivederla. Anni addietro.

Adriana, proprio lei...

Nessuna spiegazione, nessun suggerimento in calce a quel lascito.

Alla morte della sorella, poche settimane prima, il diario era giunto a Marta per sua espressa volontà. Lo accompagnava solo un biglietto volante, un foglietto strappato chissà da dove e assicurato con una graffetta alla copertina del quaderno.

Qui dentro c'è nostro padre come non l'abbiamo mai conosciuto. Custodiscilo tu.

I grandi platani vibrano di aria e luce. Sembra quasi che la riconoscano, dopo tanti anni. La distesa verde del prato freme alla brezza serale, come il dorso di un gatto impigrito.

Marta inspira a fondo. *Sono tornata.*

22 novembre 1900

Mancano solo due giorni al mio diciottesimo compleanno.

Su questo quadernetto voglio riportare alcuni momenti della mia giovane esistenza, alcune tenzoni del mio cuore, alcune gioie d'esso e anche alcuni momenti tristi nei quali penso ai cari lontani.

Questo quadernetto è come uno sfogo per il mio animo e non deve essere letto che da me, se in futuro vorrò ritornare alla mia giovinezza per ritrovare qualche sollievo, o forse tristezza, e – lo spero – persino gioia.

Se qualcuno trovasse mai questo quadernetto e gli venisse il ticchio di leggerlo, lo prego, anzi lo scongiuro, di fermarsi.

Perché tra le pieghe di queste pagine, nascosto nell'inchiostro di queste righe, potrebbe financo ritrovare me stesso.

I

EMILIA

Il ritratto della dama bionda

[...]
Qui riconosco il vento che si leva
nelle notti d'inverno,
la pioggia nuova della primavera,
gli acquazzoni d'estate,
ogni rumore della mia città
e più noto di tutti, nella notte,
il martello che batte solitario
e mi rincuora più delle campane.
[...]

PB

Gennaio 1925

La mano di Emilia scorre piano sul dorso del soriano di casa. I peli fulvi s'increspano sotto le dita della padrona. L'animale approva sonoramente.

Un tocco alla porta la richiama alla realtà.

« Sì? »

« Signora Emilia, l'ingegnere mi chiede di dirle che *loro* sono pronti. La stanno aspettando a cena, giù nel salone. »

Appostata all'ingresso della camera c'è la Mina, la giovane governante di casa Badoni. È arrivata in villa dieci anni prima quando, a causa della guerra, la precedente domestica di origini tedesche aveva dovuto prendere armi e bagagli e tornarsene in patria. Raccomandata dalla famiglia Fiocchi, si era allora presentata una ragazzina volenterosa, che si esprimeva praticamente solo per motti dialettali. Quando l'ingegner Badoni le aveva domandato conto delle ragioni che la spingevano a candidarsi, lei aveva spiegato che « *che ghe ne minga de pee al frech* ». Vale a dire che di piedi al freddo, quindi di rovesci della sorte, i Badoni non ne avrebbero mai patiti. E dunque neppure lei. L'ingegnere aveva apprezzato la franchezza, e pure la metafora. Annuendo divertito, l'aveva subito assunta.

« Signora Emilia...? » La Mina attende un cenno di risposta.

Ma lei niente, resta assorta nei suoi pensieri.

Persino il gatto abbandona le sue carezze distratte, disinteressandosi pure della lunga collana di perle.

Emilia posa le mani sul ventre. Se ne sta seduta di fronte a una specchiera ovale in foglia d'oro, davanti a una consolle di legno scuro. Sul pianale in marmo bianco giacciono perfettamente allineati due spazzole in argento e conchiglia di tartaruga, un fermaglio in ambra e una boccetta di profumo.

Si volge verso la domestica, con estrema lentezza. « Certo, scendo subito », risponde con un filo di voce.

Per la verità è già pronta da mezz'ora, ma non ha ancora trovato la forza per lasciare la stanza. Alla sua sinistra, una finestra è spalancata da alcuni minuti. La pioggia gelata cade di traverso all'interno, colando dal vetro fin sulla panca in legno appena sotto il battente. Sul tessuto damascato che la riveste, una chiazza scura va allargandosi istante dopo istante.

Ciononostante, l'aria fredda sul volto almeno concede a Emilia un vago senso di libertà. Al piano inferiore, al contrario, la donna è consapevole che troverà un tepore ostile e opprimente, popolato di ricordi e fantasmi. A cominciare da quel ritratto che ogni mattina vede davanti agli occhi, nel salone d'ingresso.

La dama bionda.

Adriana Molteni, la defunta prima moglie di suo marito.

L'ennesima folata gelida le scuote d'improvviso lo scialle di pizzo. Con un gesto risoluto, Emilia lo stringe di nuovo sulle spalle e si alza.

Per uno strano incanto tutto femminile, fragilità e determinazione s'intrecciano da sempre nel suo carattere. Bruna e minuta, i lineamenti fini e delicati, Emilia si è sempre ritenuta una ragazza indulgente e determinata, capace di affetti sinceri e genuina fermezza. Un piccolo vaso di coccio, insomma, con crepe di amare disillusioni tenute però insieme dalle venature dorate di un coraggio profondo.

Qualunque sia la reazione della famiglia, Emilia sa che il suo posto è laggiù. Del resto, ha un annuncio da fare.

Nell'atto di richiudere la finestra, getta un ultimo sguardo oltre il parco della villa.

Il borgo di Lecco si adagia sul lago con le sue botteghe, i portici, le vecchie mura. Ai piedi del Resegone, stretti tra il fiume e i primi pendii, si affiancano l'uno all'altro gli antichi rioni: piccoli drappelli di case, osterie, vecchie cascine e nuove officine meccaniche.

Lo sguardo di Emilia passa in rassegna anche i due fiumi che attraversano la città. Uno è l'Adda, che scivola lento verso sud ed è attraversato solo dall'antico ponte medievale. Il secondo è di ferro, e sono i binari che corrono paralleli in direzione di Milano. A scavalcarli, un centinaio di passi prima della villa, è una possente passerella d'acciaio. Sul parapetto, quasi fosse un antico intarsio, è riprodotto il marchio delle Officine Badoni. Un enorme stabilimento cresciuto nel cuore della città, un moderno castello di cemento con ciminiere che s'innalzano come torri, e argani e gru a fare da ponti levatoi. Il sovrano, da vent'anni, è uno e indiscusso: suo marito.

A Emilia accade talvolta di osservare la fabbrica intimorita, come fosse il mostro di uno di quei racconti fantastici. E lo è stato, un mostro, in effetti. La famiglia del marito ha visto pezzi interi di esistenza divorati e sacrificati alla causa dell'azienda.

Scheletri di ferro e tralci di metallo diventano lì dentro pezzi di un mosaico chiamato progresso. Fuori della fabbrica, prendono poi la forma di locomotive, serbatoi, monorotaie, ponti e viadotti moderni. Il viavai dei treni merci è continuo: i freni sfrigolano oltre il muro in cemento che prosegue lungo la salita prendendo la forma di un'elegante e austera muraglia di sasso. In quel tratto, alzando lo sguardo oltre la cinta, non si scorgono più i comignoli dello stabilimento, le cisterne dell'acqua e nemmeno i tetti dei capannoni, ma solo le fronde altissime di due platani secolari.

Sono le colonne d'Ercole del parco di Villa Badoni. Proprietà di Giuseppe Riccardo Badoni, GRB, e della sua signora. Emilia Gattini.

Signora Badoni. Così la chiamano ora.

Emilia, tuttavia, signora ci si sente ben poco. Non è certo stato semplice per lei abituarsi a quel ruolo. Ha ventotto anni e sono trascorsi solo dodici mesi dal matrimonio con l'ingegnere. Con GRB, come lo chiamano tutti in città.

E dire che lei, in villa, ci ha sempre vissuto. Non nel corpo padronale dov'è ora, ma in un piccolo appartamento ricavato nell'ala laterale, che era stato concesso in affitto proprio a suo padre. Mai avrebbe immaginato che un giorno l'ingegnere l'avrebbe sposata e che lei sarebbe diventata la padrona dell'intera dimora. La signora Badoni.

Era successo tutto in meno di due anni: la prima inaspettata lettera con un invito a teatro, le passeggiate sul lungolago, la gita a Stresa in automobile. Infine la proposta di matrimonio, arrivata dopo soli sei mesi di frequentazione. Con un anello, va riconosciuto, da togliere il fiato.

C'era stato, tuttavia, anche un rovescio della medaglia.

La nuvola di chiacchiere che aveva riempito tutti i salotti della città, per esempio. Oppure quei quattordici anni di differenza, i cinque figli di primo letto di lui - quattro femmine e un maschio - da dover crescere come suoi. L'istintiva antipatia che pareva nutrire per lei la figlia maggiore, Laura. Non ultima, la presenza impalpabile ma ingombrante di Adriana Molteni, la prima moglie dell'ingegnere scomparsa sette anni prima.

Ai parenti che si preoccupavano per lei, giovane donna pronta a prendersi sulle spalle il peso di un'intera famiglia altrui, Emilia aveva sempre ribattuto che non capivano, che non c'era di che aver paura, che ce l'avrebbe fatta.

Tutte certezze che, a distanza di parecchi mesi, le sembrano molto meno salde. Promesse, tutt'al più, che ora rivolge di notte a sé stessa per non crollare del tutto.

Il passo di Emilia fa crepitare il parquet in legno massello. Il corridoio la conduce allo scalone, oltre la biblioteca in palissandro. La donna lascia scivolare le dita lungo il corrimano in legno della balaustra. Ritratti, immagini d'imprese industriali e menzioni pubbliche sono affissi lungo l'intera parete che scende fino all'ingresso.

Emilia aveva imparato a conoscere le case dei ricchi e proprio per questo non le sfuggiva l'eccezionalità dell'impronta di GRB sullo stile della villa. Laddove altri ereditieri esibivano mensole di alabastro, tavolini in lapislazzuli e teche stracolme di porcellane e argenterie, suo marito si limitava a qualche scrittoio e a pochi lampadari di valore, destinando invece spazio a fotografie d'inaugurazioni, riproduzioni in metallo, progetti e riconoscimenti tributati alle sue opere ingegneristiche in tutto il Paese. Il suo status symbol, insomma, era e restava la semplice narrazione di sé e della sua fabbrica.

La mano di Emilia batte improvvisamente contro il pomo dorato che chiude la balaustra della scala. È già arrivata al pianoterra.

Alza lo sguardo e si ritrova faccia a faccia con il ritratto della dama bionda, la signora Adriana.

Abituarsi a quell'espressione ieratica, a quel nucleo rovente di memorie familiari impresso su tela, le risulta da mesi estremamente difficile.

Talvolta le pare quasi che le pupille si muovano, la scrutino. Che la giudichino in silenzio.

« Emilia, vieni, ti stiamo aspettando. » La voce tonante di GRB la richiama improvvisamente alla sua missione.

Varcato l'ingresso del salone, Emilia nota alcune fiamme piroettare scarlatte nel grande camino di pietra. Il marito e i suoi figli sono già tutti presenti, seduti intorno al tavolo ovale in legno di noce, al centro della sala.

Laura, la primogenita, ha quasi sedici anni ed è, per certi versi, la vera donna di casa. La signora - lei davvero, e dalla nascita - che Emilia non sarà mai. Era cresciuta in fretta, con la schiettezza ribelle della ragazzina che si ritrova d'un tratto a fare da surrogato materno alle tre sorelle e al fratello.

Al suo fianco c'è Sofia, quattordici anni e l'aria sbarazzina di chi deve ancora capire come scendere a patti con il mondo. Quindi Piera, un anno in meno, silenziosa e riflessiva: un'anima fragile ben celata dietro due occhi enormi, perennemente inquieti. All'altro capo del tavolo chiudono il cerchio la piccola Rosa, di dieci anni, e Antonio, che invece ha da poco compiuto gli otto, già biondo e orgoglioso come suo padre. È l'unico maschio – desiderato, voluto, agognato – e nel suo futuro c'è un destino già scritto: sarà il nuovo ingegnere, l'erede, la guida della fabbrica e della famiglia quando GRB non sarà più al timone.

GRB, infine, occupa il posto centrale: dissimula un vago sorriso sotto i folti baffi ed è il primo a inquadrare Emilia mentre lei avanza nel salone. Una volta vicina, le rivolge un piccolo cenno del capo, invisibile assenso a una tacita domanda.

Emilia si ferma a pochi passi dal tavolo di noce. I Badoni, schierati l'uno di fianco all'altro, la scrutano silenziosi.

L'uno di fianco all'altro, come quel pomeriggio di quasi sette anni prima.

Pioveva quel giorno. Era il 20 ottobre 1918.

Loro se ne stavano lì, in piedi, al centro della scena.

Sei paia d'occhi che osservavano la carrozza nera attraversare il cortile della villa. Nell'aria, solo il frastuono di zoccoli e ruote sulla ghiaia.

La signora Adriana se ne andava, portata via dall'influenza spagnola contratta nelle corsie dell'ospedale di Lecco. Da volontaria, aveva cercato di aiutare i malati che sempre più numerosi ne riempivano stanze e corridoi. Aveva finito per seguirne la sorte.

Erano anni oscuri. La guerra, la fame, la malattia. Per certi versi, si finiva con l'abituarsi persino ai funerali, alla scomparsa di giovani donne e giovani madri come Adriana.

Ciononostante, il quadro vivente dei sei Badoni listati a lutto di fronte all'uscita di scena della donna si era impresso indelebilmente nella memoria di Emilia. Lei aveva assistito in disparte, come un'ospite. Era rimasta una decina di passi indietro, insieme a suo padre, ai parenti e agli inservienti.

Restare un passo indietro. Forse era già quello il mio destino.

GRB teneva stretto in braccio il piccolo Antonio, che aveva solo due anni.

C'era qualcosa negli occhi di quell'uomo. Emilia aveva subito notato il capo orgogliosamente alto, la schiena dritta, il portamento severo e le braccia che cercavano di muoversi rassicuranti intorno ai figli. Eppure, per qualche istante, le era sembrato di cogliere in lui anche una venatura di strisciante solitudine, come un residuo di foschia tra i pendii di una vallata. Addirittura un accenno di tremore, il segno di un'incontrollabile fragilità.

Impossibile, si era detta.

Le quattro figlie rimanevano completamente immobili vicino a GRB, come statue di sale. Quasi in formazione scelta, due alla sinistra e due alla destra del padre.

Tutte avevano lo stesso sguardo assente mentre osservavano il feretro uscire dal grande cancello in ferro battuto.

Solo Laura, la maggiore, aveva il volto rigato di lacrime. A Emilia era parso che i suoi occhi acquosi le avessero riservato uno sguardo fugace e tagliente. Si era convinta di essersi sbagliata. In fondo, non avrebbe avuto senso.

Sta di fatto che i Badoni le erano sembrati tutti e sei dei condannati a morte in attesa del plotone di esecuzione. Ciascuno a suo modo, certo, ma ognuno attendendo che si spalancasse di colpo una voragine ai loro piedi.

Un abisso capace d'inghiottire ogni cosa, annichilendo dolori e memorie.

Il custode, avvolto da un ampio tabarro nero, aveva richiuso il cancello dopo il passaggio della carrozza funebre.

L'eco degli zoccoli si era via via affievolita, fino a scomparire del tutto nel rumore di fondo della città.

Ora è Emilia a sentirsi di fronte a un plotone d'esecuzione.

GRB, del resto, non aveva voluto udire ragioni. « Lo dirai tu, domani, a tutti loro », le aveva sussurrato la sera precedente, prima di addormentarsi. Nessuna trattativa possibile, la decisione era stata presa.

Ed è per questo che ora lei ha il cuore in gola. O, per meglio dire, i cuori.

Le sue mani s'intrecciano l'una all'altra mentre le dita scivolano delicate lungo il grembo.

Solo Laura nota quel gesto, solo Emilia scorge il sussulto incredulo della ragazza.

Antonio è ignaro di tutto, si diverte a ciondolare le gambette sulla sedia. GRB si accarezza i baffi, dissimulando la propria soddisfazione.

Emilia prende fiato, sorridendo forzatamente. « Vedete, io e vostro padre abbiamo una notizia da darvi. »

Sofia e Piera si scambiano un'occhiata eloquente.

« Tra sei mesi... » prosegue Emilia.

« Non ci credo! » Le parole di Laura sono improvvise e istintive, secche come il crepitare di una fiamma appena ravvivata.

Antonio smette di agitare le gambe. Emilia, interdetta, cerca lo sguardo di suo marito.

Una smorfia di ribrezzo deforma il volto della primogenita. L'espressione che ha pronunciato le consente tuttavia una rapida retromarcia, sotto la minaccia dello sguardo di fuoco del padre. «Che sorpresa, intendo», aggiunge con scarsa convinzione.

Per un istante, la tensione intorno al tavolo sembra attenuarsi.

Ma non è ancora finita, si dice Emilia. *Ora arriva il difficile.*

Il nome.

Per settimane ha provato a convincere il marito che no, non era il caso. Che non era necessario, che le ragazze avrebbero travisato le sue intenzioni. Non era servito a nulla.

Toccherà alla creatura che porta in grembo macchiarsi, agli occhi dei figli di GRB, del suo stesso peccato originale. Emilia sente improvvisamente sul collo un senso di calore, come se alle sue spalle il ritratto della dama bionda la stesse osservando. «Se sarà femmina, la chiameremo Adriana.» *Ecco, l'ho detto.*

Il suo sguardo s'intreccia di nuovo a quello di Laura. Ritrova la stessa espressione vuota e interdetta che aveva notato sul suo viso quasi sette anni prima, alle spalle della carrozza nera. Gli occhi sono sgranati e offuscati, come se avessero improvvisamente perso la capacità di mettere a fuoco le immagini.

Laura si volta verso il padre. «Il nome di nostra madre.» Sono le uniche parole che pronuncia, livida, con un filo di voce.

A Emilia pare quasi una supplica. Come se l'intervento dell'ingegnere, dell'uomo onnipotente, possa riavvolgere il tempo, le vite, la storia della famiglia. Riportare ogni cosa a quando erano tutti felici. Con Adriana, senza Emilia.

Lo sguardo di GRB, però, è severo. L'angolo della bocca si piega impercettibilmente verso l'alto, come in un mezzo sorriso disincantato. «Emilia è tua madre, Laura.»

Nel salone cala un silenzio interminabile.

Emilia abbassa lo sguardo e ascolta il ritmo del proprio respiro. *Così è troppo, davvero troppo.*

Intorno a lei non sale nessun urlo, non scoppia nessuna lite. Solo una crepa, silenziosa, sembra farsi largo nella famiglia.

Nel cuore, Emilia sa perfettamente che quello strappo è già diventato uno squarcio irreparabile.

Laura tace, fissando il bicchiere d'acqua di fronte a sé, con lo sguardo infuriato di chi ha già emesso la propria sentenza.

II

LAURA

La cattedrale di ferro

Lo scorrere dell'acqua ininterrotto
non mi lascia tranquilla
in riva al fiume.
Sento che scava dentro la mia vita
e mi svuota di tutto a poco a poco
e di me sulla sponda non rimane
altro che un guscio fragile e leggero
che appena soffia il vento si disperde.

PB

Genova, luglio 1934

Laura Badoni è sola, seduta da ore a uno dei tavolini del grande salone del *Conte di Savoia,* il più sfarzoso transatlantico mai progettato da mente italiana.

Osserva il dito di whisky che colora il bicchiere *old fashioned* di cristallo. «Coraggio liquido», lo chiama solitamente Fred, il cameriere. E Dio solo sa quanto Laura ne abbia bisogno.

Ha lasciato l'America sei giorni prima, a bordo del piroscafo. Ora la nave è già nei pressi di Genova.

Una luce color miele avvolge le poltroncine rivestite di velluto a losanghe, scivola sui tavolini laccati e lungo le venature delle edicole di marmo. La volta affrescata, la statua di bronzo di Diana cacciatrice, gli stucchi placcati in oro e la sequela di pilastri che divide la navata centrale dalle due laterali: ogni dettaglio di quella grottesca riproduzione - una copia galleggiante di Palazzo Colonna a Roma - emana, agli occhi della giovane donna, un'irritante perfezione.

Lo sguardo di Laura cade nuovamente su Fred. Il cameriere è impeccabile nella divisa bianca e passa in rassegna ogni tavolino, senza curarsi del monotono rollio del transatlantico. In effetti, ha una notizia da consegnare a ogni passeggero di prima classe: fine del viaggio, le operazioni di attracco stanno ormai per iniziare.

Non c'è scampo. Laura sa bene che là fuori è già sagomato all'orizzonte il profilo di una città. A disegnare la fine del mare, e della sua fuga. Getta uno sguardo alla specchiera di fronte a sé: il riflesso è quello di un volto esangue, di un sorriso forzato.

La ragazzina ribelle di Villa Badoni ha ormai da tempo consegnato il testimone a una giovane donna affascinante. Gli occhi chiari e profondi della genetica Badoni si fondono ora ai lineamenti eleganti e sottili di sua madre. Una ciocca nera, sempre penzolante sull'occhio destro, nasconde solo in parte uno sguardo che il tempo ha troppo rapidamente avvelenato di malinconia.

Devo farcela, si dice. Non può dargliela vinta.

Non avrebbe senso, in fondo, cedere alle lacrime proprio ora che ha attraversato l'Atlantico da sola, per la seconda volta.

Per tutti gli altri passeggeri - Laura lo sa bene - lei ha rappresentato un gossip gustoso con il quale alleggerire i lunghi pomeriggi di navigazione. Una sceneggiatura sufficiente a riempire di supposizioni e pettegolezzi le ore diurne. Si apriva il sipario, ed eccola lì. La giovane di buona famiglia che attraversa l'oceano da sola a venticinque anni. Lei, i suoi segreti e i suoi occhi malinconici.

Solo Fred - con i guanti bianchi e il busto elegante a emergere dal bancone - le ha sempre riservato sguardi diversi dagli altri. Lo fa persino in quell'istante, rientrato all'interno del semicerchio di legno e ceramica del locale bar. Un'area del salone ribattezzata, non casualmente, « Via Lattea ». Era stata un'idea del progettista: al di sopra dei ripiani di amari e liquori, oltre i castelli di shot, coppe e flûte, domina il locale una gigantesca cupola istoriata che riproduce la volta celeste, un affascinante planetario inciso su foglia d'argento.

« Straordinario, non trova? » erano state le parole di Fred la prima sera di navigazione, notando Laura solitaria e assorta nel tentativo di decifrare la rappresentazione di stelle e pianeti. « Riporta l'esatta posizione degli astri nell'istante del varo della nave. »

Da allora, il giovane cameriere era diventato il suo unico diversivo.

Mille volte si era accostata a quel tripudio di cristalli e costellazioni per domandare semplici informazioni, o per le più banali necessità. Talvolta anche solo per sentirne la voce, profonda e rassicurante.

« Fred, quanti passeggeri ospita il Conte di Savoia*? »*

« Sono millesettecento, Miss Badoni. »

« Fred, a che velocità stiamo navigando? »

« Circa ventiquattro nodi, Miss Badoni. »

« Fred, si può sapere da dove vieni? »

« Da quando sono nato, non ho mai visto nient'altro che il mare, Miss Badoni. »

« Fred, cosa è successo in Italia negli ultimi sei mesi? »

« Vuole sapere le notizie importanti o le frivolezze, Miss Badoni? »

« Solo cose leggere, Fred. Te ne prego. »

« Italia-Cecoslovacchia, due gol a uno, Miss Badoni. »

I loro sguardi s'intrecciano ora per l'ennesima volta. Il cameriere depone il calice che sta asciugando e circumnaviga di nuovo il bancone. Le si avvicina in silenzio e si china piano verso di lei, come se volesse confidarle un segreto.

Laura socchiude gli occhi. In fondo, è giusto così. È meglio che sia Fred a pronunciare quelle parole: saprà renderle certamente meno ostili e definitive.

« Ora ci siamo davvero, Miss Badoni », sussurra. « Il mare è finito. »

Quando Laura riapre gli occhi, Fred è scomparso. È tornato il mezzobusto che è sempre stato, dietro il bancone della Via Lattea.

Fred, il mare è finito. Che ne sarà di me ora?

Il deserto blu dei giorni precedenti l'aveva illusa che il viaggio potesse durare per sempre. Che lei potesse rimanere all'infinito in quel guscio di nulla, lontano da ogni cosa.

Da lui, soprattutto.

« Grazie, Fred », sussurra Laura, quasi tra sé e sé.

Si scambiano un ultimo sguardo. Gli occhi di Fred sono improvvisamente diversi. Risuonano di un addio.

A passo lento, Laura attraversa il primo ponte del *Conte di Savoia*. Le operazioni di sbarco stanno proseguendo senza sosta.

La ragazza, però, non ha fretta e si avvia verso la sua cabina. Si perde in un caleidoscopio di dettagli ai quali non aveva prestato attenzione durante l'intero viaggio: le decorazioni in foglia d'oro del soffitto, il colore dell'ebano macassar che riveste il grande buffet della sala da pranzo, le eleganti plafoniere rettangolari, le maniglie in ottone delle ampie vetrate che si aprono sul mare.

Ha odiato quel piroscafo, Dio solo sa quanto; ora invece le pare uno scrigno di lontananza nel quale vorrebbe rimanere confinata a vita.

Una fila di oblò getta fasci di luce azzurra lungo le pareti. Laura sa che il molo è lì, ben visibile. Eppure rinuncia a guardare.

Già sente risuonare nella testa la voce di suo padre. *Come diavolo pensavi che sarebbe finita?*

La prima a saperlo era stata Piera. In una piovosa e gelida giornata d'inizio dicembre, Laura le aveva lasciato un bigliettino sulla scrivania, tra i diari dove la sorella si perdeva ogni sera. *Vado in America*. Solo quello aveva scritto.

La stessa sera, lo aveva ritrovato sul pavimento della sua stanza: Piera lo aveva fatto scivolare sotto la porta. Aveva aggiunto in calce una sola parola. *Perché?*

Laura aveva attraversato il corridoio e aveva sospinto il foglietto appallottolato in camera della sorella, come si fa al mare con le biglie.

La parola che aveva aggiunto di risposta non avrebbe mai potuto pronunciarla a voce alta. *Amore*.

Piera aveva rilanciato, un'ulteriore sortita nel corridoio a piedi scalzi. *Di chi?*

GAB. Sì, Piera avrebbe capito.

E poi, ovviamente, era arrivato il suo: *Dove?*

Northampton.

C'era voluto del tempo, invece, per rispondere all'ultima domanda di Piera. *Quando?*

Una lotta interiore aveva animato Laura in quegli istanti. Scriverlo rappresentava un giuramento infrangibile che rivolgeva innanzitutto a sé stessa. Il primo, da quando il desiderio di partire le si era intrufolato nell'anima. *Gennaio.*

Anche la risposta di Piera si era fatta attendere. Quando il tocco della pallotta di carta era risuonato flebilmente in camera, Laura non aveva avuto il coraggio di afferrarlo. *Ma è subito.*

Dolce Piera, aveva pensato Laura. *Non è per abbandonare te. E in fondo nemmeno per abbandonare papà. Ma questo non è più il mio posto, e tu lo sai.*

Non aveva scritto nulla di tutto ciò, ovviamente.

Scusa. Solo quello. Ed era finita così.

Al resto della sua famiglia l'aveva annunciato al termine di una cena, pochi giorni dopo.

Era subito divampato un incendio di urla, rabbia, aspettative deluse. Nelle settimane successive erano seguiti alcuni inconcludenti tentativi di persuasione delle sorelle, incaricate evidentemente a turno dal padre. GRB, invece, aveva optato per il più completo mutismo.

Non le era importato.

Il 16 gennaio era salpata decisa alla volta di New York, sul *Conte di Savoia.* Le era parso tutto così semplice e leggero. Il transatlantico – e così la sua vita – sembrava poter navigare solo in avanti: un biglietto in prima classe e un uomo ad attenderla negli Stati Uniti, oltre l'oceano e le nebbie di Coney Island.

Quell'uomo era Giuseppe Antonio Borgese.

Aveva quasi trent'anni più di lei, era un intellettuale di prim'ordine ed era stato suo docente universitario prima che andasse a insegnare in Massachusetts. Era stato lui a proporglielo, dopo mesi di minacce e rappresaglie squadriste per la sua scelta di non giurare fedeltà al regime.

« Raggiungimi quando sarò negli Stati Uniti », le aveva sussurrato nei giorni in cui il loro legame andava sempre più rafforzandosi. « Lontano da tutto questo. Saremo semplicemente noi, nient'altro. »

Laura, che da tempo provava per lui sentimenti che temeva addirittura di nominare, non aveva esitato. A casa per lei non c'era futuro: solo regole e incomprensioni quotidiane. Oltreoceano, invece, l'attendevano la libertà e la vita che aveva sempre sognato.

Dopo i primi mesi carichi di speranze e felicità, però, la promessa di Borgese era rimasta lettera morta. Il loro legame non aveva saputo resistere al minimo soffio di vento.

In primavera, Laura si era presentata all'appartamento di Borgese a Northampton. Si erano seduti l'uno di fianco all'altra, sull'elegante divano in pelle che occupava la bow-window del salotto. Il tramonto gettava un cono di luce scarlatta sulla scrivania del letterato. Laura ne era quasi gelosa. Era lì che prendevano vita i suoi articoli, le sue lezioni, le sue poesie. Era a quel tavolino che il suo amore dedicava la parte migliore di sé.

Laura non voleva certo sottrarlo a quella missione, che in parte comprendeva e condivideva. Intendeva semplicemente prendersene cura.

« Il fatto è che tuo padre... » aveva sussurrato Borgese. « E poi, la mia carriera. Insomma, Laura, un docente e la sua studentessa. Capisci anche tu che non può andare avanti. »

Poche parole, all'apparenza anche piuttosto banali, avevano messo fine alla loro relazione.

Il tempo galoppava, il cono di luce ruotava intorno a loro, immobili come statue. Laura taceva. Non c'era altro da capire. Non c'era nulla da dire.

Sul tavolino di fronte a loro era rimasto il tè che Borgese aveva lasciato languire in infusione. Si era raffreddato rapidamente, senza che ne avessero bevuto un solo sorso. Come quella loro relazione ormai terminata, che forse era stata amore. O forse qualcos'altro.

Un tocco leggero alla porta della cabina strappa Laura alle sue nostalgie.

«Miss Badoni, è tempo di sbarcare.» L'inserviente si offre anche di occuparsi della spedizione del baule da viaggio. Al suo interno non c'è solo il necessario per una trasferta: c'è quello che le era sembrato indispensabile per avviare quella nuova esistenza abortita in tempi drammaticamente brevi.

Serviranno un paio di giorni per farlo arrivare a VILLA BADONI, LECCO, LAGO DI COMO, come si legge sull'elegante etichetta in cuoio legata al manico sinistro. Per lei, invece, l'ultima parte del rientro durerà molto meno. Era stata Piera a spedirle un telegramma prima della partenza: *Già presi i biglietti per Milano e per Lecco // Fai buon viaggio.*

Era sempre sua sorella Piera a occuparsi di queste cose. Quell'istinto di cura era un tratto naturale del suo carattere. Laura glielo invidiava.

Le operazioni di sbarco sono più veloci rispetto all'attracco dell'andata a New York, i controlli meno serrati. In fondo i passeggeri sono quasi tutti italiani di rientro da viaggi di lavoro. Solo qualche americano – uomini d'affari, soprattutto – dovrà avere un po' più di pazienza: dogana, passaporto, registrazione, permessi.

La terza classe invece è quasi vuota: lì i biglietti sono sempre di sola andata. I settecento posti disponibili vengono riempiti solo in una direzione, quella inversa, quando la prua del *Conte di Savoia* punta a occidente.

L'inserviente, intanto, accompagna rapidamente Laura lungo i corridoi della nave. Lei lo segue in trance, come una bambina.

Prima d'imboccare la lunga scala d'uscita in legno e metallo, osserva nella hall la gigantesca mappa che ne occupa l'intera parete: da un lato è tratteggiato il profilo dell'America, dall'altro quello dell'Europa. In mezzo è tirato un cavo di ferro - nemmeno lo si nota a un primo sguardo - che collega Genova e New York e sul quale scorre, come fosse la perla di una collana, un modellino stilizzato della nave.

Ogni mattina uno dei marinai appoggiava una scala al muro e saliva per spostare la piccola riproduzione un po' più vicino alla meta. Era un modo per ricordare agli ospiti del piroscafo che c'era un mondo là fuori, una terra promessa, un viaggio da compiere. Non solo la distesa infinita dell'oceano.

Il modellino ora è posizionato su Genova.

Laura è tornata. Un uomo l'attende sul pontile. E non è Borgese, ovviamente.

Suo padre è lì, ritto sulla banchina, impeccabile come sempre. Occhieggiano alla luce del sole il suo panama color latte, il completo di lino e la camicia azzurra.

Laura mette piede sul primo gradino. L'aria del porto odora di nafta e salsedine.

Quanto è lunga la scalinata di attracco, Fred? Quanti passi servono?

L'inerzia, forse la gravità, la sta conducendo di fronte a suo padre senza che se ne accorga.

Il sole gli cade giusto alle spalle. Laura fatica a cogliere con chiarezza i suoi lineamenti. *Sorride? Non sorride? Fuma solamente?*

La Stazione centrale di Milano è un'immensa cattedrale di metallo. Le navate zeppe di convogli, le volte di ferro, i pilastri che s'innervano come alberi. Si contano centinaia di vetrate, vivide o plumbee a seconda dei giorni, e un atrio in granito e marmo da far invidia al più fastoso dei palazzi. In fondo alle navate, come ogni cattedrale che si rispetti, c'è un'abside inondata di luce: la fine dei tunnel. I treni ci s'infilano rabbiosi e carichi di speranze, diretti verso il mondo.

È lì che Laura fissa ora lo sguardo.

Il mondo esterno, la fuga. Speranze e delusioni di terre lontane. L'America è stata un fallimento, è vero, ma forse altrove...

Il tragitto da Genova, iniziato poche ore prima, è stato per entrambi un lungo calvario, carico di silenzi e presagi.

GRB se ne stava sul sedile in velluto verde. Dalla sua piccola borsa portadocumenti in cuoio nero aveva estratto alcuni fogli di lavoro: appunti di una lettera da spedire, fogli contabili, un paio di buste che attendevano ancora di essere aperte.

Li sfogliava, li capovolgeva, ne cambiava ordine e disposizione. Il fruscio della carta riempiva il silenzio assordante dello scompartimento: una valvola di sfogo per allentare rabbia e frustrazione. Lui le avrebbe parlato, certo. Ma con i suoi tempi, e alle sue condizioni.

Il mondo scorreva fuori del finestrino. Gli angoli di mare avevano accompagnato Laura durante la prima mezz'ora di viaggio, ricordandole pensieri e parole lasciati cadere nell'oceano durante la traversata appena conclusa, poi erano stati inghiottiti da una monotona sequela di gallerie. Stralci di luce e improvvisi sipari di buio si riflettevano a intermittenza sui loro volti. Apparentemente imperturbabile, Laura cercava con tutta sé stessa di non lasciar trasparire emozioni. Non di fronte a suo padre, almeno.

La stessa battaglia silenziosa è in atto a Milano, mentre lo scheletro di metallo della stazione avvolge la ragazza come un sipario.

A Laura torna in mente l'ultima volta che è stata alla Stazione centrale. Tre anni prima. Lei era ancora la primogenita, la figlia più amata. Suo padre, invece, un imprenditore che si credeva capace di costruire sogni e miracoli. Laura lo ricorda alzare lo sguardo alle grandi volte in ferro e vetro, additarle. Pilastri, plinti, telai, saldature e curvature: non c'era dettaglio che non lo catturasse. All'epoca non si parlava d'altro: sui giornali, in fabbrica, durante i pasti in villa. A Milano stava nascendo la più straordinaria e moderna stazione d'Italia. Forse d'Europa. Quanto alle cinque volte in acciaio che avrebbero sovrastato i binari, la firma era quella delle Officine Badoni. La più grande superficie coperta mai realizzata, un capolavoro di acciaio e ingegneria.

«Li vedi? Sembrano acrobati del circo», diceva suo padre additando gli operai aggrappati ai ponteggi, ai pilastri, ai giunti. Un formicaio umano che cresceva a vista d'occhio, telaio per telaio, traliccio per traliccio.

Laura aveva accompagnato GRB in uno degli ultimi sopralluoghi prima dell'inaugurazione.

La data era già stata fissata, mancavano solo pochi mesi: non sarebbe stato ammesso alcun ritardo, tutto doveva essere ultimato senza possibilità di errore.

A Villa Badoni era già stato recapitato l'invito ufficiale per presenziare all'evento: una cartolina rigida, con il simbolo dorato di casa Savoia inciso al centro. Persino a suo padre erano tremate le mani nell'aprire l'elegante busta con il sigillo in ceralacca proveniente da Roma:

La signoria vostra è invitata alla cerimonia per la inaugurazione della nuova stazione ferroviaria di Milano e degli annessi impianti delle corrispondenze postali che, all'augusta presenza di Sua Maestà il Re, avrà luogo mercoledì 1° luglio 1931, anno IX, alle ore 10.15.

Per questo aveva voluto che Laura lo accompagnasse quel giorno: dopo la visita al cantiere, si sarebbero fermati alla sartoria Ventura per acquistare tight e cilindro, irrinunciabile *dress code* dell'evento, come era ben specificato nella cartolina del Quirinale.

I lavori stavano procedendo nel migliore dei modi, mancando solo le ultime coperture. Laura ricorda gli occhi felici di suo padre, di fronte alla melodia di progresso trascritta su quello spartito di ferro.

Manca poco.

Il treno parte a minuti. Direzione Lecco, Villa Badoni.

Laura osserva il suo volto riflesso nel finestrino, sforzandosi di disegnare sul viso la maschera di un finto sorriso per dissimulare la malinconia che le bagna gli occhi.

Colpi di nocca fuori controllo risuonano inconsciamente contro la parete in legno dello scompartimento. Si ferma, non appena se ne accorge.

Lui non deve capirlo.

Con la coda dell'occhio, lo nota infilare i documenti nella borsa di cuoio, uno per uno, e quindi chiuderla con aria definitiva.

Ci siamo.

« Come pensavi che sarebbe finita, Laura? »

La voce di GRB è limpida, pacata, senza alcuna vibrazione. Non traspare nessun accenno di rabbia.

Laura è disorientata da questa calma apparente. Avverte una sensazione al principio della faringe, come una corda stretta intorno al collo: apre la bocca ma non trova fiato per rispondere.

Sente che le lacrime sono sempre più vicine. *Non ti darò anche questa soddisfazione.* Decide di abbassare lo sguardo, in ritirata, senza proferire parola.

« Fuggire in America da sola... » continua GRB.

Laura tace, sa che l'offensiva non è terminata.

« Con un uomo. Sposato e ventisette anni più grande di te. »

Non devo reagire. Era quello che si aspettava, in fondo. Appena sbarcata, suo padre l'aveva stretta in un abbraccio composto e sincero. Poi, come una clessidra che si svuota, si era chiuso in un contenuto silenzio, durato fino a ora. *Lui non sta aspettando altro, vuole solo vedermi crollare.*

Per questo, durante il viaggio di ritorno sul *Conte di Savoia,* non aveva fatto altro che immaginare questo incontro, preparando la sua difesa. Ricordando, anzitutto a sé stessa, che la sua fuga non era stata una follia, un colpo di testa. Solo una disperata ricerca di felicità. Era scappata da suo padre, da quella nuova famiglia che non riconosceva, da una donna che era costretta a chiamare madre e da un ritratto che ogni giorno le ricordava ciò che aveva perduto.

« E tu, allora? » risponde recitando a fatica il copione che aveva studiato sulla nave. « Non hai forse scelto anche tu una ragazza molto più giovane? »

GRB sgrana gli occhi e respira a fondo, come per calmarsi. « Io l'ho sposata. Ed ero vedovo, non dimenticarlo. »

Non dimenticarlo. Basta quel verbo a mandare in frantumi il castello di autocontrollo su cui Laura stava provando a reggersi. Una sola parola che ha l'effetto di un colpo di pistola sparato contro uno specchio.

La riconosce, è rabbia. Rabbia pura che divampa dalle ceneri del suo dolore.

Una smorfia di disgusto le deforma con violenza il volto, mentre l'agitazione prende il sopravvento.

Trema nervosa.

« Dimenticarlo? Lo ricordo ogni giorno... » E poi il colpo di grazia: « ... Io ».

È nuda di fronte al padre e sta sanguinando un pianto che inonda l'intera carrozza del treno.

Eccoli, sei mesi dopo la fuga. Papà e figlia che si accusano e giudicano a vicenda, scambiandosi come giri di valzer i rispettivi ruoli nel processo.

In quel momento, Laura sente di avere davanti agli occhi non suo padre, ma l'uomo che ha sposato un'altra donna, che ha dato alla figlia di secondo letto lo stesso nome della prima moglie morta, che ha imposto a tutti loro di chiamare Emilia « mamma ».

« Lei non è mia madre », scandisce, inferocita.

GRB si sistema sul sedile, come se si fosse fatto improvvisamente scomodo.

Laura singhiozza tra una frase e l'altra. « Tu nemmeno te ne sei mai accorto del nostro... vuoto. »

Già, il vuoto. Non la abbandona mai benché siano passati così tanti anni. Le si è incollato addosso come una seconda pelle, si è legato alla schiena o forse le si nasconde nello stomaco.

Spunta all'improvviso, di notte, senza avvisare, senza un apparente motivo che lo richiami. E lui, il vuoto, con il suo silenzio sveglia Laura, le toglie il fiato e le invade la mente.

Subdolo e pericoloso, le mostra in sogno i ricordi che non ha mai avuto. È come un film muto eppure assordante, la proiezione di un lungometraggio disturbante che le mostra scene mai girate: le cene senza sua madre, le vacanze senza sua madre, le passeggiate senza sua madre, le feste senza sua madre, i pianti senza sua madre, le risate senza sua madre.

Il vuoto le parla sempre e solo al condizionale. *Quanto sarebbe stato bello, come sarebbe stato semplice, come sarebbe potuta andare.*

Il vuoto parla e lei, ogni volta, si svuota. Non può fare altro che respirare l'angoscia che genera, assorbire il silenzio dove sprofonda e attendere che passi oltre, che le lasci appena un po' di tregua.

Eppure, Laura non l'ha mai raccontato a nessuno, se non ai cuscini inumiditi di lacrime improvvise, nel cuore della notte. E di certo non lo dirà ora al padre.

Serra i pugni, sino a farsi quasi male.

Suo padre, per l'ennesima volta, si trattiene. Sarebbe facile infuriarsi, incenerirla con uno sguardo, una parola. Promettere rappresaglie, elargire giudizi.

Invece no. Anzi, agli occhi di Laura, qualcosa in lui pare contorcersi. Come se le parole di sua figlia avessero intercettato un pezzo di anima rimasto nell'ombra.

D'un tratto, pare quasi allungare le dita verso la mano

della figlia, qualunque possa essere il senso di quel gesto. Il braccio galleggia per un istante a mezz'aria, poi si ritrae, mentre un sospiro s'inserisce, perfettamente sincronizzato, tra i singhiozzi fuori controllo della ragazza.

«Lascia andare questo dolore, Laura, non ne vale la pena», sussurra. E aggiunge: «Magari non lo sapessi. Lo conosco più di quanto tu non creda».

GRB si toglie gli occhiali con un movimento lento, controllato. Nel farlo, pare quasi strofinare gli occhi con un dito. Un tocco veloce, impercettibile, dissimulato.

Per un solo momento Laura ha l'impressione che suo padre abbia asciugato una lacrima solitaria. *Impossibile.*

La ragazza è sfinita.

Si abbandona al sedile, esausta. I sei mesi in America le sembrano ora sei anni. I giorni in mare, lunghi come un'intera stagione di vita.

Si sente estranea al mondo che la circonda, come una sagoma impalpabile. O forse è il contrario: lei è l'unico corpo reale dentro un sogno immateriale. Non si spiega altrimenti perché da sempre tutti riescano a non inciampare nelle sue paure, pur camminandole a fianco. *Sono qui, mi vedete?*

Basterebbe così poco. Che un passante o un amico le si avvicinasse, solo per sussurrarle di averla compresa, invitandola a resistere. Promettendole che non esistono solo quella fabbrica e i suoi tralicci che salgono verso...

E invece c'è solo suo padre. Sempre e solo lui, con i suoi sogni, le sue regole, la sua impresa.

«La vedi, Laura? La nostra America è qui ed è ora», esclama d'un tratto, ponendo fine al silenzio. Con il dito le indica fuori del finestrino lo scheletro di metallo della stazione che rimpicciolisce e si allontana. «Stiamo vivendo anni straordinari. Ambizioni, coraggio, imprese.

Stiamo superando i limiti. E i primi a farlo siamo noi, noi Badoni. » La voce vibra sincera e orgogliosa.

Laura tace, incompresa per l'ennesima volta.

« So che non è facile per te restare a Lecco, una cittadina troppo piccola, troppo prevedibile per uno spirito come il tuo. E questo sono riuscito a capirlo pure io. Forse hai bisogno di altri spazi, di una strada sicura. »

Laura spalanca gli occhi. Nelle parole di tregua di suo padre, avverte lo spettro dell'ennesima scelta maturata alle sue spalle. Per un istante le manca il fiato.

« Forse hai bisogno di vivere in una città moderna, dove stanno accadendo grandi cose. »

« Ma io... »

« Ti ho iscritta all'università di Francoforte. »

Laura apre la bocca per chiedere spiegazioni.

Poi tace. E si arrende.

III

SOFIA

L'abito color glicine

Inutilmente la luna ti attende
appesa ai rami di un pino.
Non sa la luna
che essa ritorna
ma tante cose non tornano più.

PB

Agosto 1937

Sofia ha trascorso l'intero pomeriggio all'ombra del pergolato, sul retro della villa, sotto un mantello di rose rampicanti.

Per la verità, avrebbe preferito inforcare la bicicletta e avventurarsi lungo l'Adda, dove le nuvole e i mulinelli della corrente giocano sempre a colorare di un verde fiabesco il corso celeste del fiume. Alla fine, tuttavia, l'afa ha avuto la meglio. Davvero non si respira: forse avrebbe fatto bene ad accettare l'invito di un'amica e andarsene qualche giorno nel suo chalet in Valsassina per trovare un po' di frescura.

La giornata è scivolata lenta nel parco della villa, tra le sue riviste di architettura e quei deliziosi libri gialli che da qualche anno affollano le mensole della sua stanza. Adora in particolare la composta sagacia di Hercule Poirot, anche se deve ammettere che quell'Ellery Queen - chiunque sia - sa tenerla avvinta dalla prima all'ultima pagina. Tutt'altra storia, insomma, rispetto a quelle sciocchezze rosa - Liala e compagnia - che vede spesso in mano alle sue sorelle.

Nel tardo pomeriggio una brezza leggera ha trovato un pertugio tra gli speroni di roccia delle montagne lecchesi, scendendo al lago e regalando a tutti un po' di tregua dal caldo infernale.

Godendosi il raro accenno d'aria, Sofia passeggia ora

lungo i vialetti del parco, orgogliosa del suo completino giallo. Ha impiegato quasi un'ora a decidere che in fondo lo preferisce al lungo abito color glicine che le sta comunque splendidamente. Il motivo di tanta indecisione è una persona che si trova in quegli istanti sul campo di bocce in terra battuta. Suo padre e suo fratello Antonio, infatti, stanno sfidando la strana coppia assortita con il Carozzi, il tuttofare della villa, e Giuseppe Mazzoleni, uno degli amici di Antonio.

Per la verità, sono diverse settimane che le sortite del Mazzoleni a casa Badoni si fanno via via più frequenti. Programmazioni radiofoniche, colazioni domenicali, piccole occasioni sportive: Sofia non ha ben chiaro chi, tra suo fratello e suo padre, sia il vero regista del piano. Resta il fatto che Mazzoleni è spesso e volentieri a casa loro.

«Si tratta di uno dei più promettenti progettisti lombardi», ripete spesso GRB a tavola.

«Ed è pure scultore», rincara la dose Antonio.

Sofia, laureata in Architettura, non può che apprezzare. Se non altro perché Mazzoleni ha appena vinto il concorso per realizzare il grande monumento alla vittoria d'Africa in piazzale Fiume a Milano.

La stessa governante di casa, la Mina, una sera ha sciorinato l'ennesimo proverbio in dialetto. A tema, s'intende. «*El voeur savè na pagina pussee del liber*», ha commentato maliziosa di fronte alla sterminata cultura del Mazzoleni: vuole sapere una pagina più del libro.

Di tutti quei panegirici, a ogni modo, Sofia non può che sorridere.

In fondo, mettere su famiglia non è mai stata una priorità per lei. Ma l'amore, quello è un altro discorso e va preso al volo.

Sofia ha ormai imparato da tempo che la bellezza è stata donata a piene mani a Laura; molto meno a lei e a Piera. Ciononostante, ha anche compreso che uno sguardo intenso, un sorriso ironico, un'attitudine brillante possono affascinare tanto quanto i bei lineamenti. A patto, ovviamente, di avere l'intelligenza e la sfacciataggine di usarli e padroneggiarli.

Alcuni mesi prima aveva posto fine alla relazione più lunga e impegnativa della sua vita, quella che di fatto l'aveva traghettata all'età adulta. Un taglio netto, e piuttosto sofferto. Dopo un lungo periodo di scompenso emotivo e adattamento alla lontananza dal suo amore giovanile, aveva deciso di scrollarsi di dosso le nostalgie. Tornando a indagare se, da qualche parte nel mondo, fosse anche per lei nascosta la promessa di un barlume di felicità.

Di qui, quella sera, la scelta di trattenersi in villa, rifiutare l'invito in Valsassina e indossare quel delizioso completino giallo.

Mentre Sofia si avvicina al campo, uno sguardo furtivo del Mazzoleni le conferma comunque di non avere sprecato il proprio tempo nella scelta dell'abito. Il vestito ha fatto il suo dovere.

« Antonio, boccia! » Suo padre è concentrato sulla partita. Perdere, per lui, non è mai un'opzione.

« Sicuro, papà? »

« Certo, una bella bocciata! Proprio lì, sulla destra, lo vedi? Se ci riesci, chiudiamo la partita. »

Antonio strofina la boccia in ferro sulla camicia di lino – un po' per togliere i granelli di terra, un po' per scaramanzia –, prende una breve rincorsa, piega il braccio all'indietro e poi lo catapulta in avanti in sincronia con il busto, aprendo il palmo durante il movimento.

La boccia chiude l'arco in volo, oltrepassa quasi tutto il campo, e si tuffa precisamente su quella avversaria.

Colpo perfetto. C'è da aspettarselo, da Antonio.

Il match è dei Badoni e Sofia nota sorridendo quei due uomini - biondi, affascinanti e con i baffi all'insù - congratularsi a vicenda come se avessero appena inaugurato un ponte sulla Manica.

Certo, lei avrebbe preferito potersi complimentare con Mazzoleni. Ma in fondo non si può avere l'intera tavola già perfettamente imbandita.

Il Carozzi dichiara intanto di recuperare subito qualche bicchiere di gazzosa. Quella che lui chiama sempre *ul sciampagn de la balèta,* in ragione di quella piccola biglia in vetro inserita nelle bottigliette per non farle sgasare.

Bravo Sandro, ci voleva proprio.

Figurarsi se l'uomo - cinquant'anni suonati e una faccia squadrata da valligiano con un largo sorriso in mezzo - si perde l'occasione di far felice qualche Badoni. Autista ufficiale di GRB, meccanico provetto, allestitore di presepi, intagliatore di statuine di latta: qualunque dettaglio possa portare calore nella vita di qualche Badoni, il Carozzi sa realizzarlo. Erano rimaste nella storia di famiglia l'automobilina a due pedali e la giostra a sei posti costruite da Sandro: letteralmente l'invidia di ogni piccolo ospite di Villa Badoni.

« Mazzoleni, ovviamente la aspettiamo anche domani sera per la rivincita », propone GRB.

Bravo papà, ci voleva proprio.

Giuseppe annuisce, stringendogli la mano. Quindi getta un'occhiata a Sofia.

La ragazza gli risponde con quello sguardo profondo e

quel sorriso ironico che tutti quanti in villa riconoscono come il suo marchio di fabbrica.

La sua, di partita, è appena cominciata.

Due giorni più tardi, l'abito lungo color glicine è gettato in malo modo sul pavimento. È mattina, e poche lame di luce entrano nella stanza di Sofia dalle fessure della persiana.

La ragazza si alza dal letto, calpesta noncurante il vestito e con i piedi nudi lo scalcia in un angolo della stanza. Non è servito proprio a nulla. La rivincita di bocce della sera precedente è saltata, per colpa di suo padre che ha disdetto l'incontro all'ultimo momento. Se n'è rimasto chiuso nel suo ufficio in fabbrica sino a notte fonda. Qualche grana da Roma, senza dubbio, o qualche problema con il consiglio di amministrazione.

Sta di fatto che il Mazzoleni non si è visto, e lei ha perso una bella occasione per parlarci e trascorrere qualche istante da sola con lui.

D'un tratto, una voce la richiama al presente.

«Sofia! Svegliati!» Piera sta salendo le scale a passo di carica. Il tono annuncia tempesta.

Lei, in ogni caso, non vorrebbe saperne niente. Sono le otto di mattina e non ha voglia di vedere nessuno. Tanto più dopo la serata fallimentare sulla quale sta ancora rimuginando. Fa per avviarsi verso la porta. «Guarda che sono già sve...»

Piera non attende l'esito della risposta. Ha già spalancato l'uscio, aggirato Sofia e si è piazzata al centro della camera. Paragonata all'immagine canonica di Piera, compita e riflessiva, la scena è piuttosto surreale. Intanto, alle sue spalle, sbuca anche Antonio, che la stava seguendo a ruota.

« Si può sapere cosa...? »

Piera non riesce proprio a trattenersi: « Laura è incinta! » Le parole le escono rapide e gutturali, come se si fosse sforzata di tenerle ingoiate fino alla porta della stanza.

Sofia la guarda interdetta. Il primo impulso è di non crederci. In fondo, nemmeno Laura può aver fatto una cosa simile. Non dopo quella vicenda dell'America. « Incinta? Cosa stai dicendo? Di chi, poi? »

Antonio, da dietro le quinte, va dritto al punto. Capace che Piera inizierebbe come al solito a divagare, premettere e commentare. « Di quel tedesco », risponde.

« Ma sei sicuro? E voi come lo sapete? »

« È scritto sulla lavagna! » esclamano all'unisono.

Non c'è più margine a dubbi. Deve essere vero.

La lavagna della cucina è da sempre il sacro altare delle comunicazioni familiari. Nell'andirivieni caotico di quella dozzina scarsa di Badoni, il pianale nero di ardesia rappresenta il porto franco degli annunci ufficiali. Le tavole della legge.

« Ma cosa c'è scritto, esattamente? »

« Quello che ti abbiamo detto », insiste Piera. « *Laura è incinta*. E sotto, *Nozze con R: 2 ottobre*. È la grafia di papà, non c'è dubbio. »

Una comunicazione di servizio, insomma. Senza giri di parole e senza falsi pudori. In fondo, anche questo è il ruolo della lavagna: tagliar fuori commenti e dibattiti.

Sabato sera cena con i Ceppi; Giovedì Antonio rientra da Napoli; Non toccare l'albicocco, hanno ramato; Sofia: 30 e lode all'esame di architettura; Sabato e domenica gita ai Resinelli; Domenica pranzo podestà: indispensabile presenza di tutti. H 12.

Sono solo alcuni esempi delle telegrafiche comunicazioni familiari scritte a gesso bianco.

Per non parlare delle punizioni. Come quella volta che, con un comunicato sull'ardesia, Antonio era stato spedito a cenare con la servitù per un'intera settimana dopo la bocciatura all'esame di costruzioni.

Insomma, è grazie alla lavagna che vengono impartiti gli ordini di comando all'intera truppa. È il bollettino ufficiale di Villa Badoni. E, infatti, anche questa volta la lavagna è stata la prima custode del più fresco segreto di famiglia.

Laura è incinta.

Laura è incinta di quel tedesco.

Laura è incinta di quel tedesco e papà l'ha scoperto.

Laura è incinta di quel tedesco, papà l'ha scoperto e ora si devono sposare.

Le parole scorrono davanti agli occhi di Sofia, come se suo padre le avesse trascritte anche sullo specchio di fronte a lei.

Si siede sul letto e mentalmente riavvolge la matassa dei fatti.

«Quel tedesco» si chiama Rudolf Kramer, ma si fa chiamare Rudi e studia Filosofia all'università di Francoforte: è lì che ha conosciuto Laura, bella e ricca italiana, e ha iniziato subito a ronzarle intorno.

Laura ha capitolato in poco tempo: lo scorso giugno, un paio di mesi prima, lo aveva portato a Lecco per presentarlo a tutta la famiglia in veste di amico. Figurarsi. GRB non aveva consentito che dormisse in una delle tante camere della villa. Lo aveva spedito nella dépendance dei Fiocchi, sul lato opposto della strada.

A dirla tutta, Rudi non era sembrato un cattivo partito. Aveva un bel sorriso, capelli scuri e uno sguardo intelligente. Era un tipo brillante, ed era parso sinceramente interessato a Laura e alla sua famiglia. Aveva, tuttavia, ricevuto in cambio ben poca considerazione e molte espressioni sussiegose di convenienza. Il fatto è che Sofia e le sue sorelle erano abbastanza convinte che Rudi non fosse altro che l'ennesimo passo falso di Laura, l'ennesima avventura destinata a svanire in fretta, cancellata dai suoi repentini cambi di umore.

Anzi, peggio, l'ennesima provocazione rivolta a suo padre. GRB l'aveva mandata a Francoforte per mettere la testa a posto, e lei era rispuntata con al seguito un filosofo tedesco, più o meno comunista e figlio di postini. Tipico di lei.

Certo, ora tutto cambia. La provocazione diretta al vertice della famiglia diventa un vero e proprio scandalo alla luce del sole.

« Siete riusciti a parlare con papà? » domanda Sofia al termine di quelle riflessioni.

« Non si è visto », spiega Antonio. « Ieri è rincasato dopo mezzanotte e stamattina è uscito verso le sei. »

Ora è tutto chiaro.

Ecco perché è saltata la partita con il Mazzoleni.

Lo sguardo di Sofia si sposta sulla macchia color glicine nell'angolo della stanza. Un mucchietto di seta appallottolata, il vestito che lei stessa aveva calciato via in preda alla frustrazione per l'appuntamento cancellato.

Per un breve istante, Sofia si rende conto di essere più delusa che preoccupata. Già immagina che le conseguenze dell'atto sconsiderato di sua sorella si abbatteranno su di lei, come sempre. Laura fugge in America con quel professore? Forse allora è meglio che Sofia non viva a Milano durante l'università. Tanto per citare un esempio.

Antonio intanto ragiona a voce alta: « Quando nascerà? Dove nascerà? Dove vivrà Laura? »

« Qui con papà non credo proprio... »

« E se dovesse trasferirsi per sempre in Germania? Ci avete pensato? »

No, non ci avevano pensato.

La sola idea paralizza tutti e tre. Sofia si alza, apre la finestra e si sporge, i gomiti che grattano sul davanzale di pietra.

« Cosa possiamo fare? » domanda Antonio. Sembra quasi intimorito da quel senso d'ineluttabilità che pervade la villa, come se la storia di famiglia avesse già preso una direzione propria.

Sofia intanto riconosce a sé stessa di essere stata ingenerosa.

Possibile che la sola occasione sfumata con il Mazzoleni le faccia questo effetto? Cosa le prende?

È vero, ogni volta che Laura delude i piani di GRB, per loro il recinto diventa sempre più stretto. Eppure proprio Laura, a modo suo, ha saputo tirare le fila di tutti loro, soprattutto dopo la morte della mamma. Era l'apripista, la scout. A volte si tuffava in mare aperto, è vero, ma in fondo aveva il merito di saper mostrare loro dove si toccava. E dove invece no.

Sofia getta nuovamente lo sguardo al suo vestito color glicine: ha già deciso, lo metterà al matrimonio. Sarà una grande festa, sua sorella lo merita.

« Dobbiamo parlare con Laura », sentenzia Antonio. « E con papà. »

Sofia annuisce. Piera è perplessa.

In villa, un mese e mezzo più tardi, si respira un senso d'inattesa tranquillità. Una tregua armata, più che una pace definitiva.

Laura Badoni e Rudi Kramer si sono appena sposati. La festa è agli sgoccioli, le bottiglie di vino sono quasi terminate e le candele bruciano ormai nella cera liquefatta.

Dopo settimane di nervi tesi, parole taciute o pronunciate a denti stretti, preparativi e apprensioni, alla fine tutto è filato liscio. Almeno apparentemente.

Gli sposi sono già saliti nella loro camera, e pian piano anche le sorelle stanno abbandonando il giardino. Sofia si è concessa una sigaretta sotto il porticato. Una delle Macedonia, ovviamente. Le più gradite in casa, quelle con il simbolo del Regno d'Italia impresso a tinte rosse sul pacchetto.

Il tintinnio delle stoviglie, lavate e impilate, giunge dalla finestrella della cucina. Gli strepiti dell'intera giornata stanno diventando sussurri, e presto taceranno del tutto.

Solo la Mina gira imperterrita a dare ordini alla servitù.

Dopo la scomparsa di Adriana Molteni, aveva in parte assunto il ruolo di una figura materna piuttosto particolare. Lo faceva con quel suo modo brianzolo, spontaneo, fatto di tazze di latte caldo per consolare chi finiva in castigo, di zabaioni ricostituenti preparati a ogni ora del giorno e anche della notte, di quei suoi fazzoletti bianchi che teneva sempre di scorta nella tasca del suo immancabile scossale azzurro e che porgeva non appena sentiva un accenno di raffreddore. E, ovviamente, dei suoi infiniti proverbi.

Laura ha provato in tutti i modi a convincerla a unirsi al pranzo, ma non c'è stato verso.

« *Poedi mia fa' de coo e librett* », si è limitata a rispondere. Cosa c'entrassero collo e libretto, le ragazze Badoni non l'hanno capito finché Emilia, divertita, non ha fatto notare loro l'assonanza con il latino *quod libet*, cioè « quel che piace ». Non poteva fare quel che voleva, insomma. Non in un giorno così complesso da gestire.

« *Gnanca cantà e purtà la crus* », ha aggiunto. Nemmeno cantare e portare la croce, stare al desco e anche coordinare il servizio.

Questa l'hanno capita.

Sofia la osserva ora attraverso l'inferriata della finestra. La governante sta riponendo alcuni coltelli in una valigetta di legno: è il servizio più bello, in argento decorato con fini intarsi d'oro, quello che generalmente usano solo a Natale, Pasqua e alle cene con gli ospiti più importanti. Figurarsi se la Mina permetterebbe a qualche altra cameriera di occuparsene.

Sofia non riesce a trattenere un sorriso. Mentre la Mina riordina le posate, lei fa lo stesso con i propri pensieri. La giornata si annunciava lunga, eppure ora sembra essere stata risucchiata rapidamente, come nel gorgo di un lavabo.

La piccola chiesa di Santa Marta, nel cuore del vecchio borgo. Lui in abito grigio chiaro, lei in un lungo abito di seta a fiori. Sufficientemente largo per mascherare le prime forme dei fianchi, le stesse che le hanno sconsigliato di sposarsi in bianco.

La sorpresa per le lacrime di Rudi, e anche per quelle di Emilia.

Quel posto vuoto sulla panca in prima fila: ci ha pensato Antonio ad accompagnarla all'altare.

La festa in villa. La prima delle sorelle che ha preso marito.

L'arco di fiori all'ingresso. Il pranzo. La torta di mandorle e prugne: una ricetta tedesca, per lo sposo.

Quel posto vuoto al tavolo, al fianco di Emilia: ci ha pensato Antonio ad accompagnarla nel primo ballo.

D'un tratto, proprio Antonio sbuca solitario dal cono

d'ombra del parco: i baffi biondi si accendono e spengono ritmicamente, illuminati a tratti dai respiri della pipa.

Forse anche lui cerca un po' di solitudine dopo la giornata.

Alza lo sguardo lungo la facciata della villa, fino a posarlo al balconcino del primo piano, proprio al centro, su cui affaccia il salottino di papà.

La luce è accesa. Antonio inspira profondamente. Ha l'aria di chi ha preso la sua decisione.

« Buonanotte, Sofi », le sussurra, posandole una mano sul braccio e oltrepassandola.

« Anche a te », risponde lei, incuriosita.

Mentre Antonio apre la porta che dà sulla scala interna, i due lampadari dell'atrio disegnano all'esterno un trapezio di luce che le illumina le eleganti scarpe blu notte. Ha fatto proprio bene a comprarle in quella boutique di Brera: con il vestito glicine sono una meraviglia.

Osservare la sagoma di Antonio sparire tra le mura di casa, però, è come un segnale che non sapeva di attendere. Sofia si alza di scatto dalla sedia e s'infila nella porta che lentamente si sta chiudendo alle spalle del fratello. In silenzio, ne segue l'incedere verso il piano superiore.

Due colpi sordi alla porta in centro al corridoio del primo piano le confermano le intenzioni del fratello.

« Sono Antonio, posso? »

Dall'interno, una voce roca sembra voler rimandare ogni discussione all'indomani.

« Preferirei oggi », incalza Antonio, con fermezza.

GRB deve aver acconsentito, perché il fratello entra nello studio del padre.

Sofia non resiste: si appoggia con la schiena alla parete proprio di fianco all'uscio e si mette in ascolto, sforzandosi di mantenersi immobile con ogni singolo muscolo ed evitare che il vecchio parquet riveli subdolamente la sua presenza.

La villa sembra avvolta da un sonno profondo. È come se l'intera casa stesse finalmente rilasciando tutta la tensione accumulata nelle lunghe settimane di preparativi. I sospiri, le amarezze, i sorrisi. E soprattutto un oceano di parole mai pronunciate.

Sofia riesce a tratti a seguire il discorso dei due uomini.

Antonio spende qualche parola di preambolo. Quindi l'affondo, netto e comprensibile. « Avresti dovuto essere presente, oggi. »

GRB, per quanto riesca a comprendere Sofia, ribadisce la volontà di non discuterne.

Antonio, al contrario, rifiuta di soprassedere. « È tua figlia, la tua primogenita. » E poi, parole confuse. La Germania, quel bambino. « Sei ancora in tempo, papà. »

Un no, veemente, riecheggia nello studio. GRB parla delle nozze e del fatto che « non si può risolvere sempre tutto così ».

Quindi un accenno, nitido e plateale, a quel professore e all'America, allo studente di Filosofia figlio di postini. « E pure socialista. »

Il dialogo prosegue, però, su un tono più basso.

Antonio è calmo, la sua voce suggerisce fermezza, non risentimento. « Non voglio difendere lui. Ma mia sorella sì. »

GRB non ribatte. Sofia sente i passi vibrare nervosi sul vecchio parquet.

È di nuovo Antonio a spezzare il silenzio tra i due: « C'è un'altra notizia ».

Il parquet torna a tacere, sostituito da un cigolio di vecchie molle, evidentemente della poltrona in pelle.

Sofia getta un'occhiata alla scalinata, che non salga nessuno.

Antonio parla di nuovo del bambino, e di nomi.

Sofia non riesce a comprendere né l'alternativa femminile né la scelta maschile.

Sta di fatto che una nuova marea di silenzio inonda il corridoio.

« Troppo facile, così », è la frase stentorea che d'un tratto fuoriesce dallo studio.

La ragazza scuote la testa. Il verdetto di suo padre, almeno per il momento, non ammette discussioni.

« Sofia, spostati dalla porta! Non vedi che è bollente? »

Per poco la Mina non la travolge con una bacinella piena d'acqua calda, mentre entra trafelata nella stanza dove Laura ha già iniziato il travaglio. La domestica, in effetti, non fa che andare avanti e indietro: ora porta una salvietta, ora una bottiglia d'acqua fresca, o semplicemente fa capolino ordinando a lei e Piera di fare meno baccano lì fuori della camera.

« Sì, ma come sta Laura? »

« *Eh, gh'è pocch de sfuja' veerz.* » C'è ben poco da sfogliare verze.

E aggiunge: « *I usei in frasch e i fioeu in di strasc* ». Gli uccelli fra i rami e i figli negli stracci.

Come sempre, l'informazione giunge pressoché intraducibile e incomprensibile alle sorelle Badoni. Poco importa. Quale che sia il nesso della cassoeula con la condizione di Laura e con i passeri sugli alberi, è perfettamente intuibile che c'è un gran daffare lì dentro.

Sono trascorsi quattro mesi dal matrimonio di Laura e Rudi – e dall'estremo tentativo di Antonio di convincere

GRB a perdonarli – e anche ora Sofia deve accontentarsi di aspettare nel corridoio.

Stare seduta e immobile, per lei, è impossibile. Si appoggia alla porta, trattiene il fiato, si sposta alla finestra per prendere una boccata d'aria, prova a contagiare Piera – «Tu che dici? Secondo te come sta andando?» le domanda – che invece se ne sta immobile, seduta su una delle poltroncine in velluto damascato a metà corridoio.

Il momento si avvicina: presto saranno zie.

In realtà, le due sorelle hanno tentato di rimanere nella stanza ad assistere Laura, ma hanno dovuto fare i conti con la Pia Usuelli, la levatrice arrivata in fretta e furia a Villa Badoni non appena si sono rotte le acque.

La donna, un tipetto petulante di mezz'età con il muso da topo e le dita da pianista, è stata intransigente. «Fuori, voialtre», ha tagliato corto. «Qui con me solo la Mina e la signora Badoni. Voi andate piuttosto a curare le vostre sorelline.»

Esperienza e concretezza servivano alla Pia. Altro che disegnatrici e poetesse. Emilia ha già avuto sei figlie da quando ha sposato GRB quattordici anni prima. Quanto alla Mina, dal suo ingresso a Villa Badoni non si è persa nemmeno una nascita. Si è quindi trovata a far da tata a una dozzina scarsa di Badoni. Nell'estate del 1909 era nata Laura, quindi Sofia nel 1911 e Piera l'anno successivo. Gli anni della Grande guerra hanno portato in dote Rosa e l'attesissimo figlio maschio Antonio. Quindi, dopo la morte della prima signora Badoni, è toccato a Emilia proseguire la conta degli eredi. O meglio: delle eredi. Il 2 giugno 1925 è nata Adriana, Maria due anni dopo, Elisabetta nel '30, quindi Costanza, Nicoletta e Franca nel giro degli ultimi quattro anni. Una bella truppa di discendenti Badoni, pronta peraltro ad aggiornarsi su entrambi i fronti. Le nausee mattutine di Emilia hanno ormai annunciato da settimane che l'anno di grazia 1938 renderà GRB nonno per la prima volta e padre per la dodicesima.

Sta di fatto che Piera e Sofia sono state allontanate in malo modo, ma una cosa è certa: di andare a « curare le sorelline » proprio non ci pensano. Sarebbero rimaste lì in attesa, fuori della stanza.

Le ore passano lente, scandite solo dagli ordini della levatrice e dagli andirivieni della Mina. Ogni tanto Sofia getta uno sguardo a Piera. Come le riesce di mantenersi così calma? Non si è mossa di un millimetro: fissa il muro davanti a sé, rigida e piegata in avanti, con i gomiti appoggiati alle ginocchia.

Sofia invece non ha cessato un istante di camminare avanti e indietro lungo il corridoio, fermandosi di tanto in tanto a osservare la città dalle finestre affacciate sul parco. Lecco è avvolta da un velo di foschia e la ragazza, anche per calmarsi, si sofferma ogni tanto a studiare i cerchi concentrici disegnati dalla pioggia nelle pozzanghere già comparse sul tappeto di ghiaia che circonda la villa. « Forse smette », « Ora ha ripreso », comunica di tanto in tanto alla sorella. Che, dal canto suo, si limita a rivolgere qualche cenno di assenso a quei bollettini non richiesti.

Dopo un po' di tempo, però, la noia coglie anche lei. Che, infatti, si decide ad aprire una finestra di dialogo per Sofia. « E ora che succederà? Con un nuovo Giuseppe in famiglia, intendo. »

Sofia la guarda incuriosita e sospettosa. Il suo pensiero è corso immediatamente al *suo* Giuseppe, al Mazzoleni. « Com'è che sai già tutto? »

Agli occhi di Sofia, il dubbio è più che lecito. Tanto più che i due innamorati hanno usato ogni cautela. I giri in bicicletta lungo i laghi della Brianza, più lontani da Lecco; le camminate sui sentieri valsassinesi, meno battuti di quelli sopra la città. E poi, le lettere ben nascoste tra i vecchi sussidiari di scuola, sull'ultima mensola sopra lo scrittoio.

Sofia le conosce ormai quasi a memoria. Quelle parole d'inchiostro, celate come fossero codici segreti, le sembrano addirittura prendere forma tra le gocce di pioggia che imperlano il vetro della finestra.

Quante altre, belle e infinite sorprese ci riserverà la vita uniti in un unico amore? Oh, vale la pena di vivere per tanta felicità futura!

È un mare infinito dove noi navigheremo: ti aspetto con la tua bicicletta, l'ombrello verde, il vestito con la chiusura lampo, senza calze e cappello, naturalmente.

Vedo i tuoi occhi, l'ultimo momento prima di lasciarci, chiari, luminosi, ansiosi di amore. Sofia mia cara, io ti amo e tu sai quanto e come.

È stato il Mazzoleni a farsi vivo per primo. Un invito stringato, fatto recapitare dalla servitù.

Cara Sofia, domenica giocherò con Antonio a tennis a casa degli Aldè. Spero tu possa assistere alla partita.
Con affetto

GM

Le lettere si sono fatte via via più frequenti, più lunghe, più intime. Proprio come i loro incontri.

Quanto a Piera, Sofia non sa cosa risponderle. Non ha intenzione di mentirle. Eppure, raccontare tutto le sembra ancora prematuro. Senza contare che Piera, tra le ragazze, è la più stretta confidente di suo padre. Tanto varrebbe rivelare tutto anche a lui, in carta bollata.

Per la verità, Sofia è convinta, lui ne sarebbe piuttosto felice: un lecchese, un promettente architetto, un uomo con il quale già condivide interessi, passatempi e riflessioni. Tirerebbe un bel sospiro di sollievo, dopo tutta quella storia di Laura e Rudi.

Eppure, per il momento, preferisce tenere il Mazzoleni ben lontano dai fronti temporaleschi che incombono su Villa Badoni. È ancora troppo presto. Certo, « presto » è una parola che Giuseppe non conosce. Negli ultimi tempi, i suoi discorsi si sono fatti più densi e profondi. C'è un futuro che aleggia tra loro, come una promessa. Quella parola, « matrimonio », sguscia spesso tra i loro discorsi come un furetto. Si palesa, si eclissa subito. Ma intanto è lì, e loro ne sorridono con gusto.

Piera nota quella valanga di pensieri addensarsi sopra Sofia. « Cosa ti prende? »

Lei si stringe nelle spalle. « Nulla, solo... Insomma, non saprei. Aspettiamo. »

Piera si fa pensierosa. « Non saprei proprio come potrebbe reagire papà. »

Ora tocca a Sofia irrigidirsi. « Come sarebbe? »

La frase le suona come una critica, nemmeno troppo velata, al suo Mazzoleni. Come dovrebbe reagire papà? Perché diavolo Piera suppone che non debba essere felice della loro relazione?

I dubbi la circondano, come un esercito silenzioso. Avverte inconsciamente di essere inciampata in un labirinto di pensieri vischiosi e inquietudini indefinite.

C'è qualcosa che lei dovrebbe sapere?

« Sai cosa intendo. Credi davvero che oggi papà sia andato a Roma per un appuntamento al ministero che non poteva rinviare? Sono convinta che anzi lo abbia programmato volutamente proprio in questi giorni per... be', per non dover essere qui al momento del parto. Sai cosa pensa di questo bambino...»

Sofia scoppia in una sonora risata.

Piera la scruta stranita, le sopracciglia calate improvvisamente verso il basso.

«Mi stai dicendo che il bambino si chiamerà...»

«Giuseppe, certo. Se è un maschio. Marina se è una femmina. Non te l'ha detto, Antonio?»

Che stupida è stata. È ovvio che Piera non potesse riferirsi al suo Giuseppe, al Mazzoleni.

«Certo, scusa. Sono solo agitata», si limita a risponderle. «Spero davvero sia una femmina. A me piacerebbe molto una nipotina e forse una femmina potrebbe essere meno... ingombrante agli occhi di nostro padre.»

Piera concorda. Certo, tanto vale pensarci una volta nato. Peraltro, che l'erede sia maschio o femmina, per Laura non sarà affatto semplice vestire il ruolo di madre.

Suo marito Rudi, soldato semplice di sanità, è stato richiamato in servizio solo poche settimane prima. I venti di guerra che percorrono l'Europa sono densi e insistenti. Rifiutarsi di rispondere alla chiamata lo avrebbe portato dritto in galera. Se non peggio.

Ecco perché Laura ha dovuto salutarlo, trattenendo a stento le lacrime agli occhi. Ecco perché ogni sera prega che sia tutto un grande bluff, che a Rudi non tocchi altro che qualche addestramento. Ecco perché, infine, sta affrontando il parto da sola.

Certo, quando sarà possibile, tornerà a vivere in Germania, lontana dalla villa e da suo padre. Ma se le cose dovessero andare storte, se un nuovo conflitto dovesse farsi strada in Europa, allora lei e il bambino farebbero bene ad abituarsi all'assenza di Rudi. Per mesi o per anni. Dio non voglia, per sempre.

Ci pensa l'applauso della Mina a sgombrare il campo dalle preoccupazioni e a sciogliere il nodo della tensione. « Brava, Laura! Ce l'hai fatta! »

Sofia e Piera spalancano la porta e si tuffano nella stanza, quasi inciampando l'una nell'altra per la fretta. Laura sorride sdraiata nel letto, mentre Emilia delicatamente la rinfresca passandole una salvietta bagnata sulla fronte, sul collo e sulle spalle. « Congratulazioni, Laura », la sente sussurrare Sofia.

Laura ricambia con uno sguardo carico di stanchezza e di riconoscenza. Forse sta per rispondere flebilmente qualcosa, ma poi reclina il capo sul guanciale, esausta.

Tocca quindi a Emilia dare loro la notizia, mentre la Pia Usuelli e la Mina sono ancora impegnate a ripulire il fagottino appena venuto al mondo. « È un maschietto. »

Laura, stravolta dalla fatica, appoggia le labbra alla fronte del piccolo esserino urlante. « Giuseppe », sussurra.

Sofia è felice, come mai prima d'allora. Vedere un raggio di luce animare finalmente la vita burrascosa di sua sorella è una gioia vivida e cristallina. Accarezza Laura, le stringe la mano trattenendo le lacrime.

Una parte di lei, però, rimugina già sul senso della scelta di Laura. Quel nome, Giuseppe. Quello di GRB, e quello dei due avi che, nelle rispettive epoche, avevano creato l'impresa Badoni e edificato i nuovi stabilimenti.

Il messaggio è chiaro, ai presenti e agli assenti. Laura potrà anche riabbracciare il suo Rudi, tornare in Germania, vivere da Kramer. Ma lei e suo figlio sono e rimangono dei Badoni. E suo padre, che ora non ha occhi che per il suo erede Antonio, se ne ricorderà. Presto o tardi.

IV

ANTONIO

La bandiera sulle ginocchia

Non voglio fare al traforo
piccoli duomi, cornici,
gabbie per canarini.
Fatelo voi vecchi sordi
chiusi nel buio tinello.
Io corro via come l'acqua
densa di rapide e gorghi.

PB

Sicilia, 8 agosto 1940

Il sottotenente di vascello Antonio Badoni è immerso nei suoi pensieri, il capo appoggiato mollemente all'oblò dell'aereo. Si tratta di un velivolo civile, requisito senza troppi fronzoli a Roma e stipato di ufficiali e marinai diretti in Libia.

Al suo fianco, un ragazzo biondo ronfa con vigore: è una colonna sonora che accompagna Antonio fin dagli istanti successivi al decollo. Il giovane Badoni sorride. Non si può certo dire che il guardiamarina Bietti - così il biondo si è presentato all'imbarco - viva la situazione con eccessivo entusiasmo.

Al contrario, Antonio intercetta tra i suoi compagni di viaggio parecchi sguardi nervosi, elettrici. Qualcuno per la smania di essere infine al fronte. Dove le cose, dipanata la matassa della teoria, accadono realmente. Qualcun altro per la paura, presto o tardi, di lasciarci la pelle. Uno di loro ha domandato quando e cosa avrebbero mangiato. L'ufficiale non lo ha degnato di uno sguardo.

« *Pan e pica soeu* », avrebbe risposto la Mina. Pane e roba attaccata su. Antonio ha sorriso, ricordando uno dei pochi proverbi comprensibili della sua governante, quello che si riferiva ai tempi di magra in cui, appunto, si mangiava il pane limitandosi a sfregarci sopra del salame per trasferirvi l'odore.

Un lessico familiare che lo ha subito riportato con la

mente a casa, in villa, tra i volti noti e quel chiacchiericcio domestico che - anche quando diventa un vero e proprio baccano - è una colonna sonora cui lui non vorrebbe mai rinunciare. È pur vero che durante certe sere a casa Badoni il silenzio è un miraggio: dieci sorelle sanno fare più strepito del suo battaglione.

Ma come potrebbe farne a meno?

Anche la piccola Marta, l'ultima figlia di suo padre ed Emilia, nata da quasi due anni, è un bel tipetto: la più piccola della truppa ha già capito che, per farsi sentire in una casa così affollata, a volte è necessario darci dentro con i polmoni. Per Antonio, l'arrivo dell'ultima sorellina aveva avuto un senso diverso da tutte le altre nascite di Villa Badoni: lui aveva ventun anni e aveva accolto la piccola con occhi diversi. Da uomo adulto, e non solo da fratello maggiore o compagno di giochi. Con i pensieri di chi sa che presto toccherà anche a lui mettere su famiglia. Anche suo padre gli aveva rivolto qualche battuta in merito, ma Antonio aveva subito svicolato dai discorsi.

Quando tutto questo sarà finito, si era detto, *allora arriverà anche il mio momento.*

A ogni modo, sull'aereo Antonio è sereno e determinato. In fondo, è precisamente il posto in cui sa di dover essere: ha richiesto lui di essere inviato in Libia. È un fronte complesso, Antonio lo sa bene: solo due mesi prima il Duce ha annunciato l'entrata in guerra del Paese al fianco della Germania, e l'attacco degli inglesi in Nord Africa è una mossa per dirottare le truppe dell'Asse lontano dall'Europa.

Quella di Antonio non è euforia bellica, né avventatezza giovanile.

Semplicemente, ha un solo modo di fare le cose: al massimo delle proprie possibilità. Meglio ancora, presidiando luoghi e ruoli nei quali sono i migliori a fare la differenza. È il suo modo di vivere l'azienda, ed è da sempre il suo modo di stare al mondo.

E di amare.

Istintivamente si porta una mano al petto. Il taschino dell'uniforme custodisce una fotografia di due settimane prima: lui e una ragazza castana ritratti insieme tra le colline venete, circondati dai filari nei vigneti di famiglia. Franca Folonari, così si chiama.

Qualche tempo prima, Antonio aveva addirittura scritto a suo padre. L'annuncio di come si vedesse pronto a metter su casa, di come si sentisse un uomo più maturo, era essenziale, privo di slanci romantici. La lettera, peraltro, non faceva nomi. Era giusto così: Franca è ancora una presenza intima e calda per lui, il segreto di quel nuovo Antonio che il giovane Badoni vede crescere in sé stesso; legata ai ricordi vividi delle brevi licenze che è fin lì riuscito a ottenere da Taranto.

Uno scintillio improvviso lo distrae da quelle riflessioni. Il sole allo zenit trasforma lo stretto di Messina in una pista incandescente, come una lastra metallica. Il riflesso lo acceca per alcuni istanti, ma una lieve correzione di rotta dell'aereo spegne ogni rifrazione.

Si fa scalo a Siracusa; altre tre ore al massimo e arriverà a Bengasi, poi sarà trasferito alla difesa del porto e della città di Tobruk, in Cirenaica.

Antonio si accarezza i baffi. Biondi, dritti come fusi sopra le labbra e ritorti appena all'insù. Gli stanno bene, e lo sa.

Nel cielo, greggi di piccole nuvole si allungano l'una in fila all'altra sulla costa calabrese; il litorale bianco e sinuoso del messinese si stende di fronte all'enorme catino blu del mare. Screziature turchesi e smeraldo colorano l'acqua vicino alla terraferma.

I pensieri del giovane ufficiale ritornano alla sua terra, alla fabbrica, alle sorelle. Chissà su quali rime starà rimuginando Piera. E Sofia, chissà se avrà già mandato al diavolo quel sant'uomo di Giuseppe, o se lo sposerà un giorno o l'altro.

E suo padre.

In silenzio, ripete lo stesso giuramento che accoglie ormai da anni nel profondo. *Ti renderò fiero di me.*

Due mesi prima, dopo il discorso di Palazzo Venezia e l'entrata in guerra dell'Italia, il padre lo ha chiamato nel suo studio.

Gli ha mostrato due veline. La prima, datata 1916 e compilata a mano in inchiostro nero, recava il timbro del Comitato di mobilitazione industriale ed elencava le caratteristiche fisiche e anagrafiche di GRB. Era tuttavia la parola trascritta sotto l'indicazione di TESSERA PERSONALE DI RICONOSCIMENTO a fare la differenza. ESONERATO. A lato, in inchiostro rosso, era stato aggiunto che GRB era *autorizzato a rimanere fuori dal reclutamento per motivi di servizio.* Insomma, durante la Grande guerra, la fabbrica doveva continuare a produrre e per questa ragione GRB non aveva mai indossato l'uniforme dell'esercito.

C'era tuttavia anche una seconda velina. Era più leggera, e dattiloscritta. Il simbolo era quello del capo di Stato maggiore dell'esercito, la data il 3 febbraio 1922. La comunicazione era succinta, ma se ne coglieva un tratto di familiarità. Si diceva che nel bollettino ufficiale del 28 gennaio veniva concessa a GRB la medaglia di bronzo al valor militare. I motivi? *Pur non avendo obblighi militari, spinto da sentimenti di amor di patria, volontariamente dirigeva i lavori riguardanti una importantissima stazione teleferica, oggetto di continui bombardamenti nemici. Rimasta questa distrutta, dava mano a un ciclopico lavoro installando la stazione stessa in una caverna nel brevissimo tempo di 25 giorni. Durante l'intero periodo, divideva con i valorosi difensori della posizione i pericoli, le ansie, i sacrifici e le sofferenze, dando prova di altissime virtù civili e militari.*

GRB ha lasciato tutto il tempo al figlio per prendere visione di quei due tasselli del suo passato. « La storia si ripete, Antonio. Hai due strade davanti. E niente e nessuno potrà privartene. Se scegli l'esonero, il ministero consentirà certamente al figlio di un uomo di cinquantotto anni di restare a dirigere la sua fabbrica di lavorazioni d'acciaio. Se scegli d'impegnarti per la patria... » E qui GRB ha fatto una lunga pausa. « Io non te lo impedirò. »

Antonio ha sfiorato il braccio di suo padre, come per rassicurarlo. La mano è poi scivolata sulla comunicazione della medaglia al valore di GRB.

« Servirò in marina, papà. »

GRB ha annuito.

Sono anime intrecciate, loro due. Materia identica, elettricità che circola allo stesso voltaggio.

Se c'è qualcosa che sa infondere vigore e risolutezza in Antonio, sono l'esempio e la stima di suo padre. È così fin da quando aveva sedici anni. GRB lo mandava in Germania, a Londra, a Leeds. Ogni estate in un luogo diverso, per fargli posare lo sguardo sulle fabbriche, toccare con mano i turni, gli impianti, le catene di montaggio.

Fin da allora, per Antonio, contavano solo due cose.

Apprendere quanto occorreva a farsi uomo e imprenditore.

E, ovviamente, rendere fiero suo padre.

La *San Giorgio*.

Un gioiello. Probabilmente l'incrociatore corazzato più bello della Regia Marina.

Appena prima di salire sulla nave, Antonio si è preso qualche istante per ammirare da terra il fascino di quella fortezza galleggiante.

Una trama pressoché omogenea di corazze d'acciaio, oblò, passerelle, torrette e cannoni. Ingranaggi perfetti, non intaccati dallo scorrere del tempo – e ne è passato parecchio dal varo, trentadue anni – né dal contesto di guerra, piuttosto desolante. La nave è stata infatti ancorata davanti a Tobruk in silente attesa del nemico: un vero e proprio bastione circondato da reti galleggianti antisiluro, pronto a difendere la città. Quanto a Tobruk, non è altro che un polveroso fazzoletto di terra strappato al deserto, un ammasso di caserme, fortificazioni e postazioni anticarro circondato da cinquantaquattro chilometri di trincee e filo spinato, al cui interno ventiduemila soldati italiani sono pronti a resistere, costi quel che costi.

Antonio cammina ora orgogliosamente sul ponte della *San Giorgio* insieme a un terzetto di nuovi guardiamarina e scortato da alcuni ufficiali di lungo corso che illustrano ai nuovi arrivati tutti i dettagli dell'incrociatore. Il gruppo attraversa il castello prodiero, transitando poi attraverso la prima delle due coppie di fumaioli, dai quali scaricano le quattordici caldaie delle motrici. In centro nave sono predisposte alcune scialuppe e sull'intero spazio troneggia l'albero con picco di carico. Il terzo prodiero è piuttosto alto, e Antonio, che ha già una particolare attitudine per tutto ciò che riguarda le operazioni di tiro, getta uno sguardo interessato alla coffa, all'ufficiale in posizione e alle apparecchiature di puntamento.

Una folata di vento caldo gli getta improvvisamente addosso un tanfo di nafta.

Il gruppo attraversa una lunga passerella verso la tuga che circonda la seconda coppia di fumaioli. Quindi, poco oltre, ecco l'altra torretta corazzata. Otto calibri secondari se ne stanno ai quattro angoli di centro nave su altrettante torrette minori. Completano la sinfonia - così la definisce uno degli ufficiali a guida del gruppo - altri diciotto cannoni da 76/40. Giunti a poppa, la lezione d'avviamento all'incrociatore si conclude con l'esaltazione dei vari strati di corazzamenti d'acciaio.

Antonio osserva scrupolosamente le saldature, valuta lo spessore delle cupole, la piegatura degli angoli, le tecniche di montaggio. Ed è subito chiaro a tutti che quel nuovo ufficiale sa bene di cosa parla.

« Nonostante gli anni, la *San Giorgio* si difende ancora bene », spiega intanto uno degli ufficiali. « Duecento millimetri di acciaio corazzato che, considerato l'assaggio che avete avuto voi stessi, certamente male non fa. »

Antonio e Bietti, il biondo sonnolento del viaggio in aereo, si lanciano uno sguardo d'intesa. Non c'è bisogno di aggiungere altro: è già un miracolo che siano riusciti ad arrivare fino a Tobruk.

Appena atterrati a Bengasi dalla Sicilia, si sono infatti dovuti imbarcare su un piroscafo di terz'ordine. La sorpresa peggiore era comunque ben nascosta nel ventre dell'imbarcazione: mille tonnellate di esplosivo da condurre a destinazione insieme a marinai e ufficiali. Un ospite per nulla gradito, ma indispensabile alla difesa del fronte.

« Bel modo d'iniziare: sedici ore di navigazione su una bagnarola trasformata in una polveriera galleggiante », ha commentato Bietti.

« E con i caccia inglesi sopra la testa », ha aggiunto Antonio.

Una facile premonizione.

Lo stormo di aerei della RAF ha infatti individuato il piroscafo poco prima dell'arrivo a Tobruk. L'imboscata volante aveva uno e un solo scopo: distruggere il prezioso carico di esplosivo. Antonio, appostato sul ponte dell'imbarcazione, ha mentalmente contato tutte le bombe sganciate dai velivoli alleati. *Una, cinque, dieci, cento.*

Ogni volta un sibilo acuto, un tonfo sordo e una colonna di acqua che si alzava, più o meno distante dal parapetto della nave. *Questa è andata,* si ripeteva Antonio a ogni colpo, trattenendo il fiato e aggiornando il conteggio mentale.

A centocinquanta colpi caduti in mare, ha perso il conto, ma non è durata parecchio oltre. Diciamo fino a duecento.

Tutti i « confetti » si sono miracolosamente inabissati in mare. Nemmeno una scheggia ha raggiunto l'imbarcazione.

Il che – commentano ora tra loro i guardiamarina, dirigendosi al quadrato ufficiali a poppa della *San Giorgio* – è stato una gran fortuna. Sarebbe stato sufficiente un solo centro, anche di striscio, per farli saltare in aria tutti quanti.

Il salottino riservato ai ruoli di comando è piuttosto spartano. Un tavolo ovale ricoperto di carte nautiche e qualche vecchio stipo artisticamente decorato con pannelli di legno e madreperla.

Seduto in un angolo, un arcigno ufficiale osserva i nuovi guardiamarina. È brizzolato, la pelle bruciata da anni di sole e salsedine, gli occhi socchiusi dietro le palpebre gonfie.

Antonio lo nota scuotere la testa sprezzante. Bietti, con la sua presenza di spirito, fa un cenno al giovane Badoni.

Un'occhiata rivolta all'uomo e un'alzata di sopracciglia di commento. Come a dire: *Che diavolo vuole?*

In quel momento, l'uomo si alza, piantandosi severamente di fronte ad Antonio, come lo avesse eletto a rappresentante dei nuovi arrivati. « Signori, siete stati bene informati riguardo all'imbarcazione sulla quale prestate servizio? »

Antonio attende in silenzio. La risposta è già evidentemente sulle labbra dell'uomo.

« La *San Giorgio* è una nave votata alla morte », sibila a tre dita dal naso del giovane Badoni.

Antonio sostiene fieramente lo sguardo, i suoi occhi azzurri riflessi nelle pupille scure dell'uomo. Nella sala, tutti li stanno fissando.

« Ne prendo atto », risponde pacatamente il giovane Badoni.

Nello sguardo duro dell'uomo brilla improvvisamente qualcosa. È questione di un solo istante, ma Antonio lo nota.

Forse è disprezzo.

O forse è rispetto.

Un rimbombo cupo, il metallo che freme e l'intero ponte che vibra come in piena tempesta.

Subito dopo, un silenzio terrificante, mentre le lamiere si tacciono e ogni piano e parete sembrano ritrovare un precario equilibrio.

Poi, sottile come un refolo di vento, il fischio successivo.

E ancora un rimbombo, e i fremiti del metallo e il tremore dell'intero locale.

Così per centinaia, migliaia di istanti: una grandinata di esplosioni che dura dalle prime ore del mattino. Roba da perdere il conto, e pure la testa.

Non è un bombardamento come gli altri: gli Alleati stanno facendo sul serio. Non c'è dubbio, è partita la grande offensiva per conquistare il porto.

Il vecchio ufficiale aveva ragione: il 21 gennaio 1941, il momento è arrivato.

Antonio è lì, insieme a Bietti.

Tiene il conto delle bombe come, da innamorati, si sfogliano le margherite. Ogni tanto getta uno sguardo fuori dell'oblò della *San Giorgio*. Nel buio, scorge poco altro che la sua immagine riflessa, accesa qua e là da bagliori lontani.

È sera, o almeno dovrebbe esserlo. A dirla tutta, pare quasi notte inoltrata per quanto a lungo sono durati i bombardamenti.

«Qui si muore, Antonio», sussurra d'un tratto Bietti, scuotendo il capo al suo fianco.

«Si farà quel che Dio vuole», commenta Antonio, quasi distrattamente.

Ha ben altro cui pensare.

Nelle settimane precedenti lo infastidiva tremendamente immaginarsi prigioniero di quelli, là fuori. Legato, umiliato, trascinato per i campi di prigionia di mezza Africa, un carcerato costretto a elemosinare tra la polvere un pezzo di pane raffermo, un medicinale, qualche sigaretta.

No, non è cosa da lui. Non è cosa da Badoni.

Sono cinque mesi che va ripetendolo a Bietti: «Prigioniero, mai».

I sottili fili di fumo che si levavano dalle loro pipe nelle notti stellate di fine estate, e il ghibli che soffiava come un mantice infuocato.

«Non mi ci faccio prendere, Bietti.»

Il sorso di gin che si concedevano in quadrato ufficiali alla fine di un turno nel cuore dell'autunno.

« Prigioniero? Neanche se si presentano in cento contro uno. E poi l'ho promesso a Franca, che tornavo. »

Il 15 dicembre, quando si è saputo dell'avanzata nemica, il comandante ha comunicato che lo Stato maggiore aveva fornito un'unica direttiva: difesa a oltranza. Non sarebbe arrivato nessun ordine di evacuazione.

Un mese più tardi, Tobruk è stata completamente circondata dagli Alleati. La decima armata italiana ha ceduto il campo da settimane. L'unica difesa rimasta contro l'avanzata da terra è la *San Giorgio*. Nemmeno il misero idrovolante deputato al servizio postale riesce più a tenere i contatti tra l'incrociatore e il resto del mondo. Sorpreso dai nemici, ha perso le missive e pure ogni possibilità di comunicazione. Intanto, il ventre della *San Giorgio* è stato imbottito di tritolo. L'incrociatore non può finire nelle mani degli inglesi: l'alternativa è farlo inabissare per sempre nelle acque del Mediterraneo. Per rallentare l'avanzata nemica, sono già stati fatti brillare i ponti verso Bardia e Derna. I difensori, insomma, non possono più lasciare Tobruk.

Eppure, Antonio Badoni se ne sta quieto sotto la selva di bombe che piove sulla *San Giorgio*.

Bietti gli legge negli occhi una speranza. Ha imparato a farlo, ormai. « Sarai contento », gli urla in mezzo al frastuono di una granata. « Qui finisce davvero che si fa a tuo modo. »

« Vale a dire? »

« Sepolti dalle bombe, ma almeno non prigionieri. »

Antonio abbozza un sorriso. « Cinquant'anni al mondo in più o in meno, cosa vuoi che ti cambi? »

Bietti sorride amaramente. « Giusto il tempo di fare

una mezza dozzina di figli e vederli metterne al mondo altri, magari. »

Antonio si stringe nelle spalle. « E dove pensi di trovarla una donna, ora? Nel deserto? »

« Nemmeno in fondo al mare, però. »

Antonio sorride. Lascia che lo sguardo corra nel vuoto per qualche istante. « Certo, se venissi con me... »

Bietti ridacchia nervosamente, esibendo un indice che oscilla netto come un metronomo. « Ne abbiamo già parlato. Di missioni suicide non ne voglio. Preferisco giocarmi le mie chance come un cristiano qualsiasi. Meglio finire in un campo in Algeria che saltare in aria su una mina sottomarina. »

Antonio non insiste. In effetti, ne hanno già parlato molto. Ma lui ha un motivo in più di Bietti per voler tornare a casa. Come animata da un istinto proprio, la mano risale al taschino sul petto.

« Lei ti aspetta, vero? » gli sorride Bietti, che quel gesto l'ha già notato almeno un centinaio di volte.

È proprio così: Franca lo aspetta. Ed è per questo che da quel 15 dicembre - da quando è stato chiarito senza mezzi termini che la *San Giorgio* avrebbe tirato le cuoia lì, immobile, sotto le bombe inglesi - Antonio non ha fatto altro che studiare una via d'uscita.

Alla fine ne ha parlato con Malagodi, primo direttore del tiro. Un tipo taciturno, ma pragmatico.

Hanno convenuto che il loro dovere sull'incrociatore era stato ampiamente compiuto. Se davvero l'intenzione era quella di far scendere tutti dalla nave all'ultimo istante prima di vederla colare a picco, tanto valeva approfittarne.

L'idea è di fuggire a bordo di una delle lance in dotazione all'incrociatore, oppure su un peschereccio della gente del posto. E, chissà, forse nessuno noterà un misero scafetto intento a compiere un folle slalom tra la carcassa ancora eruttante della *San Giorgio* e le mine galleggianti. Conquistato il mare aperto, rimarrebbe comunque il Mediterraneo da attraversare, direzione Sicilia. Il comandante, informato, non si era opposto: lui restava, ma loro avevano via libera.

Bietti, invece, si è categoricamente rifiutato.

« Vorrei restarmene con un'ultima chance di poter crepare di vecchiaia, amico mio », ha risposto posandogli la mano sulla spalla.

Sta di fatto che, nel tardo pomeriggio del 21 gennaio, Antonio Badoni lascia che le bombe gli cadano addosso senza quasi curarsene. Non sta attendendo la morte, né la sconfitta. Solo la sua minuscola, folle finestra di possibilità. Una missione impossibile.

L'ennesimo fischio lacera l'aria.

Rimbombo cupo, gemiti di metallo. E il solito tremore che dal ponte ti finisce fin dentro le ossa.

Un'altra volta, e un'altra ancora.

Sono trascorse quarantaquattro ore, poco meno di due giorni.

Il mare è nero, nervoso.

Folate gelide a pelo d'acqua si alternano a improvvise risacche. I cavalloni feriscono scostanti la prua della piccola lancia. Gli spruzzi inondano buona parte del ponte, imperlando anche il vetro della cabina.

La luce della luna è abbondante, ma glaciale.

La *Risveglio* – questo il nome del piccolo natante –

avanza nella notte con quindici marinai a bordo. L'Africa è lontana, ma lo è anche l'Italia. Nel mezzo c'è il nulla e, Dio non voglia, i cacciatorpediniere nemici che perlustrano costantemente le acque.

«Quante?» domanda Malagodi osservando i primi bagliori argentei farsi largo all'orizzonte.

Il giovane Badoni non guarda nemmeno l'orologio. «Quarantasette», risponde asettico.

Malagodi mugugna un cenno di assenso.

«Quarantotto tra venti minuti», precisa Antonio, senza tradire alcuna impazienza.

Seduto a lato del timone, tiene sulle ginocchia il tessuto tricolore che era stato la bandiera della *San Giorgio*. È piegato in quattro, con mezza corona e metà simbolo dei Savoia che fanno capolino dal campo bianco. Antonio tiene le mani posate sopra, con la stessa delicatezza che riserverebbe a un neonato.

I due ufficiali si scrutano per un istante.

Antonio non ha idea se Malagodi sia esausto, risoluto o del tutto scoraggiato. E viceversa. Un telefono senza fili emotivo, che finisce per debilitarli più di quanto non faccia la fatica fisica.

I tre giorni iniziati con la mattina del 21 gennaio sono stati, e sono fino a quel momento, infiniti. Tesi come tiranti di un ponte, allungati come uno spago gettato in un pozzo.

Alle nove del 21 gennaio, gli Alleati si sono risvegliati con un solo pensiero in testa. Che quella fosse l'ultima alba della *San Giorgio*. Ottantamila uomini e millecinquecento carri armati sono emersi dal deserto per cacciare gli italiani da Tobruk. Per alcune ore, ai bombardamenti nemici – Antonio Badoni ha contato almeno una dozzina di bombe piovute a mezzo metro dal bordo della nave –

si sono aggiunti gli scoppi e gli incendi causati dagli stessi italiani, nel tentativo disperato di distruggere tutto ciò che non doveva cadere in mano nemica.

Ultima tra tutto, la nave.

Alle 19.30 precise è arrivato l'ordine. Evacuare l'incrociatore e accendere le micce.

Un vento freddo spazzava il molo di Tobruk. All'orizzonte, il baluginare scarlatto e sinistro delle truppe nemiche. Per qualche istante i seicento uomini della *San Giorgio* hanno trattenuto il fiato come uno solo. Era l'addio alla nave, alla libertà. Forse anche alla vittoria. Quindi, l'esplosione.

Un'altra onda si frantuma a prua del peschereccio. In mezzo al Mediterraneo, la notte e l'alba sembrano in guerra aperta per annientarsi a vicenda. Quanti siano i sopravvissuti, peraltro, pare lo sappia meglio Malagodi. Ma ad Antonio non va d'interrogarlo sul tema. Nella cabina della *Risveglio*, innaffiata di spuma del mare come un faro sulla scogliera, il silenzio è l'unico scampolo d'intimità e speranza. Meglio non infrangerlo, almeno finché si può.

In fondo, c'è così tanto su cui rimuginare.

Erano le sei di mattina di due giorni prima.

Le fiamme divoravano ancora la *San Giorgio*. Restava appena mezz'ora di buio, non di più. Era davvero il momento.

In nove si sono guardati negli occhi. Tra loro c'era Antonio. Il cenno di assenso ha innescato una scarica di adrenalina in ciascuno di loro, come una miccia.

« Verso l'Italia », li ha catechizzati freddamente Malagodi. « O più probabilmente verso la morte. »

Hanno acconsentito. Per loro, una cosa valeva l'altra.

Al momento di partire, Antonio ha gettato un ultimo sguardo a Bietti. Un sussulto del capo, in risposta a un cenno della mano. Nient'altro, nessuna parola. Dio solo sa se e quando si sarebbero rivisti. Per Bietti c'erano gli Alleati alle porte e, forse, la deportazione. Per Antonio, le fiamme tremende della *San Giorgio* e le mine disseminate nel mare.

La *Risveglio* è partita lentamente. Con cautela assoluta ha circumnavigato quell'isola di metallo in fiamme che un tempo era l'incrociatore italiano. Il passaggio dell'imbarcazione è stato salutato da una serie d'improvvise esplosioni secondarie. Gli ultimi rantoli della *San Giorgio*, già in procinto d'inabissarsi. La nave eruttava fiamme e fumo nero come un vulcano. L'aria era irrespirabile mentre, sopra le loro teste, continuavano a fischiare le meteore dell'artiglieria inglese.

Poi, d'un tratto, ecco i banchi di mine galleggianti. Ad Antonio pare quasi di rivederle. Palloni neri di metallo, tempestati di aculei e immersi per metà nell'acqua ancora torbida e male illuminata.

Sfiorarli. Non serviva altro per lasciarci la pelle. E ce n'erano a decine, lì intorno.

La *Risveglio* ci si è ficcata proprio in mezzo, confidando nella disperata lucidità di quindici uomini in fuga. Lo scafo ne ha evitata una prima, una seconda. Poi la prua ha deviato verso l'interno e quindi si è ridiretta in mare aperto lasciandosene altre alle spalle. Inesplose, per fortuna.

In cabina c'era chi non ha voluto guardare. Avrebbero accolto così l'esplosione fatale, con lo sguardo serrato tra le pieghe delle dita.

Antonio, lui no. Lui ha scrutato il pelo dell'acqua fino all'ultimo istante. La stoffa bagnata della bandiera italiana serrata tra le dita.

Quarantasette ore dopo, è ancora lì.

La barca procede a fatica in mare aperto e pare ristagnare nel catino buio. Risacche improvvise si alternano a folate gelide e cavalloni.

Il mare resta nero, nervoso.

« Ora sono quarantotto », annuncia Antonio. « La Sicilia non può essere lontana. »

Malagodi gli rivolge un cenno di assenso.

V

SOFIA

La sagoma nel cielo azzurro

Ah! Vi ricordo amanti sconosciuti
al mare, sugli scogli.
Era l'aurora.
Dietro di me le nuvole e i rigori
del paterno giudizio.
Davanti agli occhi abbacinati
il vostro abbraccio
e il sole che sorgeva.

PB

Lago di Bolsena, 1941

Un vento tiepido accarezza la radura di fronte al lago.

La notte è appena agli inizi, eppure ogni cosa sembra già cedere al sonno e alla quiete.

La tenda da campeggio, montata alle loro spalle, vibra del tocco leggero dell'aria. Di fronte a loro, sull'isola Martana, la luce di un casolare isolato occhieggia dagli speroni di roccia. Le fronde dei tigli fremono con apparente discrezione.

Sofia ride, e anche Giuseppe.

« È il vino, cara moglie », biascica lui tra i singhiozzi.

« A chi lo dici, marito », conviene lei.

Del resto, è trascorsa poco più di un'ora da quando lo sorseggiavano a Montefiascone, seduti sul parapetto del parco, proprio di fronte alla sagoma imponente dell'antica Rocca dei Papi. Un rosso forte, profondo e aromatico. Come il loro amore.

Il viaggio di nozze itinerante, zaino in spalla e bicicletta inforcata da Lecco giusto una settimana dopo il matrimonio, è approdato il giorno prima ai laghi del Centro Italia. Dopo lo spostamento in treno da Perugia, hanno pernottato a Viterbo. In mattinata, sempre seguendo i consigli della guida rilegata in rosso del Touring Club, hanno attraversato in bicicletta l'affascinante strada Signorino, rinserrata per diversi chilometri fra due selvaggi muraglioni di tufo.

Proprio percorrendo il tracciato, una gola serpeggiante tra le pareti di roccia, per alcuni istanti Sofia ha provato uno strano senso di oppressione al petto. Un sentimento analogo a quello che negli ultimi anni aveva imparato a conoscere in villa, nei dialoghi serali con suo padre. Come se l'orizzonte aperto della sua esistenza si restringesse al solo spazio del parco di casa o dello stabilimento.

Sapeva che non aveva senso. Lui l'amava, amava tutti loro. Non gli erano estranei slanci di tenerezza e sguardi pieni di orgoglio. Forse anche per questo era così difficile sfuggire alla rete delle sue aspettative. Il fatto è che erano maglie molto larghe, ma c'erano. Nessuno le aveva mai proibito serate, feste, viaggi, vacanze. La passione per l'arte e la fotografia, poi, avevano ricevuto da GRB sproni sinceri e disinteressati. Non si trattava di questo.

Sopra la sua testa avvertiva sempre una cappa familiare, un soppalco di aspettative. Il riconoscimento del ruolo di Emilia, il ritorno - presto o tardi - a portare il proprio contributo in azienda, la presenza pubblica tra gli operai e in città. Erano obblighi sottaciuti ma profondi, che impedivano ai sogni e ai desideri di Sofia di trovare la luce, il mare aperto, l'aria fresca del mondo.

Poi, però, era arrivato Giuseppe Mazzoleni.

Anche quella mattina nel ventre del tavolato di tufo, le è bastato girarsi verso di lui per sentire alleggerirsi il senso di oppressione.

Terminato l'attraversamento, un vecchio pastore li ha ospitati a pranzo. Alla domanda su dove convenisse accamparsi in serata, l'anziano ha alzato lo sguardo al cielo, ricordando una notte di stelle e amore con sua moglie, defunta ormai da trent'anni, sulle rive del Lago di Bolsena.

Sofia e Giuseppe hanno ammiccato, convenendo all'istante per un'insolita risalita a nord di una ventina di chilometri.

Se la sono presa con assoluta calma, attraverso strade assolate, dritte come fusi tra una collina e l'altra, e poi saliscendi in sterrato dove è necessario deporre la bici e proseguire a piedi, lasciandosi alle spalle masserie diroccate e sparute greggi di pecore.

A Sofia hanno ricordato il tepore dei pendii liguri che digradano a balze verso il mare, dietro il collegio nel quale aveva trascorso sei mesi in quarta elementare. Un fagiolo le si era infilato a tradimento nella chiocciola dell'orecchio destro, finendo per mettere in pericolo la mastoide. Dopo la complessa operazione subita, Sofia era stata spedita a rimettersi in forma ad Alassio, per l'intero inverno e durante la primavera seguente. La collina dietro il collegio era sempre inondata di viole e fiori di campo, o almeno così la ricordava Sofia. Lei usciva, cogliendone a piene mani e portandole poi alla maestra. Era tutto così quieto e bello, denso di profumi e colori. Il tempo pareva trascorrere per il puro gusto di accarezzare la sera.

Giunti a Montefiascone all'imbrunire, hanno deciso per un'ultima fatica. La salita verso la Rocca è stata però ricompensata da un panorama mozzafiato. Giuseppe è riemerso da un'osteria poco distante agitando un fiaschetto bruno, due bicchieri e qualche pezzo di pane e formaggio. Sofia, ridacchiando, ha strappato una tovaglia sgualcita e umida da un filo teso tra due casette intonacate di fresco. «Solo un prestito», ha spiegato a Giuseppe.

È stato lì che hanno scelto di non ritornare a casa, di

prolungare il viaggio di nozze a due ruote fino alla Sicilia e alla favolosa Valle dei Templi.

La brezza è cessata, il lago è ormai uno specchio uniforme e scintillante.

Aquila, Cigno, Orsa Minore e Cassiopea si riflettono nitide sull'acqua quieta.

Sofia rivolge un fugace pensiero ad Antonio. Chissà se laggiù a Taranto, dove suo fratello è di stanza dopo l'ultima grandiosa avventura a Tobruk, si può ammirare la stessa stellata. Chissà cosa pensa, cosa progetta l'erede di casa Badoni. Il giorno del matrimonio c'era anche lui, in licenza ovviamente, e con le sue due croci di guerra al valor militare appuntate al petto. Si era lasciato andare a discorsi che non avevano contribuito a rasserenare lei e le sue sorelle. Parlava di farsi rispedire in prima linea. Questa volta in mare, su qualche nave da guerra, visto che gli scontri con gli Alleati si erano ormai spostati sul Mediterraneo.

Non lo fare, Antonio.

Hai già fatto quello che dovevi, ora pensa a noi. Alla tua Franca, alla fabbrica, al futuro.

Tornando al lago e alla tenda, e al suo amore, Sofia nota che Giuseppe si è fatto improvvisamente serio. Come se un pensiero gli fosse rimasto in gola, aggrovigliato tra il vino e le risate.

« A volte mi domando... » borbotta con voce stentorea.

« Cosa? » Una nota di timore incrina la voce di Sofia.

Giuseppe le chiude una mano nelle sue. Sembrano rilasciare il calore dell'intera giornata. « Questa cosa che ci siamo detti », le sussurra guardando altrove, all'orizzonte. « Questo 'per sempre'. »

« Ti spaventa? »

Lui le stringe forte la mano. La stretta le fa quasi male.

« No, no », scuote il capo con decisione, sembra quasi atterrito. « Ho solo paura che il mondo ci si metta di mezzo, presto o tardi. »

« Il mondo? » domanda Sofia.

Giuseppe prende un respiro intenso, profondo. Non sono pensieri facili per un uomo come lui. Sofia lo sa perfettamente.

« Non ho dubbi su ciò che provo per te. È solo... » Si alza. Le gambe ritte, il tronco saldo, le mani a mimare i concetti. Sembra tornato il capocantiere di fronte alle maestranze. « Vedi, io sono architetto, i miei progetti promettono eternità. Ma è un inganno, è evidente. Il cemento, le travi di metallo, ogni cosa ha un suo tempo. E il tempo le consumerà, istante dopo istante, fino all'anima. Fino al giorno in cui quel castello di carte, perché questo è in fondo ciò che io progetto, non cadrà al suolo. Sarà il tempo, o forse la mano degli uomini. Chi può dirlo? »

Sofia lo ascolta in silenzio.

Lui le s'inginocchia di fronte, le accarezza il volto con il dorso delle dita. « Ho paura, Sofia. Ho paura di quello che il mondo può causare al nostro amore, di quello che il tempo, il caso o il destino possono fargli. »

Improvvisamente Sofia sorride. Sorride perché ha capito che quella paura, in bocca a un uomo tanto puro e razionale come Giuseppe, è la dichiarazione d'amore che attendeva da una vita.

« Ascoltami », gli sussurra, ricambiando la carezza al

volto. « Non ci siamo scelti per essere certi di come invecchiare, o per avere rassicurazioni su quanto sia più o meno sopportabile vederci scorrere il tempo addosso, mano nella mano. Ci siamo scelti per gli istanti. Per quei cristalli di tempo che ci hanno visti insieme, che insieme abbiamo amato e che, l'uno dopo l'altro, sono diventati il nostro tempo. Architetto Mazzoleni, io ti amo qui e ora, davanti a questo lago inondato di stelle. Solo questo è il mio per sempre. »

Gli occhi di Giuseppe scintillano di una gioia quasi fanciullesca.

Forse sono le sue parole, forse è il vino che è ormai all'apice della risalita tra i suoi pensieri.

Sta di fatto che lui le appoggia la testa in grembo, come un bambino.

« Dobbiamo tornare a casa domani? »

« Non c'è nulla che dobbiamo o non dobbiamo fare », gli risponde Sofia.

La pelle di Sofia, profumata di mare e salsedine, è come una tela grezza. Il pennello è la brezza tiepida, il respiro bollente del sole. Quell'afa che attraversa l'ombra umida dei lecci e scivola lungo la radura bruciata, fino a condensarsi sull'asfalto. I colori, invece, sono il turchese del mare in lontananza, attraversato dalle ombre delle nuvole come fantasmi di pescherecci. Sono il profumo di timo, salvia, origano e lavanda. E ancora, i cristalli di sabbia che volano leggeri, gli spruzzi bianchi del cappero e quelli rosati della valeriana.

Tutto quanto le resta addosso. Sulla pelle e nell'anima, come un tratto di acquerello.

Mentre ridiscende in bicicletta le pendici degli Iblei, dieci giorni dopo la sera di Bolsena, Sofia è felice.

Felice, e basta.

Le dita premono sui freni e lo stridore annuncia una curva a gomito. A quel punto, il vento dal mare cambia direzione e le si rivolge contro. Un brivido la percorre.

Felicità.

Dunque è questo che significa.

È strano, in fondo. Cercarla così a lungo, scavare a mani nude la terra umida della quotidianità, vagheggiare ciò che è altro e altrove.

E poi, improvvisamente, sentirsela addosso. Come il vento in un pomeriggio qualunque mentre si scende in bicicletta da Gela a Modica.

Forse è l'ennesimo inganno. Può darsi. Ma è un inganno così seducente.

Giuseppe la precede di una decina di metri. Approfitta sempre del breve rettilineo tra un tornante e l'altro per rivolgerle un sorriso.

Tornante. Sorriso. Tornante.

Il suo volto sereno scandisce il ritmo delle pedalate sul nastro d'asfalto.

Sofia ritorna con la mente a nord, a Lecco. Alle loro prime salite, in vetta al San Martino, la montagna di casa.

Davanti ai suoi occhi sbiadiscono i lecci e gli ulivi; scompaiono le colline invase da piante aromatiche, cardi e fichi d'India, sostituite da ripidi pendii rocciosi e boschi di castagni, da creste di pietra grezze e refrattarie.

Giuseppe sale a buon passo sul sentiero davanti a lei, ma senza mai allontanarsi troppo, fermandosi ogni pochi metri ad attenderla, come ad assicurarsi che non si sia improvvisamente, quasi per incanto, smarrita.

Tre passi. Sorriso. Altri tre passi.

C'è un casotto di cemento a mezza costa della montagna, un vecchio riparo per viandanti.

È piuttosto difficile arrivarci se non si conosce per filo e per segno la ragnatela di sentieretti che si dipana intorno a Brogno, uno degli ultimi nidi di casupole prima dei boschi.

Come in una fiaba, le coordinate del percorso cambiano di volta in volta. Non di rado accade che due o tre massi si stacchino dalla ripida parete di roccia e ridisegnino tracciati e passaggi. Il vento stesso piega rami e arbusti, incorniciando gallerie immaginarie sempre nuove. Accade che lo stesso sentiero trovato sgombro il mese precedente sia invaso di rovi il mese successivo. E allora, pazientemente, Sofia e Giuseppe aggiravano ogni volta l'ostacolo, percorrevano un diverso tracciato, tenendosi per mano come in un bosco incantato.

Ne valeva la pena, in fondo.

Di fronte al casottello - un cubicolo striminzito dotato solamente di una tettoia - si apre infatti uno squarcio lucente sul lago. Una ferita azzurra nel mantello verde cupo di pini e ailanti. Nei giorni incantati in cui la loro amicizia diventava a mano a mano affetto sincero, l'aria fresca del primo autunno pervadeva quell'angolo di montagna.

Le ore trascorrevano rapide e intense, come mareggiate della sera.

Giuseppe accendeva la pipa, Sofia gli si avvicinava.

Allora lui si schiariva la voce. Era il suo tacito modo di domandare diritto di parola. La ragazza glielo accordava con lo sguardo, sempre e comunque.

Caso più unico che raro, lei ascoltava in silenzio, rapita. Senza la necessità di dimostrare a qualcuno di essere all'altezza di quei discorsi. Sapeva bene che Giuseppe l'amava anche per quanto a fondo riusciva a comprendere le sue parole.

« Sofia, lascia che ti parli di questa questione architettonica, tu puoi capirmi. »

« Sofia, so che il tempo delle mie giornate è a malapena sufficiente per progettare edifici. Ma io la scultura non l'abbandono. I miei disegni? Li sogno e li schizzo di notte. Ma non li abbandono. »

« Sofia, il razionalismo trionfa ovunque. Dopo Terragni a Como, si sono presi anche il concorso per le città di bonifica. Che anni straordinari, i nostri. Eppure, sai una cosa? Oggi mi viene da pensare con nostalgia anche al Palladio. »

« Sofia, esisterà da qualche parte la bellezza vera e compiuta? Io credo di sì, se Dio vuole. »

Trascorrevano mattinate e pomeriggi: Sofia ne assaporava ogni istante.

L'indomani il copione era sempre lo stesso. L'uomo finiva per domandare perdono delle sue tirate, le scriveva tutto ciò che avrebbe voluto fare e pronunciare lì con lei e che non aveva invece né fatto né pronunciato.

Sofia si godeva il tono fanciullesco e impacciato che affiorava allora dalla stessa voce brillante e autorevole che il giorno prima aveva discettato di architettura, di politica e di Omero.

Giuseppe le scriveva che i brividi che aveva provato non erano per il freddo, ma per i suoi sguardi. Che avrebbe tanto voluto baciarla, e quello solamente, per l'intero pomeriggio. Parlava di piccoli spilli sulla pelle e della necessità che lei si abituasse a rifilargli qualche pedata per contingentarne i discorsi.

Agli occhi divertiti di Sofia, l'architetto geniale lasciava la scena a un ragazzino goffo e svagato.

Era il loro segreto.

Del resto, anche la ragazza aveva i suoi piccoli riti.

Talvolta, congiungendo indice e pollice di entrambe le mani per simulare l'inquadratura della cinepresa, Sofia si divertiva a mimare la registrazione di una pellicola.

« Lo vedi? » scherzava inquadrando alla sua sinistra l'intera distesa della città, adagiata sul lago. « Il piano sequenza della nostra storia inizierebbe da qui. » Rigida e perfetta come se la ripresa fosse reale, ruotava lentamente il busto. Le dita erano sempre saldate nel rettangolo fittizio dell'obiettivo. « Poi, pian piano », sillabava scendendo lungo i pendii verdeggianti dello sperone occidentale del monte, « l'inquadratura finirebbe... »

Pausa d'effetto.

« Qui. »

Le dita si fermavano, incorniciando esattamente le prime rocce candide che accompagnavano la strada statale verso nord, lungo il lago e lontano dalla città.

Il primo bacio.

Giuseppe scivolava allora alle sue spalle, cingendola in vita.

Sofia persisteva con l'occhio destro chiuso e il sinistro incorniciato dal finto obiettivo.

E rideva. Dio, quanto rideva.

Anche in Sicilia, quel pomeriggio, le dita di Sofia sono nuovamente serrate in un rettangolo. La bicicletta è stesa a terra, lungo la ghiaia che riempie le ultime propaggini di una curva, prima della scarpata.

Lei è in piedi, immobile.

Il vento accarezza le pieghe della sua veste di lino giallo, il sole riscalda gli ultimi ricci bagnati.

L'inquadratura è immobile, fissa sul mare ai loro piedi. Appena sopra l'indice sinistro, le cime dei lecci sussultano alla brezza marina. Poco al di sopra, lo specchio turchese; appena sotto l'indice destro, uno sbuffo leggero di nuvole bianchissime.

È tutto così quieto e giusto, si dice Sofia. Nell'aria, il senso di serenità del giorno che va a spegnersi.

Per la prima volta in vita sua, Sofia si sente libera. Libera di essere sé stessa, libera di amare. Lontano, alle sue spalle, chilometri e chilometri al di là delle creste degli Iblei, c'è casa sua. Il padre, le sorelle, le tremende scelte di Laura, quella madre che non è sua madre. Un labirinto di emozioni e rimpianti nel quale a lungo ha creduto fosse destinata a perdersi.

Ma lì, su quella strada riversa sul mare, è tutto così vero e semplice.

Lì, insieme a Giuseppe, che le sfreccia accanto proprio in quell'istante.

« Forza! » le grida, proseguendo in discesa. « Si fa sera. »

Sofia ha ancora le dita premute a rettangolo sugli occhi. Ostinatamente, intende fissare nella memoria quell'immagine. Non riesce a distogliersene.

Avverte in gola affacciarsi il fiato di una risposta.

Poi uno stridio improvviso di freni.

Ammutolisce.

Due curve più in basso, Giuseppe si è trovato di fronte

un carretto. Uno stupido carretto stipato di erbe e fascine, Dio solo sa per andar dove. Se l'è visto di fronte proprio in prossimità della curva. Ha sterzato ma la pendenza della stradicciola a schiena di mulo l'ha ingannato. Nonostante la frenata, la bicicletta non si è fermata in tempo. Lo scheletro di metallo e tubolari ha impattato sul muretto, come un corpo morto.

Sofia ha solo il tempo di voltarsi.

Quando vede Giuseppe cadere nello strapiombo, ha ancora le dita premute sulla fronte. La finta cinepresa imprime sulla pellicola della sua memoria l'immagine di una silhouette elegante, le braccia spalancate.

Una sagoma immobile, forse già vuota.

Nel silenzio di un cielo azzurro.

PRIMO INTERMEZZO

Un soldato

Addio! Vivere bisogna pure,
è forse l'unico modo
d'esser fedele ai sogni.
Me lo dice il vento
che m'investe all'angolo della casa che lascio.
Me lo dice la vasta ombra dei platani
e le cicale.
La nostra ora passa.
Non t'inganni l'amaro delle lacrime che versi,
è la tua ora, è la tua vita.

PB

Canale di Sicilia, 16 aprile 1943

Una di notte.

La *Cigno* è salpata da Trapani insieme alla nave gemella, la *Cassiopea*. L'obiettivo dichiarato a tutto l'equipaggio è quello di proteggere l'avanzata della motonave *Belluno* che – a distanza di poche miglia e scortata a vista da altre due torpediniere – trasporta in Tunisia un fondamentale carico di munizioni.

« Ma se stiamo per perderla, la Tunisia », sussurra l'attendente Vignali al suo sottotenente di vascello e direttore del tiro.

Antonio Badoni si aggiusta il cappello sulla fronte. « Appunto », pronuncia con orgoglio.

« Io dico che gli inglesi ci stanno già aspettando », prosegue Vignali, rivolgendo un cenno al catino di pece di fronte a loro.

« Può darsi », commenta Antonio.

Per un'ora e mezzo la *Cigno* e la *Cassiopea* proseguono navigando a dodici nodi. La notte è chiara. La luna, al primo quarto, si avvia a tramontare.

Sono le 2.38.

Le due imbarcazioni d'avanscoperta sono una decina di miglia oltre Favignana. Le altre tre navi, al sicuro cinque miglia indietro.

Improvvisamente, l'orizzonte si apre come un sipario.

Dalla cortina color oltremare del cielo emergono i profili neri di due navi sconosciute.

Non sono ferme. Si trovano poche miglia a sud-ovest della *Cigno*, e sono dirette a nord.

Sulla torpediniera risuona l'allarme. Prepararsi a combattere.

Antonio Badoni detta le prime istruzioni per il tiro dei cannoni.

«Sono loro?» domanda agitato l'attendente Vignali. «E se invece fossero italiani?»

«Lo scopriremo subito», risponde il giovane Badoni accennando ai marinai che già stanno predisponendo i segnali di riconoscimento.

Ore 2.45.

Nessuna risposta.

«Non sono italiane», annuncia Badoni a Vignali.

Il *Paladin* e il *Pakenham* – questi i nomi dei due cacciatorpediniere nemici – hanno rilevato il convoglio italiano via radar e hanno immediatamente virato per intercettare le torpediniere italiane.

«Non procedono affiancate», nota Vignali, impugnando il binocolo.

«La seconda accosta», mormora tra sé e sé Antonio, prima di attivare la comunicazione con la sala comandi. «Vogliono prenderci in mezzo.»

La *Cigno* ha già comunicato alle altre tre navi italiane di fare marcia indietro. Il carico è salvo, ma ora c'è da salvare la pelle.

Ore 2.48.

Dieci cannoni da 102, otto mitragliere da 40 e sei da 20. E quattro tubi lanciasiluri. Contro sei cannoni da 100, venti mitragliere da 20 e altrettanti tubi lanciasiluri.

Da una parte e dall'altra si fanno i conti delle classi di

torpediniere e delle rispettive artiglierie. Gli inglesi sanno di essere in vantaggio. Gli italiani di essere sfavoriti. Sulla carta, quantomeno.

Antonio inspira profondamente.

Franca.

Il matrimonio.

Lecco e la fabbrica.

Suo padre.

Antonio espira.

Il mare aperto.

Il nemico.

L'onore e la pelle.

Numeri, ordini, cremagliere che tintinnano.

« Pronti al tiro », comunica Antonio.

« Fuoco », è l'ordine del comandante.

Un rombo cupo scuote la nave, la notte e la cassa toracica di Antonio.

Il colpo centra una bomba di profondità stipata a poppa dagli inglesi. La melma nera del mare s'illumina improvvisamente di un bagliore rosso. Poi fumo, scuro e denso. Roba da sentire la puzza fino alla *Cigno*. La stazione di governo del *Pakenham* è devastata. L'incendio ha l'aria di essere serio.

« E andiamo », esulta Vignali sfiorando il braccio di Antonio.

Gli inglesi tirano al buio, usando i radar e non illuminando gli obiettivi con i fari.

« Ci costringono a tirare alla cieca », sono le parole di Antonio.

Ma, alla cieca o no, un altro colpo va a segno. La seconda sala radio inglese salta in aria.

Un quieto entusiasmo si diffonde sulla *Cigno*.

E poi arriva.

Ore 2.53.

Il colpo inglese s'infila dritto nella caldaia di prua. Sulla notte cala d'improvviso una seconda notte. La luna scompare rapidamente, i contorni del mare si fanno incerti, la presenza dei nemici ideale. Una nube di fumo e vapore avvolge l'intera zona centrale della nave.

Antonio scorge a malapena il comandante, salito in controplancia per provare ad avvistare qualcosa al di là della coltre di fumo.

Tirare ora è sostanzialmente impossibile. Il timone non risponde più ai comandi.

« Maledizione! » esclama Antonio, immerso in quella cascata di vapori.

L'attendente Vignali tace. Ha già capito. Sono facili bersagli, immobili e senza alcuna possibilità di manovra.

Il *Pakenham* tira, e tira ancora. Ciechi e senza nemmeno la possibilità di spostarsi lungo il ponte in cerca di un riparo, i marinai vivono quei cinque minuti con la sensazione di una vita intera. Schegge e proiettili di mitragliatrice ne ammazzano a decine. Altri si prendono colpi e pezzi di metallo sul corpo, trascinandosi come possono sottocoperta o dietro i parapetti. Il *Pakenham* è lì, a poco più di un miglio. Praticamente un corpo a corpo.

La *Cigno* spedisce in mare i propri siluri. Nessun segno di successo, s'inabissano chissà dove.

Ore 2.58.

È il turno dei siluri del *Pakenham*. Ne hanno quattro, e tutta la visuale.

Le tre di notte.

Un siluro colpisce la *Cigno* a centro nave. La torpediniera esplode e letteralmente si spezza in due tronconi.

Antonio e Vignali sono scaraventati in mare.

L'attendente finisce un paio di metri sott'acqua. Sopra

di lui, oltre la superficie, è tutto confuso. C'è un'ombra gigantesca, e un bagliore scarlatto come di un sole che vada a spegnersi in acqua. E poi un fischio continuo e accecante.

Non ha forze in corpo, ma sa che da qualche parte deve trovarne. Se vuole tornare a respirare.

Riemerge.

Nuota come può fino a un resto galleggiante dello scafo. Si tocca il volto, le spalle, il cranio, il torace. Graffi e poco altro.

« Sottotenente, sottotenente! » chiama a gran voce.

Niente.

« Antonio! » riprova girando lo sguardo in ogni direzione, come un pesce in un acquario.

« Luigi... »

Una voce flebile lo richiama alle sue spalle.

« Antonio! » In due o tre bracciate è lì, insieme a lui. « Vieni, appoggiati a quella lastra. »

Lo cinge sotto entrambi gli avambracci e lo avvicina al pezzo di lamiera.

Poco lontano, un nuovo rombo. La *Cigno,* o quel che ne resta, sta ancora sparando.

Gira lo sguardo su Antonio. E solo in quel momento se ne accorge.

Antonio è una maschera di dolore. Stringe i denti come se dovesse sollevare un siluro. Ma sta solo cercando di tenere insieme il suo stesso corpo. È ferito, dilaniato. La camicia bianca è ormai bruna, scura come lo è il mare tutto intorno, uno straccio imbevuto di acqua salata e sangue.

« Antonio... »

« Prega con me », gli sussurra sempre più flebilmente.

Luigi attacca una nenia, forse per assecondarlo o forse per disperazione.

Intanto si guarda intorno per cercare aiuto.

« Ave Maria... »

Il mare è una palude di carburanti, sangue e lamiere. Diversi cadaveri galleggiano inerti. Altri marinai gridano a pelo dell'acqua e le loro urla diventano gorgheggi disperati.

« Prega con me, Luigi », ripete Antonio un'ultima volta, senza nemmeno più le forze di reggersi al troncone e tenere ritto il capo.

Un bagliore improvviso fa sussultare Vignali.

L'attendente torna con lo sguardo dove un istante prima c'era il giovane Badoni. « Antonio? »

Non gli risponde nient'altro che l'ululato del mare.

VI

SOFIA

Il bambino sull'albero

Vedi
anche a non aspettarla
la morte viene
ma le altre cose
non sempre
non come vorresti.

PB

Roma, 18 aprile 1943

Devono per forza essere i loro volti, suo e di suo padre, a respingere ogni tentativo d'ingresso.

Non c'è altra spiegazione.

La littorina è stipata ovunque, ci sono persone in piedi anche lungo il corridoio. Naturale che ogni tanto qualcuno pieghi con noncuranza la maniglia dello scompartimento per fiondarsi sulle poltroncine vuote. *Posti liberi, finalmente.*

Poi, però, basta uno sguardo.

Il suo volto rigato dalle lacrime, suo padre come in trance.

Meglio passare oltre, si dicono l'uno dopo l'altro tutti i viaggiatori. L'unico scompartimento apparentemente vuoto è forse quello più pieno. Zeppo di ricordi, di pensieri, di dolore. Tracimano ovunque, si avvinghiano come filamenti ai braccioli e ai poggiatesta, si issano come corde alle mensole di metallo, straripano da lampade e posacenere, pervadono gli schienali di pelle e il pavimento in linoleum.

Forse è questo ciò che vedono gli estranei. Una matassa di spaghi neri e viscidi, intrecciati come un labirinto nell'intero scompartimento, aggrovigliati su due figure umane. Mute.

« Papà? » sussurra Sofia.

Fuori del finestrino, le colline toscane stanno già mutando forma. I cipressi e i filari di viti scompaiono a poco a poco, gli ampi pendii di terra bruna si fanno più aspri e scostanti. Improvvisi torrenti attraversano le vallate e i dirupi degli altopiani. I casolari biancheggianti si rimpiccioliscono e si stringono l'uno all'altro, più opachi, assumendo i tratti di piccole colonie di tufo.

Sofia non ha un'idea precisa di dove possano trovarsi. Sa a malapena quante ore siano trascorse dalla partenza dell'espresso, a Milano. Quattro, forse cinque.

Un frastuono alla porta la distrae.

Lo scompartimento è nuovamente preda di un tentativo d'accesso.

Sofia chiude gli occhi. *Passate oltre, per favore. Vi prego.*

Anche questa volta il giro della maniglia s'interrompe.

Suo padre nemmeno se n'è accorto.

Da quando sono partiti, ha il capo chino. Nei suoi occhi, qualcosa che Sofia fatica a comprendere. Le sembra più rabbia che dolore.

«Papà?» lo richiama, con un filo di voce.

Vorrebbe che lo piangessero insieme, Antonio. Quel dolore... Sente di esserne sovrastata.

GRB solleva il capo. Di nuovo uno sguardo elettrico.

Come se fosse una corsa contro il tempo, come se tutto fosse ancora possibile.

Di domande, Sofia ne ha una valanga. Vorrebbe chiedere al padre come si sente, cosa prova, cosa significa quello sguardo. Se ha capito che Antonio se n'è andato, inghiottito per sempre dalle acque del Mediterraneo. E poi, che ne sarà della famiglia, quali parole ha trovato per parlarne a Piera, chi ha scritto a Laura, se la Mina è già corsa in chiesa a far dire messa e recitare un rosario.

Invece no. Le esce di bocca l'unica domanda che non è tale. Un'invocazione di aiuto, forse. Perché è nel loro istinto – suo e delle sue sorelle – cercare la protezione di GRB. Sempre e comunque, persino quando il suo sguardo sembra dire che no, non è ancora il tempo del dolore.

« E adesso? »

« E adesso? » Sofia aveva posto al padre la stessa domanda, due anni prima.

Erano in treno, quella volta diretti a nord. Un'automedica, intanto, stava trasportando il fisico spezzato di Giuseppe Mazzoleni, miracolosamente sopravvissuto alla terribile caduta in bicicletta. Non avrebbe più camminato, e i medici avevano subito chiarito che, in quelle condizioni, le aspettative di vita potevano dirsi al lumicino.

Sofia era esausta. Avrebbe pianto, se solo ne avesse avuto le forze.

Negli occhi aveva ancora l'immagine del corpo di suo marito, disteso nel vuoto al di là del maledetto muricciolo di pietra.

Improvvisamente, su quel treno, aveva sentito il padre stringerle le mani, il suo sguardo magnetico attirare il suo.

« Tuo marito è ancora vivo », le aveva detto. « Devi essere forte. » Poi una stretta ancora più intensa, le pupille volitive che si dilatavano. « Devi farlo, per lui. »

Sofia aveva riconosciuto in suo padre quella forza quasi sciamanica che, adorante, aveva colto fin da ragazzina. Il fluido di ferrea volontà che quell'uomo era in grado di trasferire a chiunque lo sfiorasse. Come uno stregone.

Era stata forte, coraggiosa.

Suo marito non avrebbe più potuto camminare? Bene,

avrebbe camminato lei per lui. Suo marito avrebbe vissuto un anno solo o poco più? D'accordo. Lo avrebbe almeno aiutato a completare il suo gioiello, quella villa a Lecco nella quale aveva profuso tanta parte del suo ingegno.

GRB aveva persino congegnato un particolare seggiolone, in grado d'immobilizzare la spina dorsale di Giuseppe e consentirgli almeno di muovere liberamente braccia e mani. Era essenziale, per disegnare.

Suo marito pareva aver ricevuto in dote lo stesso fluido, lo stesso coraggio.

Dapprima aveva diretto gli operai dal letto sul quale giaceva immobilizzato, tormentato da dolori al limite del sopportabile. Quindi, grazie al seggiolone, era persino riuscito a prodursi in nuovi schizzi e bozzetti per le sue sculture. Quasi fosse l'oggetto al quale si era disperatamente avvinghiata la sua anima, la chiusura dei lavori in villa era infine coincisa con il venir meno di ogni forza vitale.

L'ultimo fiato, tre ore prima di un'alba della primavera precedente, Giuseppe lo aveva riservato a lei.

«Sofia, io muoio», aveva sussurrato.

Il tono era quieto, dimesso. Come si annuncia di uscire a passeggiare.

Ed era finito così.

Quel pezzo della sua vita le si era sgretolato tra le mani al termine di una notte fresca e opaca, senza stelle.

Prima di avvisare in casa, Sofia aveva delicatamente chiuso gli occhi a suo marito. Allontanandosi di pochi passi verso la finestra, aveva di nuovo congiunto indici e pollici. Era la prima volta da quel pomeriggio in Sicilia. Dalla penombra della camera, la finta cinepresa aveva inquadrato uno strano gioco di riflessi. Una giovane donna con gli occhi fieri e smarriti, un accenno di lacrima e quattro dita serrate di fronte agli occhi. Poco oltre, le cime dei platani che, immobili per l'intera giornata, si erano scosse per alcuni istanti. Come se un alito di vento le avesse investite improvvisamente, per poi proseguire il suo corso lungo le rive del lago, sino ai fianchi delle montagne.

« E adesso? » ripete Sofia.

Il padre le sfiora la mano, la stringe. Poi distoglie lo sguardo. « Lo troveremo. »

Trovarlo? Sofia socchiude gli occhi, incredula. Antonio è morto, il suo corpo riposa chissà dove nel ventre del mare. Ritrovarlo non cambierebbe nulla.

Sofia vorrebbe dirgli di farsi coraggio, che ha ancora le sue figlie. Che la vita prosegue e che Antonio vivrà nel loro impegno e nella sua dedizione. Vorrebbe, ma nessuna parola che le si condensi in gola ha il potere di fuoriuscire vera e tangibile.

Sono folate d'aria, inutili valzer di pensieri.

D'un tratto, uno di questi la trafigge.

Suo padre avrebbe scambiato la vita di Antonio con quella di una qualunque delle sue figlie.

È un pensiero ingeneroso e terribile. E Sofia vorrebbe cancellarlo all'istante. Perché sa che non è vero, perché è solo dolore che si aggiunge a dolore, veleno che infetta la ferita.

Eppure non le riesce di dominarlo, quel pensiero.

Mentre il treno abbandona le colline e s'infila dritto tra le prime propaggini di Roma, quell'immagine è lì nella sua testa. Quella consapevolezza – finta e parassitaria come solo il dubbio sa esserlo – gioca ancora con il suo dolore.

Sofia respira. S'impone di chiamare a sé ragionevolezza e buonsenso.

Certo, una parte di vero c'è. Come negarlo?

Antonio era il migliore di loro, il più amato; era un'anima sola con GRB. Non si può cancellare un legame simile.

Ci si può forse ingannare, o finire per perdersi.

In un ultimo barlume di ragionevolezza, Sofia avverte distintamente la battaglia silenziosa che infuria in quello scompartimento. Lei e suo padre danzano lungo quel filo sottile. Perdersi o ingannarsi. Per la vita intera.

«Lo troveremo,» sussurra nuovamente suo padre, il capo chino.

Il ministero della Marina.

Pochi edifici a Roma possono vantare un carico simile di barocco e retorica. Un messaggio quantomeno inopportuno e stridente con il bilancio fallimentare della battaglia del Mediterraneo e la sorte tremenda di tanti giovani marinai.

È lì che i Badoni corrono a cercare notizie certe di Antonio. Tra le mani, una flebile speranza e la grande influenza politica sul territorio lombardo.

Sofia e suo padre attraversano le colonne corinzie all'ingresso del palazzo, degnando di scarsa considerazione i bassorilievi della facciata e le due gigantesche ancore di ferro, simbolo della vittoria nella Grande guerra. Nella corte d'onore dell'edificio, una mezza dozzina di palme circonda la fontana centrale in marmo, ornata anche da un roseto rampicante. Rientrando nell'ala orientale, si ritrovano di fronte allo scalone d'onore.

Anche in questo caso, i loro pensieri sono troppo frastornati e abbattuti per notare i timoni impressi sulle vetrate oppure i tritoni e i rostri di metallo che adornano eccezionalmente capitelli e cornici interne: un tributo alle tradizioni e all'immaginario marinaresco che permea persino gli elementi architettonici.

Lo scalone a tenaglia, di tradizione barocca ma di gusto eclettico, conduce trionfalmente al piano superiore. L'accesso al ballatoio è accompagnato da un tripudio di marmi e balaustre ed è sovrastato da un soffitto decorato con affreschi liberty, modanature e inserti dorati.

Sofia e GRB sono quindi accolti nella straordinaria biblioteca del palazzo.

Un ufficiale di marina, evidentemente poco avvezzo alla permanenza in mare e parecchio invece alle pubbliche relazioni, stringe in modo plateale la mano ai due Badoni. Poco probabile che il militare conosca l'eroismo di Antonio a Tobruk o le vicende del Canale di Sicilia. Molto più facile che qualcuno, ai piani alti, l'abbia istruito di accogliere con tutti i crismi l'industriale di rango in arrivo per avere informazioni del figlio.

Sofia nota lo sguardo del padre vibrare d'irritazione. Quel damerino con i gradi ancora lindi e scintillanti rappresenta un mondo totalmente diverso non solo da lui e dal suo approccio pragmatico ai problemi, ma anche e soprattutto dal senso dell'onore e dal coraggio in battaglia di suo figlio Antonio.

L'ufficiale li informa che al ministero si attendono dispacci imminenti riguardo ai naufraghi e ai dispersi della *Cigno*. Chiede che aspettino lì in biblioteca. Spiega che è un ambiente più riservato e può adeguarsi meglio alla loro condizione.

A quella parola, come si trattasse della diagnosi di un male incurabile, GRB stenta a contenersi. « Vada a cercare informazioni. Alla nostra condizione baderemo noi. »

L'ufficiale inghiotte amaro, levandosi di torno con un cenno altezzoso.

Le ore trascorrono lente e monotone.

GRB è seduto su una sedia, le dita intrecciate sul petto e lo sguardo severo piegato verso il basso. Sullo schienale in cuoio è impresso un veliero. Sofia lo nota distrattamente, rendendosi poi conto che l'intero ambiente è decorato da motivi marini. Le balaustre in ferro battuto dei ballatoi riprendono le forme dell'ancora, le maniglie delle porte sono forgiate a forma d'ippocampi e i copritermosifoni sono vascelli di ottone. Persino i quattro zoccoli dei tavolini - coperti di carte nautiche e strumenti marinareschi - ritraggono altrettanti delfini. I riferimenti al mare e agli astrolabi impreziosiscono, infine, anche i tre monumentali lampadari della sala.

I pensieri di suo padre sono invece opachi, nebulosi, ma non del tutto impenetrabili. Per come lo conosce, Sofia sa bene che non sono certo estranei alle sue riflessioni anche il futuro della famiglia e quello della fabbrica. Dodici figli, ma undici ragazze. Cinque ragazzine, una bambina, la primogenita lontana anni luce da lui e dalle sue ambizioni.

« Ti ricordi quando eravamo piccoli, papà? Quel gioco degli alberi, l'agenzia immobiliare. »

GRB scuote la testa, perplesso.

Sofia, con il tono di una maestra paziente, prova a spiegare. « Laura organizzava le aste delle piante del parco. Eravamo noi cinque, e due o tre dei cugini: formavamo le coppie di piccoli affaristi. Laura stabiliva il prezzo delle case immaginarie sugli alberi e diceva un numero, che poi era il valore. Chiunque mostrasse lo stesso numero sulle dita della mano concludeva l'affare. E, be', la casa era sua. »

GRB non può trattenere un sorriso sbieco. « Giovani imprenditori. »

Sofia annuisce. « La mia preferita era l'Aquila: chiamavamo così un cedro con la cima mozza e due lunghi rami che s'issavano dal tronco come ali. »

« Ricordo che lassù avevi il tuo nido: portavi la cassetta dei colori e provavi già a tratteggiare l'aspetto del giardino dall'alto e la silhouette delle ciminiere. »

Sofia perde il filo per qualche momento. Non si aspettava che suo padre se ne rammentasse. Poi riprende. « Sta di fatto che solitamente lasciavamo ai piccoli le piante meno alte », prosegue con lo sguardo rivolto al lampadario, come se avesse veramente di fronte l'albero del parco. « Ma un giorno abbiamo lasciato che Antonio comprasse la vecchia magnolia. Lo abbiamo issato fin quasi alla cima, ma poi lui ha fatto una mezza capriola, è scivolato e... »

« E...? » Alza la voce GRB, facendo leva sui braccioli della sedia.

La reazione sorprende Sofia. È quasi come se quel bambino fosse ancora lì, in procinto di cadere dalla cima dell'albero. « E poi nulla », si schermisce. « Per pura fortuna la cintura del grembiulino si è impigliata in uno dei rami vicini. Lui se ne stava lì appeso ad annaspare a mezz'aria. Siamo riusciti a metterlo in salvo, ma ho avuto una paura tremenda. Un senso di vuoto alla bocca dello stomaco che riesco a sentire ancora adesso distintamente, a distanza di anni.»

GRB ritrova quiete, si abbandona nuovamente allo schienale.

Per pochi istanti, l'intera biblioteca è avvolta dal solo ticchettio dell'orologio.

«Non vuoi sapere perché te lo racconto?» domanda Sofia.

«Perché?»

«Perché c'è una sensazione che non ho mai dimenticato. Un pensiero netto, preciso. Uno di quelli che ti passano nella testa un'istante prima dell'irreparabile.»

«Quale?» domanda GRB.

Sofia scandisce le parole come se stesse parlando a un sordo. «Lo stiamo togliendo a papà.»

Padre e figlia ora si guardano negli occhi, come se non potessero interrompere il fluido che li lega.

«Ricordo distintamente di averlo pensato. Non se si sarebbe fatto male, quanto mi sarebbe mancato, o quale punizione avremmo ricevuto. No, io già pensavo... Era a te che lo stavamo togliendo, papà. Capisci? Avevo nove anni e già avevo compreso che Antonio, per te, era un'altra cosa. Era tutto, era la parte migliore di te, di noi.»

GRB piega lo sguardo, come se quel ricordo fosse incandescente. E gli facesse male.

«Ogni inserviente in villa ci ricordava sempre della festa di battesimo che avevi organizzato per Antonio. Tutto lo stabilimento invitato in giardino: operai, dirigenti, impiegati e amici. L'abbiamo sempre saputo cosa rappresentasse per te. Tutti lo sapevano in villa, in fabbrica. Posso capirti, papà », insiste Sofia. « Puoi parlarne con me. »

D'un tratto GRB si alza, rovesciando la sedia con un calcio.

Sofia arretra, intimorita.

« Parlarne? Di cosa, Sofia? Anche tu con queste parole al passato, con questi bilanci da chiudere come se fosse l'ultimo istante per farlo? Non è morto. »

« Papà, illudersi è solo... »

« Non è morto », scandisce GRB, gridando ancora più forte.

SECONDO INTERMEZZO

Un soldato

Prime luci del giorno
ancora neri di notte
colli e tetti ad oriente.
Brilla all'imbarcadero
ancora un lume
e il battellino
attende la sua soma.

PB

Giugno 1945

Il treno imbocca il ponte di ferro sull'Adda con un piccolo sobbalzo che sveglia uno dei passeggeri appisolato contro il finestrino.

Il suo volto è nascosto dalla barba ispida, sfatta da settimane. È un ex militare.

Lo si intuisce dagli scarponi, ormai completamente consumati, e dallo zaino grigio che ha posato sul pavimento, annodando la spallina intorno alla caviglia, per evitare che qualcuno potesse rubarglielo durante il sonno.

Mentre il treno procede a passo d'uomo sopra il fiume, l'intelaiatura d'acciaio del ponte disegna rombi d'ombra sulla superficie tremolante dell'acqua.

Il passeggero getta uno sguardo esausto dal finestrino. La città sembra attenderlo, altrettanto stremata e adagiata lungo il lago.

Ricorda ancora le sere d'estate prima della guerra. Un tripudio di odori, luci e risate. Nulla che ora veda impresso tra gli aloni del vetro.

Alla stazione di Lecco il convoglio si ferma bruscamente. I freni guaiscono come cani affamati. Il passeggero si rende conto di essersi appisolato nel tragitto di cinque minuti dal ponte alla stazione. Slega lo zaino dalla caviglia e se lo getta in spalla.

Sulle banchine i lampioni sono tutti spenti, per risparmiare combustibile.

La barba si colora di arancione quando la fiamma dell'accendino dà fuoco al moncherino di sigaretta che ha estratto dalla tasca della camicia. Chiamarlo mozzicone è quasi un complimento.

È più che altro un espediente per prendere tempo, per far defluire gli ultimi passeggeri del treno che ancora svapora: attende che si siano incamminati verso l'uscita prima d'imboccare la loro stessa direzione, a distanza di sicurezza.

Nessuno in realtà sembra aver voglia di occuparsi di quel ragazzo consumato e silenzioso. Ai loro occhi non è che un ex soldato come tanti. Ne stanno arrivando di continuo, da ogni parte d'Italia, dalla Germania, dalla Grecia. Persino dall'Africa. Pochi, troppo pochi, dalla Russia.

Sono fanti, o reduci, o internati, o disertori, o partigiani, o magari imboscati. Le definizioni ormai non interessano più a nessuno. Sono sopravvissuti, e tanto basta.

L'aria appiccicosa sa di cherosene, ferrame e sudore. La stazione è grigia, come tutte quelle che ha attraversato, come tutto quanto, in questi mesi.

Si è lasciato alle spalle città dai nomi impronunciabili, frontiere, dogane, posti di blocco, tradotte, marce e convogli. Passaggi offerti e altri comprati, treni, camion, bici, strade, ponti, sentieri. Meglio non pensarci.

In effetti se l'aspettava diversa, la fine della guerra: sognava campane e banchetti, ma la verità è che ci sono più lacrime da piangere che motivi per brindare.

Aspira il fumo - pungente e fastidioso - della Nazionale e si avvia verso l'uscita.

Un sorriso impercettibile compare sul suo volto, negli occhi più che sulle labbra.

Eccolo lì.

Il primo Badoni che incontra a Lecco. Una bestia di acciaio e ferro, uno degli automotori ferroviari prodotti nella fabbrica: piccole locomotive in grado di manovrare i treni negli scali ferroviari. Ne hanno costruiti a migliaia negli ultimi anni. Non c'è stata stazione dove non ne abbia incrociato uno, e ogni volta è stato un piccolo assaggio di quella casa. Un piccolo segreto che si è portato sempre con sé, senza mai farne parola con nessun compagno di viaggio. *Vedete, io conosco bene chi li ha costruiti.*

Era meglio evitare di ricordarsi. Di Lecco, del lago, delle pareti grigie del San Martino e di quelle bianche della villa.

E di lei.

Ma ora è arrivato, finalmente.

L'uomo costeggia le mura spagnole della città vecchia, coperte di rovi e rampicanti, risalendo lungo il corso, fino a che non si trova proprio di fronte allo stabilimento Badoni.

I suoi occhi si focalizzano vorticosamente su piccoli dettagli: i carriponte che troneggiano inerti sopra la cinta, il vetro rotto di una finestra, la grande sbarra d'ingresso arrugginita e malconcia, le vecchie scritte della propaganda sul muro esterno, coperte alla buona da una toppa di vernice nera. Alle finestre che si affacciano sul viale sono appese decine di bandiere rosse, mentre un gruppetto di operai presidia l'accesso principale: il grande cancello è chiuso e gli uomini se ne stanno in piedi alla guardiola chiacchierando, all'apparenza tranquilli.

Allora la fabbrica è occupata, c'era da aspettarselo. Sta davvero cambiando tutto, e Lecco non fa eccezione. Poco oltre, appare la sagoma familiare di Villa Badoni.

I rami secolari del parco non riescono a nascondere del tutto le luci accese ai piani superiori.

È lì, finalmente.

È tornato.

Sogna quell'istante da mesi. Da anni. Eppure il soldato scopre che in quel momento non pensa a loro, ai Badoni. Non pensa nemmeno al viaggio fatto, alla guerra e alla pace.

Pensa invece alle bucce di patate sporche di terra che lo hanno tenuto in vita e poi al brodo di cappone della Mina.

La Mina... chissà se c'è ancora... O se...

Tira un sospiro di sollievo. Allora quei ricordi, quelle sensazioni non se ne sono andati del tutto. Doveva solo fuggire da quell'inferno.

Dio, quanto è stanco.

Nemmeno se le asciuga, le lacrime che sfogano nella barba tutta la sua stanchezza.

Tocca entrare, ora.

Il grande cancello è proprio di fronte a lui, ma il soldato ha imparato a non dare nulla per scontato. La dimora potrebbe essere stata requisita, potrebbe essere anch'essa occupata o chissà cos'altro. Di questi tempi, in troppi girano con la pistola sotto la giacca, ed è meglio prima guardarsi intorno. Due passi ancora risalendo dal corso, ed è sul retro della villa. Le finestre sono aperte per ricevere la brezza fresca che scende direttamente dal Resegone.

« Marta! » si sente echeggiare nel giardino. « Ma ancora non sei pronta per andare a dormire? Vuoi che chiami papà? »

« Uffa, Piera... »

L'uomo sorride. Per la prima volta, dopo una vita.

Sono loro, non c'è alcun dubbio.

Come in trance, getta lo zaino a terra e corre urlando verso il portone sul retro: « Sono io! Apritemi! »

Dentro la villa, nel salone e tra i corridoi di casa, le urla hanno l'effetto di un blackout. Tutti interrompono istintivamente le loro azioni. Poi l'intera villa ha un sobbalzo, come una lieve scossa di terremoto, una piccola aritmia cardiaca. Non c'è nemmeno il tempo di pensare e capire, che dal portone arrivano, l'uno dopo l'altro, cinque sei sette colpi sordi.

In un istante, GRB scatta in piedi e si precipita fuori del suo studio. Lo stesso fa Sandro, il tuttofare, che invece è partito dalla cucina: i due si ritrovano contemporaneamente di fronte alla porta, quasi spalla contro spalla.

Lo sguardo interrogativo di Sandro, quello elettrico di GRB. Con un giro di chiavi, Badoni spalanca l'uscio: c'è un soldato alla porta.

Che sia davvero lui? Che sia riuscito a tornare?

Il soldato alza leggermente il berretto che ne adombrava gli occhi, e si lascia andare a un lungo sorriso.

GRB ammutolisce. Per centinaia di notti ha sognato che suo figlio Antonio tornasse di nuovo a casa. Una scena che ha rivisto nel sonno innumerevoli volte, sempre identica: Antonio che si presenta perfettamente pulito, senza un solo graffio, con la divisa impeccabile, e che racconta di come si era salvato su una scialuppa, di come aveva perso l'orientamento nel cuore della notte, di come era stato fatto prigioniero da un cacciatorpediniere inglese, degli anni passati in un campo di prigionia a Orano, in Algeria...

Ma questo non è un sogno. E davanti all'ingegnere c'è un ragazzo magro, logoro, silenzioso. Uno straccio sporco e consunto, che sembra essere stato portato, quasi per caso, da una folata di vento.

GRB restituisce al soldato un silenzio colmo di delusione, che in un baleno ne fa a pezzi l'entusiasmo. «Coraggio, Rudolf. Entra in casa.»

VII

RUDI

Il cancello sprangato

Albeggia nel mio cuore
come un'alba d'inverno
un po' velata
la gioia di rivederti.
Le tenebre notturne
e dell'angoscia
ancora tutto il cielo oscurano
ma forse si farà giorno.

PB

Giugno 1945

Finita? La guerra non è per niente finita.

Si respira nell'aria. Si vede. Nelle donne in fila davanti al panettiere, nelle scarpe bucate, nei fucili nascosti nei sottotetti con una manciata di pallottole a portata di mano. Nei ragazzi che tornano zoppicando, e in quelli che non sono tornati. Nelle nuove scritte sui muri, gonfie di una rabbia diversa e di vecchi nemici cambiati d'abito.

La guerra è ancora lì.

Persino nelle camere da letto, nelle notti insonni durante le quali tornano a galla tutto il male, tutta la fame, tutto lo schifo.

Quanto è difficile dormire dopo essere sprofondati nel precipizio?

Figurarsi per Rudi Kramer.

Il marito di Laura è tornato dal fronte orientale, dall'Ucraina. Durante quel viaggio infinito a ritroso nell'Europa, ha puntato dritto all'Italia, non a casa sua, in Germania. Sempre con una convinzione chiara in testa: *Se mi devono catturare, meglio che lo facciano gli americani piuttosto che i russi.* Tutto sommato, è davvero un miracolo che sia arrivato a Villa Badoni.

Sul soffitto a cassettoni della camera, le gocce di vetro sul lampadario riflettono e moltiplicano come un caleidoscopio il fascio di luce dell'abat-jour. Disegnano sulle pareti un cielo di stelle tremolanti che fa da sfondo ai lungometraggi che ogni notte proietta il suo inconscio.

Il *Reichskommissariat Ukraine*, lo chiamavano: il governatorato del Reich in Ucraina.

Istantanee notturne deflagrano come bombe nella sua mente: i palazzi di Charkiv, bellissimi al loro arrivo, distrutti alla loro partenza; la pianura di Kursk, le acque scure del Dnepr e quelle ghiacciate dello Psel; l'odore di nafta dei Tiger e quello di legna bruciata dei capanni in fiamme; ma soprattutto il fango che sembrava divorare stivali, cingoli, bestie e uomini. Dapprima sempre in avanti, sempre verso est, fino a schiantarsi; e poi indietro in ritirata, anzi in fuga, per quasi un anno. Per lui, fino a Lecco, fino a salvarsi. Vorrebbe non pensarci, cessare di rivedersi laggiù, tra i crateri dei bombardamenti sulla superficie lunare della pianura ucraina. Ma non può.

I domestici di casa Badoni, come ogni sera, hanno lasciato sul suo comodino un bicchiere d'acqua e un antinevralgico Alpha Bertelli per aiutarlo ad allontanare l'emicrania che compare quando gli incubi svaniscono. La Mina è convinta sia miracoloso, ma Rudi lo prende ogni notte senza alcun risultato.

L'uomo beve, inghiotte il farmaco e ripone silenziosamente il bicchiere. Sono le due, ma il sonno è lontano anni luce. Allunga la mano fino a sfiorare Laura, al suo fianco, come per assicurarsi che lei sia lì. Che lui stesso sia nella villa e non più al fronte.

Dio solo sa quanto gli è mancato sentirne il respiro.

« Rudi », sussurra lei, ugualmente sveglia, sentendo il tocco della mano. I suoi incubi sono diversi, ma non per questo – Rudi lo sa – i pensieri sono meno bui, le paure meno vivide.

Laura e il piccolo Giuseppe sono tornati dalla Germania subito dopo la sua partenza per il fronte, ormai tre anni prima. Nel vederlo comparire all'ingresso della villa, nessuno di loro due riusciva davvero a crederci. Tanto più il piccolo, che di suo padre ricordava solo vaghe ombre di lineamenti familiari.

Ci vorranno tempo e pazienza per ricucire questi anni di assenza, Rudi lo sa. Come sa che per Laura non è facile restare ancora lì a Lecco. La conosce, la ama e ha subito notato i segnali, ha imparato presto a distinguerli.

I primi giorni dopo il suo ritorno sono stati una vera trasfusione di serenità. Il mutamento più eclatante, per Rudi, sono stati gli odori. Non può dimenticare il profumo della prima minestra di carne, così come la fragranza dell'erba spettinata dalla Breva il pomeriggio seguente nel parco, insieme con Laura e Giuseppe. E poi, le note fresche delle gerbere con le quali Emilia ama allestire personalmente splendidi centrotavola per i pranzi della domenica, l'aroma del caffè durante le partite a domino nel salotto con le cognate, e ovviamente il profumo di Laura mentre accarezza il suo corpo nudo dopo tutto quel tempo.

Nonostante la calma apparente, però, sta riaffiorando in Laura un senso di reclusione sempre maggiore, insieme alla sensazione di malinconica solitudine che da sempre ne accompagna i passi, proprio come un'ombra.

Era stata Laura a confessarglielo, fin dai primi giorni di relazione ai tempi dell'università.

« Semplicemente mi succede. Non so descriverlo. È come precipitare. Anzi, mi sento precipitare per davvero », erano state le sue parole. « Come se stessi cadendo nel vuoto a corpo libero, sola e impotente. Non è un'emozione, ma una vera e propria sensazione fisica. Quando succede, non riesco nemmeno a respirare. »

Laura aveva imparato negli anni a sovrastare quel grido inconsapevole rispondendo colpo su colpo, donando tutta sé stessa alle nuove amicizie, alle nuove passioni, ai nuovi entusiasmi che le servivano per colmare i vuoti interiori.

Era riuscita a trasformare la fiamma, con cui teneva a bada la bestia, in un fuoco luminoso che la riscaldava e la illuminava. Quella sua inarrestabile voglia di esserci, di fare, d'incontrare aveva travolto anche Rudolf Kramer e lo aveva subito conquistato.

A Rudi perciò sono serviti pochi giorni per intuire che nella vecchia casa - per la prima volta, senza la presenza di Antonio -, lì dove i dolori erano nati e cresciuti, dove la matassa si era ingarbugliata giorno dopo giorno, le difese di Laura sembrano ormai vacillare.

L'uomo l'ha osservata camminare distrattamente lungo i corridoi, vedendosi riflessa tra gli specchi come la reietta che non ha mai cessato di sentirsi: sola, ferita nell'orgoglio, ospite di una donna che non ha mai saputo chiamare mamma, circondata dalle altre figlie di suo padre. Anelante favori e attenzioni che sa di non poter ricambiare, in parte dipendente da quella stessa condizione sociale, da quelle consuetudini formali, da quella ricchezza che aveva più volte rinnegato.

E tutto torna, la notte, sotto forma di ansie, sogni travagliati, veri e propri attacchi di panico capaci di togliere il respiro, oltre che il sonno.

« Rudi, stanotte è peggio del solito », sospira asciugandosi nel lenzuolo gli occhi bagnati, sforzandosi d'inspirare ed espirare lentamente.

Rudi le stringe la mano. Glielo aveva promesso fin dal primo giorno: avrebbe riempito lui ogni vuoto nel suo cuore. Avrebbero combattuto fianco a fianco per regalarsi un nuovo caleidoscopio di ricordi felici. Oltre la guerra, oltre le crepe dentro la famiglia.

Ma non lì, non a Lecco. Non in quella casa.

Ormai è evidente.

Senza dire altro, si stringe al suo fianco, abbracciandola sotto il lenzuolo.

« Tranquilla, ora sono qui con te. Lasciamoli fuori, i nostri mostri », sussurra con dolcezza. « Non facciamoli entrare. »

VIETATO ENTRARE.

E, appena sotto, FABBRICA OCCUPATA.

Le scritte tracciate in vernice nera su vecchie tavole in legno se ne stanno appese ai cancelli d'ingresso degli stabilimenti. E non lasciano dubbi. Come Rudi ha compreso fin da subito, anche alle Officine Badoni il 25 aprile ha portato in dote un fortissimo conflitto tra proprietà e operai, che va avanti ormai da due mesi.

I forni sono spenti, le gru sono ferme, gli accessi sono stati bloccati con i lucchetti. Tutto per ordine del Comitato di liberazione nazionale. Anche il cancello pedonale che unisce direttamente Villa Badoni con lo stabilimento è stato chiuso. La serratura è stata saldata e il passaggio viene costantemente presidiato dai manifestanti.

A nessuno che abbia mai messo piede in azienda può sfuggire il senso di quel divieto. Il percorso che dal prato risale la fiumicella, fino al varco nel muro di cinta dal lato della fabbrica, è da sempre il passaggio pedonale privato utilizzato ogni giorno da GRB per raggiungere il suo ufficio. Incarna il rapporto viscerale tra l'ingegnere e la sua impresa. Rappresenta il cordone ombelicale che lega l'azienda alla famiglia Badoni, la vita lavorativa alla quotidianità domestica del padrone.

Interrompere quel passaggio implica una lacerazione netta, senza appello. Un attacco impietoso all'ingegner Badoni, sul piano personale prima ancora che su quello pubblico.

La mattina che aveva trovato il cancello bloccato – quello degli operai era stato un vero e proprio blitz notturno – GRB era andato su tutte le furie. A trattenerlo da azioni inconsulte era stato lo sguardo di sfida impresso sui volti del drappello di operai che se ne stavano immobili a fissarlo dalla fabbrica occupata. Adombrati dai cappelli di feltro calcati sul capo, gli avevano sbattuto addosso la notizia: denuncia di epurazione. Perché di questo, ovviamente, si trattava.

GRB l'aveva intuito fin dalle settimane precedenti, le ultime del conflitto: sarebbe finita così anche per lui, *doveva* finire così. I suoi ruoli istituzionali durante il regime, i contatti con il governo, quella posizione preminente nella borghesia cittadina avevano in parte giovato all'azienda e all'intera città. Ma la marea era mutata, era tempo di saldare il conto.

Quando si era voltato per fare ritorno a casa, scuro in viso, uno degli operai aveva accompagnato il suo dietrofront con un urlaccio eloquente: « Basta padroni, basta Badoni! »

Dopo i primi tempi di tensione, erano tuttavia iniziate le trattative vere e proprie.

Nei capannoni chiusi dello stabilimento adesso domina il completo silenzio. Un solo locale rimane operativo: la mensa, trasformata nel centro del presidio permanente, nel cuore dell'occupazione. Per tanti operai è più confortevole di casa loro, e infatti hanno condotto lì anche le famiglie.

Quantomeno la stufa in cucina è sempre accesa e qualcosa da scaldare lo si trova sempre. Sui grandi tavoli in legno si cerca di disperdere i pensieri, mescolandoli tra le carte di briscola e annegandoli nelle scodelle di brodo caldo.

Sono giorni cruciali.

Fino a poco prima sembrava che l'occupazione potesse terminare da un momento all'altro, che l'accusa di direttive padronali impartite negli anni precedenti a detrimento degli operai potesse essere definitivamente archiviata.

Poi però ci si era messo di mezzo un fatto nuovo, una voce circolata tra gli operai.

Quel soldato tedesco, tenuto nascosto nella villa.

« E a te chi te l'ha detto? »

« Me l'ha detto chi me l'ha detto. Ma è così. »

« E il Badoni lo protegge in casa sua? Offrendogli vitto e alloggio? »

« A noi che diavolo interessa, scusa? »

« Te lo sei già scordato cosa hanno fatto quelli? »

« Già, te lo sei scordato? »

« Guardate che c'ero anch'io in montagna a prendermi le loro fucilate. »

« E allora non possiamo interrompere l'occupazione. Non adesso. »

« Calma, calma. Non è nemmeno il momento di piantare casini. Non sarà quel tedesco che aveva sposato la prima figlia del Badoni? Ve lo ricordate? »

« Me lo ricordo, sì. »

« Pure io. E mi ricordo anche che erano in tre a quel matrimonio. »

« Cioè? »

« Era già in attesa? »

« E come no? »

« Andiamo, andiamo. Affari loro. A noi tocca solo scegliere la cosa giusta per gli altri compagni. »

« Sono affari loro quando riguardano i padroni. Quando tocca a noi, ci sbattezzano. »

« Sacrosanto. »

« Verissimo. »

« Sentite, rogne ne abbiamo fin troppe, mi pare. Questi discorsi lasciateli ai preti. Non so voi, ma io ho già i miei di figli cui pensare. »

« Ecco, bravo, pensa ai tuoi figli allora. È per loro che stiamo occupando la fabbrica. »

« Be', meno male. Pareva quasi lo stessimo facendo per colpa del fantasma di un tedesco. »

« È reale quanto te e me, quel fantasma... »

« Scusate, scusate. Stiamo scioperando perché le cose qui devono cambiare. E, per Dio, cambieranno. »

« Avete informato la commissione interna? »

« Certo. »

« E quindi? »

« Non ci fermiamo. I picchetti proseguono, e presto metteremo giù i nuovi turni del presidio. L'ingresso resta vietato fino alla decisione del Comitato aziendale. »

« Mah... »

« Cosa? »

« Siamo saldatori e ora vogliamo fare gli avvocati... Altro che commissione interna, qui vedo solo una grande confusione interna, e un gran viavai di bandiere rosse. »

« Preferivi quelle nere? »

« Già, preferivi quelle nere? »

« State attenti a quello che dite, altrimenti ve ne arriva uno dritto in faccia. E ricordatevi che qui dentro di bandiere non se ne sono mai viste. Né rosse, né nere. »

« Eccolo, il cagnolino del Badoni. »

« Ridi, ridi. Sai invece cosa si vedeva? »

« Cosa? »

« Il maledetto lavoro. Le commesse non sono mai mancate. Due mesi di occupazione sono un gran segnale politico. Ma io ho tre figli a casa, e senza lavorare non si sta granché bene. »

« Non possiamo mollare adesso, lo sai. »

« Ma non possiamo nemmeno mandare tutto in malora. Quelli del partito lo devono capire. Mettiamo tutto sottosopra, ma intanto perdiamo pane e lavoro. »

« Senti, io non mi accontento più di un pezzo di pane per riempire lo stomaco: ora è il nostro turno per fare i padroni. Io me lo ricordo, il Ciceri. Mica me lo dimentico cosa gli hanno fatto. L'hanno messo su un treno e non è più tornato. »

« Quelli sono stati i fascisti, mica i Badoni. »

« E va bene, forse è così. Oppure forse è vero che imboscano un soldato tedesco, forse è vero che il Badoni se la intendeva con i fascisti. Guarda, io non so davvero più a cosa credere... »

Tutto questo, però, Rudi non lo ha ascoltato con le proprie orecchie. Glielo ha riferito, per sentito dire, GRB in persona. Ieri ha chiesto di lui dopo cena e i due uomini hanno parlato a lungo nello studio del capofamiglia.

Informata Laura già prima di coricarsi, adesso il tedesco deve trovare le parole giuste per spiegare tutto a suo figlio Giuseppe. Passeggia silenzioso per casa, con l'atteggiamento colpevole e abbattuto di un cane bastonato.

Scende pensieroso lo scalone, oltrepassa l'atrio d'ingresso e varca l'uscio del fumoir di Villa Badoni. È una piccola stanza al pianoterra, con le pareti interamente ricoperte da pannelli in legno di cedro - intarsiati con splendidi motivi geometrici - per mantenere la giusta umidità per i sigari. Anche se, a dirla tutta, è ormai diventata semplicemente una sala lettura.

L'ambiente è completato da un camino in marmo nero, elegantissimo, e da alcune sedie moderne: la seduta è in rattan intrecciato, mentre il telaio non è che un unico tubo d'acciaio sapientemente curvato. Rudi, che non ne ha mai viste di simili, ne segue la forma con la mano, lasciando correre le dita lungo lo scheletro della poltrona, accarezzando i braccioli imbottiti, saggiando il dondolio dello schienale.

Gesti del tutto inconsapevoli, mentre i pensieri ritornano al dialogo della sera precedente con il suocero.

«Sono due Thonet, modello S64. Sono pezzi di design.» La voce alle sue spalle è quella di Sofia, convinta che lo sguardo del cognato sia ipnotizzato dall'oggetto che sta sfiorando. «Sono belle, non è vero? Le ha progettate Marcel Breuer, un ungherese. Non ci sono gambe d'appoggio posteriori, la seduta si regge grazie a un gioco di equilibrio e di elasticità del telaio metallico. Sembra una banalità, ma ti assicuro che non è così.»

Rudi annuisce, esibendo un sorriso di cortesia piuttosto forzato.

«Le ho acquistate io stessa», prosegue Sofia. «Sai, speravo che avrebbero consegnato un messaggio a papà. Con il metallo si può fare anche arte, bellezza. Non solo travi e locomotive. In fabbrica avremmo anche potuto immaginare una linea di produzione dedicata all'arredamento. Mi sarebbe piaciuto potermene occupare in prima persona.» Le dita della donna si posano sui tubolari cromati. «Sta di fatto che sono rimaste inerti qui dentro, senza servire al loro vero scopo», conclude amaramente, stringendosi nelle spalle.

Rudi tace, come sempre quando c'è di mezzo il suocero.

«Per di più, ora, c'è altro cui pensare», aggiunge lei, rivolgendo un cenno allo studio del piano superiore. «Speriamo che tutto si risolva. Senza la sua fabbrica, papà è un animale in gabbia...»

In effetti, Rudi ne sa più di quanto Sofia non immagini.

La sera prima lo ha convocato direttamente nel suo studio. Con i suoi modi sbrigativi ha annunciato che la sua permanenza a Villa Badoni deve terminare al più presto. Laura e il bambino facessero pure ciò che ritengono più opportuno, ma lui deve andarsene.

Giocando nervosamente con il tagliacarte in avorio, il suocero gli ha ribadito che nella sua fabbrica non erano mai state operate persecuzioni politiche, che c'era voluto del tempo, ma alla fine la commissione interna degli operai adesso era pronta ad archiviare le accuse. Poi, però – ha tuonato scoccandogli uno sguardo di fuoco –, è comparso lui, le voci della sua presenza hanno cominciato a circolare senza controllo e la cosa mette in seria difficoltà le trattative. Il momento è estremamente delicato. La fabbrica è ferma, il ministero preme per sbloccare la situazione il prima possibile. Ci sono ponti da ricostruire, centinaia di chilometri di binari da riparare, un intero sistema industriale nazionale da rimettere in marcia. Non c'è tempo per ritardi e pressapochismo.

Rudi, che mastica ben poco i dispacci ministeriali ma

ha una sua precisa idea dei rapporti sociali e dell'animo umano, ha sorriso amaramente. Serve il capro espiatorio, insomma. Il tedesco da bandire.

GRB non si è lasciato impietosire. Sa bene che è solo un pretesto, ma in quel momento anche i pretesti devono cedere al pragmatismo. Ed è fin troppo chiaro che « epurazione politica » è una nuova espressione per intendere una sostanziale espropriazione economica. Quel capitolo va chiuso immediatamente, a ogni costo.

E il costo sono io, ha sussurrato tra sé e sé Rudi.

È strano. Per quanto sia disgustato dall'essere finito in mezzo a quella trattativa - e per di più con lo stigma addosso dei compagni, dei suoi fratelli socialisti -, in realtà conviene su un punto. Che lui e Laura lascino la villa è davvero la scelta migliore per tutti.

La permanenza dei Kramer a casa Badoni deve terminare, dunque, e ora bisogna spiegarlo a Giuseppe.

Certo, per Rudi rappresenta comunque una decisione sofferta. La vita in villa, a contatto con quella famiglia vivida e complicata, è stata un prezioso medicinale dopo gli anni trascorsi al fronte. Le gentilezze di Piera, il costante vociare delle ragazzine più piccole, le schiette premure della Mina sono stati un appoggio indispensabile per riuscire lentamente a rimettere in piedi la sua stessa vita.

Persino i modi austeri del suocero lo hanno aiutato a ricordare che da qualche parte esiste ancora un mondo fatto di lavoro, di operai, di affari, di relazioni, che non è stato completamente annientato dalle bombe.

Si è poi scoperto particolarmente affine a Emilia, la destinataria di tanti moti d'ira di sua moglie. Ha riconosciuto in lei una straordinaria capacità di assorbire i conflitti, di disinnescare le tensioni familiari, di non dar peso alle piccole provocazioni quotidiane che subisce da parte delle sue figlie adolescenti. La stessa Laura - lo nota anche Rudi - spesso alterna nei suoi confronti un'indifferenza fin troppo esibita a una spasmodica ricerca di conflitto.

Emilia è evidentemente consapevole che quelle ire hanno radici profonde, sa bene che lei per Laura sarà sempre soltanto la seconda moglie di suo padre. E la lascia fare. In fondo, si dice Rudi, sia lui sia Emilia condividono la responsabilità di dover fare i conti con il passato della famiglia e con i dolori profondi delle stesse persone che amano.

Tutti questi pensieri gli hanno riempito la mente anche la sera prima, mentre GRB ribadiva di nuovo la necessità del loro allontanamento da Lecco. Alla fine ha semplicemente annuito, tendendo la mano al suocero e ringraziandolo dell'accoglienza, e in silenzio ha fatto rientro nella sua camera per dare la notizia a Laura.

«Ciao, Rudi.» Una vocetta allegra lo richiama alla realtà. A ruota di Sofia, è entrata nella stanza anche la piccola Marta, l'ultima figlia di GRB.

Lui decide di approfittarne. «Marta, fammi un favore: vai al piano di sopra a chiamare Giuseppe. Digli che devo parlargli.»

La piccola annuisce e torna sui suoi passi. Si ferma tuttavia ai piedi dello scalone, gettando un richiamo a gran voce che risuona in tutta la villa. «Giuseppe! Scendi! Ti aspetta tuo papà!»

Dal piano superiore risuona l'eco di una risposta negativa.

Marta non demorde. «Avanti, non fare il solito Kraponer! Scendi!»

La bambina ridacchia gettando uno sguardo in direzione di Rudi, che risponde con una strizzata d'occhio.

È davvero tremenda. Storpiare il cognome Kramer è uno dei modi certi per far indispettire Giuseppe.

E lui ci casca, sempre. Puntuale, eccolo affacciarsi nella stanza. « Te l'ho detto mille volte, devi piantarla di chiamarmi così! »

La bambina sorride. « Hai ragione, ma lo vedi? Sei arrivato, alla fine. Tuo padre ti cerca. »

« *Capunera* », è il commento volante della Mina, che ha assistito alla scena.

Marta ridacchia. Tra le tante espressioni incomprensibili della Mina, questa le è familiare, sebbene non sia mai davvero riuscita e capire perché la governante faccia proprio riferimento alla capponaia, la gabbietta dove si tengono i giovani polli da ingrassare.

Sta di fatto che Giuseppe non riesce a tenerle il broncio. Il bambino adora Marta. Anche se lei tecnicamente è sua zia, hanno entrambi sette anni e sono diventati subito inseparabili. Passano il tempo libero insieme, spesso nel grande parco: si arrampicano sugli alberi, si rincorrono tra le siepi, si divertono a nascondersi nel vecchio capanno degli attrezzi, sognano di scovare passaggi segreti e tesori nascosti.

Figurarsi l'adrenalina la sera in cui hanno visto il nonno dissotterrare dal terreno del parco due grossi bauli di legno, chiusi da catene e lucchetti.

Non erano che una parte dei beni di famiglia, che GRB aveva nascosto quando la burrasca della guerra si era fatta più cupa, anche a Lecco. Alcune casse erano state inviate al fidato Mangili, che viveva in un piccolo paese fuori città, come fossero veri e propri sfollati da mettere al sicuro. Altre erano state affidate alla famiglia Stabilini, che le aveva nascoste in qualche angolo della sua dimora, un antico conventino in riva al lago nel borgo di Abbadia

Lariana. Altri bauli invece non avevano mai lasciato la villa, finendo sottoterra, sotto le assi del pavimento del piccolo deposito vicino al campo da tennis o nel vecchio tombone del canale di scolo della fiumicella che attraversa il parco.

Al loro interno c'erano soprattutto ceramiche, quadri, cristalli, tappeti e tessuti - i gioielli e i preziosi, quelli veri, erano finiti in altri nascondigli ancora più segreti di cui non si è mai fatto parola -, ma Giuseppe e Marta non potevano che rimanere affascinati dall'inaspettata emersione delle due grandi casse dal terreno. Era la prova provata che la villa custodiva ancora affascinanti segreti e misteri.

Così, qualche tempo dopo, avendo ascoltato i discorsi dei grandi sull'occupazione e sul cancello del nonno che era stato sigillato, avevano trascorso interi pomeriggi a perlustrare palmo a palmo il muro di cinta, a ispezionare ogni singola pietra, convinti di poter trovare una maniglia nascosta, una porticina misteriosa per poter uscire dalla villa e infilarsi in fabbrica. Che gioia sarebbe stato consegnare a GRB la soluzione a tutti i suoi problemi.

« Giuseppe, siediti, da bravo. » Rudi segue con lo sguardo Marta e Sofia abbandonare il fumoir, prima di attaccare il suo discorso. Se l'è preparato quasi a memoria, almeno nei passaggi cruciali. Con un tono pacato, indulgente ma senza margine di trattativa, comunica al figlio che fra qualche giorno andranno in Germania. Che papà deve tornare di nuovo a lavorare. Che con un cognome tedesco non è facile rimanere in Italia. Che per questo deve salutare la villa e tutte le zie. Sì, anche Marta. Che però non deve preoccuparsi, lei potrà venire a trovarlo in Germania.

« Perché non posso restare anche io qui insieme a Marta?» domanda Giuseppe, con le lacrime agli occhi, quando lui ha finito.

Rudi se l'aspettava. Non è facile spiegare ai bambini le maledette regole dei grandi. Quelle che prendono la loro felicità e la fanno a pezzi, quelle che complicano tutto per poi non ottenere niente. Si odia mentre pronuncia le parole che non avrebbe mai voluto dire. E odia suo suocero, e gli operai, e la maledetta politica. E quella guerra schifosa. «Perché lei è una Badoni. Tu invece sei un Kramer. La nostra vita non è qui.»

VIII

ADRIANA

La terza lettera

[...] *Nella sua stanza*
ci sono ancora tutti i suoi vestiti,
i libri, le sue pipe.
E su ogni ripiano
il suo ritratto.
Un giovane biondo
che ride,
con occhi chiari. [...]

PB

Settembre 1947

I platani mormorano, gonfi di rabbia.

Lo sguardo di Adriana si perde tra le fronde più alte, scosse da una brezza umida e greve.

Oltre la villa, dietro la silhouette seghettata del Resegone, sta calando intanto un sipario nero e lampeggiante. La pioggia è vicina. Le nuvole si addensano. Sopra la città, e anche su Villa Badoni.

I cavalloni di nuvole scendono lungo le guglie e le forcelle della montagna, i pendii e i sentieri a mezza costa. La matassa livida avanza sulla città, mentre in lontananza balenano i primi fulmini. Ombre lunghe e improvvisi squarci di luce bianca rimbalzano sulla villa.

Adriana è inquieta.

Una coppia di fari illumina il cancello. La ragazza avverte un trambusto alle proprie spalle. Uno dei domestici corre ad aprire.

Il primo ticchettio della pioggia la sorprende, immobile, sotto il gazebo di metallo.

Le raffiche di vento trasportano l'acqua fin dentro la gabbia. Le bagnano i pantaloni di velluto e le scarpe di tela.

Un uomo, curvo sotto l'ombrello del domestico, risale il vialetto del parco. GRB gli va incontro per abbracciarlo e condurlo in casa.

Adriana resta immobile.

Sa che deve rientrare, ma non ne ha la minima voglia.

Risentire tutto, per l'ennesima volta.

Vi prego, no.

Per i Badoni, gli ultimi quattro anni sono stati a tratti più oscuri e penosi del conflitto stesso. I dubbi e le angosce che scorrevano in profondità nella vita familiare si sono a mano a mano gonfiati, come torrenti sotterranei dopo giorni di acquazzoni.

Era iniziato tutto con la morte di Antonio, ovviamente.

Le notizie trapelate da Roma, il viaggio disperato di suo padre e Sofia. Nei giorni seguenti, i tragici dispacci al ministero della Marina, le manifestazioni di solidarietà in città e i titoli sui giornali locali. E ancora, cumuli di corrispondenza alla quale rispondere, inutili rapporti sociali da preservare. Anche in quei giorni, anche con quel peso nel cuore. Adriana si era allora riscoperta saldo pilastro familiare. I dialoghi fitti fitti con Piera, i riguardi per sua madre che nel marasma generale doveva cercare di tenere insieme tutti i cocci, gli ordini impartiti alla servitù e la cura discreta a non turbare le sorelle minori: si era occupata di tutto, e con grande attenzione.

Quando suo padre era tornato a casa, Adriana l'aveva trovato cambiato. Non si poteva dire fosse disperazione. Al contrario, pareva più uno stato quasi febbrile di rabbia ed eccitazione. Come se dovesse vedersela a mani nude con il mondo intero. Lui, da solo. Non importava chi l'avrebbe seguito.

Due anni più tardi, al termine della guerra, gli era toccata anche quella rivolta in fabbrica. Adriana e Piera si erano date un gran daffare ad aiutarlo nella stesura della memoria difensiva da pronunciare di fronte alla commissione giudicante.

Il trascorrere dei giorni e la fine del conflitto avevano tuttavia sfumato la vicenda e disteso gli animi.

Il 19 settembre 1945 la commissione stessa, come riportato nero su bianco anche nel pronunciamento finale, aveva *riconosciuto all'unanimità nell'ingegner Badoni eminenti doti di rettitudine, di attività e di capacità indiscusse.*

Nel cuore di Adriana era rimasto intatto il ricordo del brindisi organizzato sul piazzale dello stabilimento.

Quel giorno, in posa per la fotografia celebrativa del momento, si era sentita insolitamente felice.

Mentre l'eco dello scatto pervadeva il piazzale, immerso in un silenzio ieratico, Adriana ricordava di aver pensato quanto le avrebbe fatto piacere tenere per sé una copia di quella fotografia.

«Il siluro ha preso la *Cigno* proprio in mezzo allo scafo. Così. Ecco, e poi è esplosa, si è spezzata. Dovete immaginarvi un... una nuvola nera, tutt'intorno alla nave. E quella puzza di gasolio, e noi tutti che finiamo gettati in mare come esche a mollo. E Antonio...»

È il terzo anno di fila che quell'ospite torna a Villa Badoni: è Luigi Vignali, l'attendente di Antonio sulla torpediniera silurata dagli inglesi, l'ultimo ad aver visto suo fratello in vita. Ogni volta, invitato da GRB, torna a mettere in scena quegli istanti fatali. Finita la cena, il salone si trasforma in un teatro: il tavolo viene spostato in un angolo, Vignali prende posto di fronte al camino e inizia il racconto.

È un brav'uomo, e Adriana lo sa. Non ha domandato nulla a suo padre: non è lì in villa per ricevere ricompense o raccomandazioni. Sa benissimo di non avere alcun merito, se non quello di essere l'ultimo uomo al mondo ad aver visto vivo Antonio. Anzi, è probabile che quel racconto esasperato serva anche a lui per mettere in fila i pensieri e le emozioni di una notte tremenda.

In fondo sono trascorsi appena quattro anni, ma l'attendente dovrà conviverci per una vita intera, con quei ricordi.

Sta di fatto che Adriana non riesce a non odiarlo.

Quella sua gestualità da operetta, il modo di porsi al centro del racconto, quel tono patetico e le occhiate gonfie di pietismo che rivolge a lei e alle sue sorelle mentre si assicura che la platea sia ancora ben avvinta alla sua narrazione...

No, è più forte di lei.

Con il pretesto di un piccolo capogiro, chiede scusa ai presenti e guadagna l'uscita verso il giardino. Si rende conto che suo padre la osserva con aria indagatrice. Sua madre, invece, le rivolge un cenno carico di comprensione. Uno sguardo fugace, ma amorevole.

Qual è il senso di questa pantomima? Il temporale ha rilasciato nella sera un odore umido e profondo. Adriana lo respira a fondo. *Cosa diavolo significa?*

Invitarlo a casa, ogni anno. E ogni anno sottoporre l'intera famiglia al racconto di quei tragici istanti. Le cene con Vignali sono sempre condite d'imbarazzo, di silenzi, dei tanti inequivocabili segnali d'insofferenza che si riservano ai perfetti estranei, incapaci di stare un passo al di fuori di una vicenda tanto intima e toccante.

Solo suo padre, per la verità, si comporta ogni volta da compito anfitrione. Colloquia amabilmente delle conseguenze del conflitto, della fabbrica, dei suoi ricordi di leva. Anche di politica. Quando poi il pasto si avvia alla conclusione, e tutte loro coltivano ancora la flebile speranza di scamparla, lui si fa serio. Fa tintinnare il bicchiere, come durante gli annunci dei fidanzamenti. «Ora ascoltiamo il ricordo del nostro Antonio», proclama con voce profonda. E l'operetta va in scena, per l'ennesima volta.

Adriana ha osato chiedere conto al padre di quel rito insano, mesi prima.

«Mia cara, Vignali non ci sarà per sempre», le ha risposto lui con condiscendenza. «Sono ricordi, parole che hanno segnato la nostra vita, che riportano Antonio qui in casa. Teniamoli stretti, ascoltiamoli finché ne abbiamo l'occasione.»

La ragazza ovviamente è rimasta piuttosto perplessa. Tuttavia non ha più accennato ai suoi dubbi, perché è evidente che suo padre vede in quei siparietti qualcosa di più profondo.

«Adriana.»

La ragazza viene richiamata all'improvviso da una voce calma e pacata alle sue spalle. Emilia è uscita a cercarla per riportarla al focolare domestico. Tipico di sua madre, provare sempre a riunire i fili. «Avanti, rientriamo», le sussurra, tendendole la mano.

Adriana serra i pugni e scuote la testa, proprio come una bambina capricciosa. «No, non ce la faccio. Davvero, è più forte di me.»

Emilia le si avvicina. Le cinge le spalle. «Non è facile per lui...»

«Nemmeno per noi!» sbotta Adriana. «Mi manca l'aria in quella stanza.» Improvvisamente avverte la presa di sua madre farsi più salda.

«Avanti, fallo per me. Sta finendo, ormai...»

« No, non sta finendo. Non finisce mai. Ogni anno ripartiamo dall'inizio, sempre da capo. »

« Questa volta sarà diverso. » La voce è dolce, ma ferma.

Adriana scorge nei suoi occhi un barlume familiare. È la stessa quieta fermezza che permea ogni azione della madre, ogni istante di conflitto o di malinconia.

La ragazza alza bandiera bianca. *E va bene, rientro.* Calcola che, a quel punto, l'ospite starà certamente raccontando dell'Ave Maria in mare, dell'ultimo bagliore e di come non abbia più ritrovato Antonio vicino a sé.

Ritorna nel salone. Chiede di nuovo scusa e si siede al tavolo, tra Piera e Marta.

« Non ricordo nemmeno più quale preghiera ho pronunciato. Sono andato a memoria per tranquillizzarlo, e intanto mi guardavo intorno per cercare aiuto. E poi... » La recita sta raggiungendo l'apice. Vignali sa perfettamente che, nel carrozzone patetico della sua narrazione, c'è una sola parola proibita: « morte ».

GRB non ha mai voluto che si pronunciasse. Antonio è e continuerà sempre a essere disperso: non sarà mai lasciato libero di morire, almeno non da suo padre.

Adriana non capisce se in fondo il genitore creda ancora di poter ritrovare Antonio – con la stessa ostinazione di tante vedove inscalfibili di alpini gelati nelle steppe russe –, o se il suo sia l'ennesimo rito, l'ennesimo tentativo di rinnegare la realtà. Come quell'ostinazione severa nel volere che anche le sorellastre chiamino « mamma » sua madre Emilia. Il risultato? Aver perso Laura, lontana da casa, e aver separato i due nuclei più di quanto non avesse già fatto la vita.

Scuote il capo. *Avanti, attendente, metti fine a questo supplizio. Saremo libere per un altro anno.*

Coraggio, dicci ancora una volta che Antonio è finito disperso nella notte, compi il tuo dovere.

Invece no. Non questa volta. Prima che l'uomo finisca il suo racconto, prima che il tappeto Shiraz del salone si trasfiguri in quell'onda buia e famelica, capace d'inghiottire il sottotenente di vascello Antonio Badoni, suo padre si alza.

È sufficiente per mettere a tacere l'attendente, che si ferma e lo osserva sorpreso.

«Grazie, grazie davvero, Luigi. Le saremo per sempre grati per questi ricordi che ha condiviso con noi durante questi lunghi anni.» Il tono è severo, ma dissimula una visibile commozione.

Adriana è sorpresa. Raramente ha percepito simili emozioni investire suo padre.

Le altre sorelle sembrano pensarla come lei, perché hanno tutte rizzato le antenne. Burrasca in vista.

Solo Emilia rivolge a GRB uno sguardo indulgente. Sembra quasi incoraggiarlo. Non è stato casuale, quindi, che sua madre abbia tanto insistito perché lei rientrasse in casa.

«Ho un annuncio importante e non è un caso che lo comunichi a voi di fronte al signor Vignali. Come sapete, lo considero alla stregua di un familiare.» Suo padre recita un discorso studiato, è quasi palese. Forse lo ha provato e riprovato più volte. «Nei prossimi giorni...» - pausa studiata per passare con lo sguardo in rassegna i volti di tutte le figlie presenti - «avvieremo le pratiche necessarie per la dichiarazione di morte presunta. Di Antonio, intendo. È un passaggio doloroso, ma necessario.»

Il silenzio rimbomba nel salone.

Per un istante a Adriana pare di notare un lieve tremore al ginocchio destro di suo padre, come un cedimento. *È successo, finalmente.*

Il momento è arrivato, dopo quattro lunghi anni. Suo fratello lascerà finalmente quella casa, la fabbrica, i pensieri del padre.

Adriana nota la mano di Sofia scivolare verso quella di Piera, seduta al suo fianco. E stringerla forte.

Sua madre invece ha le mani giunte, lo sguardo basso.

«Pare che vieteranno il nome 'cognac'.»

«In che senso?»

«Lo impongono i francesi, dicono che solo quello prodotto nelle loro regioni può essere chiamato tale e che i nostri produttori dovranno trovare un altro nome.»

«E come si chiamerà?»

GRB e Vignali sono a tavola, impegnati a commentare le notizie riportate dal *Corriere* davanti a una tazza di caffellatte. Come se niente fosse.

«Legga qui, Vignali, sul giornale. Come sempre in Italia ci sono già due scuole di pensiero: c'è chi propone 'arzente', il nome inventato da D'Annunzio, e chi invece suggerisce di fare come gli inglesi e chiamare 'brandy' anche i distillati italiani. Lei da che parte si schiera?»

«Ingegnere, le devo confessare di non intendermene granché...»

«Lei però preferirebbe il nome brandy, vero?»

«Spalle al muro, forse un nome inglese sarebbe...»

«C'era da aspettarselo! Voi giovani avete davvero una mania per... Oh, Adriana! Hai dormito bene?»

L'ingresso della ragazza pone termine alla discussione.

No, in effetti Adriana non ha dormito bene, e non ha la minima idea di come suo padre abbia già archiviato la questione, discettando del più e del meno come fosse una mattinata qualunque. Lei non ha fatto che rimuginare sulla scelta che riguarda Antonio.

Con il passare delle ore e dei pensieri, le è stato via via sempre più chiaro che suo padre non ha solo inteso scendere a patti con il suo lutto. C'è dell'altro. Forse l'idea di ventilare qualcosa sul futuro dell'azienda. Niente di strano, si è detta, che a un drammatico annuncio di famiglia ne segua uno anche riguardo alla fabbrica. È sempre andata così con suo padre: le due entità si rivelano sempre, in fin dei conti, una sola.

Del resto, dalla sera precedente, può dirsi ufficialmente vacante il ruolo di erede. Il tassello più scomodo, il pezzo di più difficile incastro dell'intero mosaico familiare.

Ed è forse per questo che ora nessuna delle figlie sembra ansiosa di tornare sull'argomento e rivolgere domande specifiche a suo padre. Probabilmente la stessa ragione che ora induce GRB a lasciar inabissare quel torrente emotivo che deve aver lavorato in profondità per tanti anni, e che soltanto il giorno prima ha infine visto la luce.

Poche ore, e tutto è tornato colmo di enigmi e scenografie.

Di qui la colazione solitaria del padre con Vignali, disertata dalle sue sorelle.

Di qui la recita che, in fondo, i due uomini sono tornati a interpretare l'uno per l'altro.

Ma il fatto è – riflette Adriana sorseggiando una tazza di latte – *che ora, sul palcoscenico, per il secondo atto ci sono saliti tutti.*

La ragazza saluta e si avvia verso la sua camera.

Dal corridoio arriva una lieve musica. Piera sta ascoltando uno dei suoi dischi preferiti, quella canzoncina di Oscar Carboni.

« Adriana, scusa! » la richiama improvvisamente suo padre.

« Sì? » risponde lei tornando sui propri passi e sporgendo la testa dallo stipite della sala.

« Mi piacerebbe scambiare due parole con te in tarda mattinata. »

Adriana si stringe nelle spalle. « Certo, mi trovi... »

« In fabbrica », puntualizza con fermezza lui. « Nel mio ufficio. »

L'ufficio di suo padre nello stabilimento è molto diverso da quello in villa. Le pareti bianche sono completamente spoglie, non c'è la boiserie in legno scuro e nemmeno la collezione di cimeli, foto e ricordi di famiglia che invece riempie completamente lo studio privato di casa.

Al centro, un grande tavolo ovale in marmo occupa gran parte della stanza. La scrivania di GRB si trova nell'angolo a destra: dalla Olivetti nera pende molle una lettera ancora da ultimare.

Non appena Adriana fa il suo ingresso, il padre cessa di battere a macchina.

« Siediti pure lì al tavolo, accomodati. » Un ordine, più che una gentilezza, cui lei ricambia con un sorriso imbarazzato di cortesia, mentre cerca di cogliere qualunque segno le possa suggerire un indizio sul motivo della convocazione.

Ultimata la lettera, GRB accende il suo toscano e si siede al tavolo di marmo. L'ambiente è immediatamente invaso dall'odore acre e terroso del fumo.

«Sei mai stata a Pavia?» le domanda a bruciapelo.

Certo non l'ha convocata per organizzare una gita, riflette Adriana.

«Zone splendide, davvero. Il Ticino, il Po, la città con il suo ponte coperto, il castello visconteo. E i vini, poi. Certi Riesling, certi Bonarda...»

«Non ricordo...» soppesa le parole Adriana. «Forse solo di passaggio.»

«Benissimo, vorrà dire che la settimana prossima ci andremo io e te. Guarda qui.» GRB apre un voluminoso tubo di cartone e srotola sul tavolo un enorme disegno progettuale, posizionando ai quattro angoli del foglio altrettanti piccoli cubi in ottone lucido.

Si tratta di un lungo ponte in metallo. Nel progetto è disegnato l'intero prospetto dell'intelaiatura - un susseguirsi di travi di acciaio che danno vita a una simmetrica sequenza di triangoli -, i dettagli dei giunti, le sezioni trasversali, persino la posizione dei singoli travetti di montaggio.

«Ecco il nostro ultimo capolavoro.» GRB non trattiene l'entusiasmo.

La domanda di Adriana circa la natura del manufatto non è nemmeno necessaria.

«Si tratta del ponte di Mezzana Corti, sul Po, lungo la ferrovia Milano-Genova. Lo stiamo realizzando per le Ferrovie dello Stato, sostituiremo il vecchio ponte danneggiato durante la guerra. Ovviamente lo miglioreremo.»

Per qualche istante, Adriana dimentica la tensione con la quale ha vissuto il prologo all'incontro con il padre. Resta affascinata dal disegno realizzato interamente a mano, dall'infinito numero di dettagli di cui intuisce solo in parte le singole funzioni: le perfette tracce della china, gli incastri delle linee, l'ipnotica perfezione della sequenza geometrica ripetuta.

«Sarà un doppio ponte: la grande intelaiatura ospiterà la doppia linea ferroviaria e, al contempo, sosterrà la sede stradale per gli automezzi», argomenta GRB, in un profluvio di numeri e informazioni riguardo ai corretti metodi che la fonderia sta operando per realizzare travi senza crepe interne, oltre a glorificare i più avanzati strumenti di posa e saldatura che verranno utilizzati. «Saranno dieci campate da settantotto metri ciascuna. Guarda qui, leggi pure.»

Adriana getta uno sguardo alle didascalie.

Le travate sono a traliccio, in costruzione interamente chiodata. L'altezza esterna della trave è di metri 8,50. Ogni travata appoggia sulle pile con appoggi mobili a bilanciere su rulli a un'estremità e fissi sull'altra. Il peso di ogni travata è risultato di tonnellate 885. Materiali impiegati: lamiere Aq 53/816, profilati Aq 50/753, parti accessorie Aq 42.

GRB, in piedi alle sue spalle, la osserva compiaciuto perdersi in quella selva di numeri e materiali. Poi la sua voce assume una tonalità più bassa e autoritaria. «Sai, in questi ultimi mesi ho pensato molto al futuro dell'azienda.»

In quel costante ondeggiare di tono, tra familiarità e formalità, Adriana sente ora di essere al capo opposto. Al livello che è pressappoco quello di uno scambio di vedute interno a un consiglio di amministrazione.

«Del resto, la morte di Antonio mi ha obbligato a rivedere i miei piani », prosegue GRB, esalando una nuvola di fumo.

Adriana è confusa. Cosa c'entra Antonio con il ponte di Pavia?

« Non è la prima volta che la vita lo impone a noi Badoni », aggiunge lui, lasciando il toscano acceso sul bordo del posacenere. « E non sarà nemmeno l'ultima. »

Senza aggiungere altro, l'ingegnere torna alla scrivania. Con la mano destra recupera una chiavetta dorata dalla tasca della giacca. Quindi la inserisce nella serratura del piccolo cassetto portacarte.

Adriana rimane in attesa al tavolo ovale, osservando i movimenti del padre. GRB estrae tre buste da lettera già sigillate, richiude il cassetto e torna al tavolo. « Tieni, aprila. »

Nella prima busta, e non senza sorpresa, Adriana trova una fotografia.

All'ingresso della fabbrica, di fronte all'obiettivo, sono in posa centinaia di operai. Perfettamente in centro, con un impeccabile completo scuro, c'è suo padre. Al suo fianco compare una ragazza di vent'anni. Anche nella foto sgranata si nota il suo abito color perla, in contrasto con le tonalità nere e grigie di tutti gli altri presenti.

È proprio lei, Adriana.

E la foto è *quella* foto. Quella della riconciliazione dopo l'occupazione della fabbrica. Quella che Adriana aveva tanto desiderato avere.

« La ricordo bene questa foto... »

« Vorrei che fossi tu a conservarla. »

Adriana annuisce.

« E avrei anche una cortesia da chiederti: dovresti spedire al più presto questa lettera. Ti prego di farlo in giornata e di farlo personalmente. » GRB appoggia l'indice sulla seconda busta, la fa scivolare di pochi centimetri verso la figlia e la capovolge.

L'indirizzo del destinatario è stato senza dubbio scritto dal padre in persona con la stilografica, e non da una delle sue segretarie in azienda, cui generalmente affida la corrispondenza di servizio.

Sig. Rudolf Kramer
Oberstraße, 12
Rüdesheim am Rhein
Germania (Deutschland)

« D'accordo, ma... »

Suo padre alza la mano, come per fermarla. « Ogni cosa a suo tempo. »

Adriana non ha bisogno di spiegazioni per capire che altre domande non sono bene accette. Il sovrano ha parlato. « C'è altro? »

Certo, la terza lettera. GRB la consegna direttamente tra le mani di Adriana, cingendole le spalle con l'altro braccio.

L'intestazione non lascia adito a dubbi.

Magnifico Rettore Cassinis Gino,
Politecnico di Milano
piazza Leonardo da Vinci

« Lo stabilimento deve continuare a essere guidato dai Badoni », si affretta a spiegare suo padre senza lasciarle margini di reazione. « In tanti mi hanno consigliato di trovare una persona fidata fuori della famiglia, un direttore cui affidare le redini dell'azienda. Ci ho pensato a lungo,

Adriana, ma non ho cambiato idea: il timoniere delle Officine Badoni non può che essere un Badoni. »

Adriana lo ascolta, estasiata.

Ponte sul Po.

Fotografia.

Politecnico.

Badoni.

Cosa c'entro in tutto questo?

La risposta arriva immediatamente.

« Ti iscriverai a Ingegneria, proprio come aveva fatto tuo fratello Antonio. Quando avrai terminato gli studi, entrerai in azienda e te ne occuperai in prima persona. »

Adriana si sente all'improvviso pervasa da stupore e ambizione, ansia e compiacimento, perplessità, paura e orgoglio.

In fondo, per suo padre, quella comunicazione rappresenta il massimo riconoscimento possibile: tra tutte le undici figlie, ha scelto lei. Tanto basta a sedurla. L'azienda ha sempre esercitato grande fascino su di lei, ed evidentemente suo padre l'ha notato.

Eppure, quel ruolo...

Una posizione pubblica complessa, un padre ingombrante, il suo essere donna. E poi, le sue sorelle: dopo averle consegnato il nome di Adriana, togliendone l'esclusiva alla prima defunta moglie, ora sembra consegnarle anche le chiavi della fabbrica.

« Perché proprio io? » domanda intimorita.

« È la scelta giusta. Hai ventidue anni, sei preparata e attenta. Sono sicuro che farai grandi cose. »

« Ho paura. »

« Buon segno, saresti folle a non averne. »

« E le altre? Cosa diranno? »

« Non devi pensarci. »

« Se non sarò in grado, se mi ritroverò da sola in mezzo a... »

« Ci sarò sempre io, ricordi? E poi è una situazione... » All'improvviso suo padre s'interrompe, come se si fosse reso conto di aver parlato troppo.

Adriana è incuriosita. « Una situazione? »

GRB riprende in mano il toscano e con lo stesso gesto dirada il fumo e le incomprensioni di Adriana. « Nulla, mia cara. Nulla. Non è ancora tempo di parlarne. »

Gennaio 1906

Sono stato nominato membro del Comitato di vigilanza dello stabilimento e mi sento invaso dal desiderio di finire presto la scuola, per poter iniziare a lavorare sul serio, in fabbrica così come nel campo vasto della vita.

Anno nuovo, vita nuova: l'ho gridato a me stesso la notte di Capodanno e ora mi sto adoperando per seguire quel grido interiore.

Alla nostra industria vorrei dare un forte impulso, farla evolvere, perfezionarla.

Voglio andare avanti, sempre. Con coraggiosa prudenza e con buonsenso, certo, ma anche con un po' di fortuna, potrò portare il nostro stabilimento a livelli mai raggiunti finora. Dovrà farsi conoscere in tutta Italia, e persino al di fuori dei confini della nostra nazione.

E al contempo potrò contribuire al benessere dell'operaio, al suo miglioramento morale ed economico.

Sogno una vita di lavoro e di pace, una vita d'amore nella famiglia, nell'officina e nel mondo.

Un giorno servirà un nuovo Badoni, ovviamente. Un giovane me stesso da plasmare e al quale affidare il mio sogno quando io sarò vecchio e stanco. C'è tempo, ma mi piace già pensare a un figlio, a un erede, al futuro capitano di questa impresa.

Questi sono i miei desideri, il mio sogno, la mia vita.

IX

GIUSEPPE

Il pallone nel vento

Dov'è, mi chiederanno,
il tuo amico
che non si vede più?
Ha da fare, risponderò,
ha sempre molto da fare.
Cos'hai, mi chiederanno,
che sei triste?
Non ho niente, risponderò.
Si sta così bene
quando i topi ti rodono
il cuore.
Si è più certi di avere un cuore.

PB

Rüdesheim am Rhein, gennaio 1948

Una lettera dall'Italia. Poi un'altra, e un'altra ancora. E una serie inarrestabile di telefonate.

Da quando, due anni e mezzo prima, sono tornati in Germania, Giuseppe Kramer - che ormai di anni ne ha dieci - non ha mai sentito sua madre parlare in italiano alla cornetta in bachelite. Da qualche tempo, invece, accade continuamente.

Giuseppe ci sta giusto riflettendo mentre ritorna, dopo la scuola, nel piccolo appartamento al terzo piano di un edificio piuttosto malridotto al centro di Rüdesheim.

Qualcosa sta per succedere, lo sento.

Entrando in casa, il ragazzo è salutato da un odore che non sapeva nemmeno di ricordare. Un profumo come di croccante, si direbbe, o di mandorle. Scuote la testa: in quei mesi non si riesce nemmeno ad acquistare un po' di zucchero o di caffè, figuriamoci trovare frutta secca d'importazione.

Eppure è proprio profumo di mandorle caramellate - aspro e fragrante al tempo stesso - quello che invade le sue narici non appena spalanca la porta d'ingresso: al centro del tavolo della cucina troneggia una soffice nuvola farcita di crema e ricoperta di fini lamelle di mandorle e zucchero.

È lei, la torta Bienenstich. La sua preferita.

Da anni non ne assaggia una fetta, nemmeno ne ricorda con esattezza il sapore: un lusso che, Giuseppe lo sa bene, i suoi genitori non si potrebbero permettere.

Qual è la ragione di una simile accoglienza? Deve forse arrivare qualche ospite importante?

La voce di sua madre anticipa ogni domanda.

« Hai visto che bella sorpresa ti abbiamo fatto? »

Il ragazzino annuisce, esibendo un sorriso circospetto.

« E ne abbiamo un'altra: oggi telefonerà il nonno, per te. Ha una cosa importante da dirti. »

Stretto nell'abbraccio della madre, Giuseppe rimugina tra sé e sé. *Il nonno. Cosa lo spingerà mai a farsi vivo proprio ora, dopo anni di silenzio?*

Rüdesheim è un piccolo borgo come tanti altri nei dintorni. Riposa tra molli alture bagnate dal fiume Reno, una trentina di chilometri a est di Magonza, dove si producono alcuni dei migliori vini tedeschi. « In fondo, è la zona della Germania che assomiglia di più all'Italia », ama sempre ripetere sua madre Laura.

Eppure, anche i vigneti portano le cicatrici degli anni recenti, duri e affamati. L'uva sta tornando a inselvatichirsi, non si raccolgono che piccoli grappoli rinsecchiti e asciutti. I sentieri sono invasi da erbacce infestanti; vecchi muriccioli in pietra, un tempo perfettamente ripuliti, sono ricoperti di edere e muschi. Le foglie delle viti – che nessuno ha potato negli ultimi anni – si arrampicano in modo disordinato lungo ogni possibile appiglio, contendendosi l'un l'altra i raggi del sole per scrollarsi la gelida brina di febbraio.

Ci vorrà tempo prima che tutto torni come prima.

Quanto al piccolo borgo, pare immerso in un grande anfiteatro disegnato dai terrazzamenti che assecondano, come spalti concentrici, la forma delle colline. Le vecchie case a graticcio, strette l'una con l'altra, custodiscono al pianoterra botteghe, panifici e osterie affacciati sui vicoli pedonali. Ai piani superiori, le travi in legno si divertono geometricamente a disegnare greche e losanghe sulle facciate.

I Kramer vivono senza troppe pretese nel cuore di quello scenario da cartolina, proprio sopra la bottega da calzolaio del papà di Leyna, la migliore amica di Giuseppe. Ed è lì, nel laboratorio impregnato dall'odore umido di pelle e cuoio, che il ragazzino ama passare interi pomeriggi insieme all'amica.

Sul vecchio tavolo, illuminato da una tremolante lampadina gialla, le pedine della dama sono già disposte sulla scacchiera.

È l'ennesima sfida tra loro. L'ultima, a dirla tutta.

Leyna muove bianco: la pedina scivola una fila avanti. « Hai saputo quando ti trasferirai? »

Giuseppe sposta il suo tondo nero. « Venerdì. »

Mantenere lo sguardo fisso sulla piccola scacchiera: per entrambi, un buon modo di evitare di guardarsi negli occhi.

Gli attacchi reciproci assecondano il ritmo delle domande incessanti di Leyna e delle risposte laconiche di Giuseppe.

Bianco. « E quando tornerai? »

Nero. « Quando sarò grande. Forse. »

Bianco. « È davvero un sacco di tempo per un bambino di dieci anni. »

Nero. « Già... »

Bianco. « Cosa farai fino ad allora? »

Nero. « Andrò a scuola. »

Bianco. « Ma quella c'è anche qui. Che bisogno c'è di andare fino in Italia? »

Nero. « Hanno deciso così. »

Sulla scacchiera il numero delle pedine inizia a scemare.

« Mia mamma dice che la zona del Lago di Como è stupenda e che lì potrai imparare a nuotare e ad andare in barca a vela. »

« Non so se mi piacerà. Forse ci proverò. »

Lo sguardo della ragazzina si fa improvvisamente serio.

Bianco. « Giuseppe, me la fai una promessa? » Due occhi scuri indagano a fondo quelli di Giuseppe.

Nero. « Dimmi. »

« Giurami che almeno ci proverai. »

« A fare cosa? »

« A farti nuovi amici. Non vorrai mica passare tutto il tempo con il naso nei libri, come fai di solito. »

« Stai tranquilla. E poi, un'amica già ce l'ho, è la zia Marta. »

« Ma io intendo amici della nostra età. »

« La zia Marta ha la mia età! » ribatte Giuseppe. Dall'espressione perplessa sul volto di Leyna, capisce che la sua risposta deve essere sembrata piuttosto strana.

« Ogni volta che parli della tua famiglia, non capisco mai se sei serio o se ti stai inventando tutto quanto... »

Giuseppe non sa darle torto. Anche lui, a volte, fatica a capire tante cose della sua famiglia in Italia. Per esempio, il fatto che suo nonno sia il padrone di macchine grandiose e centinaia di uomini. E che loro, in Germania, vivano invece in qualcosa di più simile a un sottoscala che a una casa.

Già, ci sono così tante cose che Leyna non potrebbe capire.

Perché andarsene ora? Perché dover finire in quel posto che mamma e papà gli avevano sempre descritto così freddamente? Perché fidarsi di quel nonno che per due anni e mezzo si era quasi dimenticato di lui?

Giuseppe è stanco d'interrogatori. Le ultime mosse le sbaglia apposta.

Bianco, bianco, bianco. Divorate le ultime tre pedine nere.

Fine della partita.

E delle domande.

Leyna nemmeno esulta. Dio solo sa se e quando si sfideranno di nuovo.

Ci risiamo.

Sono singhiozzi quelli che provengono dalla camera di mamma e papà, che scandiscono come rintocchi di una vecchia pendola la sua ultima notte in Germania. La stessa litania della notte precedente, e di quella prima ancora. Da giorni.

Giuseppe ripensa alla telefonata di qualche settimana prima.

Di suo nonno non ha che pochi ricordi. Istantanee sfocate di quando, durante la guerra, aveva vissuto in Italia insieme alla mamma.

Non ne sentiva la voce dall'ultima volta che si erano salutati lasciando la villa, quando papà era improvvisamente tornato dal fronte. Al telefono, senza girarci troppo intorno, GRB ha comunicato al nipote che avrebbe dovuto lasciare la Germania per trasferirsi a vivere a Lecco.

« Sì, ma per quanto, nonno? Giorni? Mesi? »

Definitivamente.

Tutte le zie già non vedono l'ora di rivederlo, ha assicurato il nonno. Le figlie di Emilia, poi, sono pronte ad accoglierlo come se fosse un fratello: in fondo ha la stessa età di Marta, l'ultima arrivata di secondo letto. Non sarà difficile. In Italia, ha spiegato, studierà nelle migliori scuole e, da grande, frequenterà la facoltà d'Ingegneria meccanica al Politecnico di Milano. « Proprio come me e come lo zio Antonio, che tu non hai potuto conoscere. »

Giuseppe nemmeno sa cosa sia questo Politecnico, ma ha preferito non dire nulla di sconveniente. In fondo, suo nonno gli incute molta soggezione.

« Sarà una grande avventura per te », ha concluso l'uomo, prima di salutarlo.

Giuseppe è rimasto interdetto.

Ecco da dove arrivavano le mandorle caramellate. Il profumo della Bienenstich gli è parso un po' nauseante. Dolce quel tanto che bastava per convincerlo a obbedire senza resistenze.

Lasciare tutto. Cambiare casa. Affidarsi a un nonno che non conosce. Sembrava folle, eppure mamma e papà erano d'accordo. Ecco, questo è stato evidente fin da subito.

Mentre era al telefono, si è voltato verso i genitori con gli occhi sgranati e intimoriti, in cerca di un appiglio qualsiasi cui aggrapparsi per sussurrare un semplice « no ». Loro hanno ricambiato con uno sguardo forzatamente amorevole, consolatorio e rassicurante. Si tenevano la mano e sorridevano in una posa studiata a tavolino per tranquillizzarlo. Intercettando lo sguardo malinconico di suo padre, Giuseppe ha percepito distintamente di trovarsi di fronte a una recita abbastanza fastidiosa.

Perché il nonno d'un tratto lo ha voluto?

Perché i suoi genitori non si sono opposti?

La mamma nemmeno parlava, della sua famiglia d'origine. Anzi, scatti nervosi più o meno manifesti accompagnavano le rare occasioni nelle quali papà nominava Lecco e i Badoni.

Cos'è cambiato?

Giuseppe ha dovuto attendere per ricevere delle risposte. O meglio, per trovarle da sé.

Un giorno, non appena Laura è uscita per le solite commissioni di giornata, il ragazzino ha iniziato a cercare in ogni cassetto della casa. Non sono molti, per la verità. Alla fine, è riuscito a trovare le soluzioni al suo enigma dentro una piccola borsa in pelle nera, nascosta nell'armadio dei vestiti di papà.

Le lettere del nonno.

Una decina, tutte scritte a mano con una calligrafia ordinata, fitta e leggermente inclinata. I fogli erano sempre gli stessi: senza righe né riquadri, completamente bianchi se non per il piccolo cartiglio inserito nella fascia alta, dove compariva l'intestazione OFFICINE BADONI LECCO.

Non è stato facile per Giuseppe decifrarne il contenuto: il suo italiano è ancora piuttosto zoppicante, benché le insistenze della madre si spingano talvolta a imporgli veri e propri dettati.

A ogni modo, Giuseppe ha intuito. Ha ritrovato in quelle missive l'insistenza del nonno, contrastata evidentemente dall'iniziale riluttanza dei suoi genitori. A grandi linee ha compreso anche a quali leve GRB è dovuto ricorrere per vincere il diniego di Rudi e Laura.

In una delle lettere si parlava della prospettiva di riavvicinarsi, delle condizioni economiche non certo felici nelle quali la famiglia Kramer si è confinata, delle limitate prospettive di studio e carriera per Giuseppe.

È tutto vero. La situazione nell'appartamentino di Rüdesheim è piuttosto complicata. Poche razioni, nessuna prospettiva, troppe lacrime e una dose massiccia di vergogna a impregnare l'aria.

Così, alla fine, papà e mamma hanno capitolato.

Sono contento – si leggeva nell'ultima lettera – *che abbiate compreso quanto l'istruzione di Giuseppe potrà giovarne. La sua formazione sarà indispensabile per potergli affidare in futuro la guida dell'azienda della nostra famiglia. Ne discuteremo durante la nostra colazione del 30 gennaio a Francoforte: alloggerò allo Steigenberger Frankfurter Hof, in Friedrich-Ebert-Platz.*

Giuseppe ha riletto quella frase almeno una dozzina di volte, aiutandosi con l'indice per essere sicuro di non perdersi nessuna parola: *La sua formazione sarà indispensabile per potergli affidare in futuro la guida dell'azienda della nostra famiglia.* Solo allora è diventato tutto più chiaro. E ha avvertito nel cuore un'emozione nuova. Un senso di orgoglio e compiacimento ha iniziato a farsi largo dentro di lui. Suo nonno ha bisogno di lui. E di nessun altro.

Quella rivelazione ha solleticato luoghi della sua anima che ancora non conosceva, pezzi di sé che scopriva ambiziosi e compiaciuti. Ha compreso quel giorno che, forse senza accorgersene, stava smettendo i panni del bambino timido e solitario che aveva sempre creduto di essere.

In lui c'è dell'altro, ed è finalmente venuto a galla. Perlomeno, qualcuno sembra averlo notato.

Da quella sortita segreta nell'armadio di suo padre, i suoi atteggiamenti si sono pressoché rovesciati. Ha guardato alla data di partenza come a un giorno di festa; Villa Badoni e la fabbrica hanno iniziato a esercitare su di lui un'attrazione magnetica, una fascinazione in grado di mettere a tacere qualsiasi timore e insicurezza. Riuscivano persino a ovattare il senso di colpa che nutriva nei confronti dei suoi genitori, dai quali si allontanava senza la disperazione che si sarebbe aspettato.

Rüdesheim, martedì 2 marzo 1948

Caro Giuseppe,

mi auguro che i primi giorni a Lecco siano trascorsi felici e sereni.

È passata solo una settimana dalla tua partenza, ma davvero non immagini quanto già ci manchi. Mi auguro che la decisione che abbiamo preso possa concederti il futuro che meriti, e che in fondo noi non avremmo potuto garantirti. Verrà un tempo in cui sarà più facile spiegarti anche il valore che questa scelta ha per tua madre, ma è davvero troppo presto. Credimi, Giuseppe. Nemmeno io ho le idee chiare su tutta questa vicenda. Sappi solo che anche lei aveva un posto che meritava, e la tua scelta sta contribuendo a ridarglielo, dopo che l'aveva smarrito.

Ma non è questo di cui voglio parlarti ora.

Vorrei raccomandarti alcune cose, perché il tempo passerà veloce, e presto ti ritroverai uomo prima ancora di accorgertene.

Anzitutto, vorrei che tu amassi incondizionatamente tuo nonno e le tue zie. Tutte. Non importa quali vecchie memorie del passato tu possa arrivare a conoscere: loro sono la tua famiglia, quanto lo siamo io e la mamma.

Secondo, studia. Studia sempre, studia tanto. Se tutto va bene, tra sette o otto anni ti troverai a imparare un mucchio di cose nuove, e tutte saranno fondamentali per il ruolo che avrai al fianco del nonno. Non rimandare ad allora l'impegno, inizia subito. Allena la tua mente. Dedicati alle materie della scuola, del liceo. Appassionati di tutto e ascolta tutti.

C'è un'ultima questione alla quale tengo con tutto il cuore.

Allegato a queste mie righe, troverai un secondo biglietto. Ho trascritto una poesia, una delle più belle che conosco. È di un ragazzino francese, poco più grande di te, che ha detto cose vere e forti sul destino di chi segue sempre e comunque la propria stella, la propria indole, i propri talenti. Di chi non si vergogna a vivere d'arte e di poesia. Sai bene, Giuseppe, che i miei studi mi stanno conducendo su campi molto diversi da quelli percorsi da tuo nonno: io il pensiero e l'etica, lui il metallo e le grandi campate dei ponti. Potrò comprendere se a vent'anni ti ritroverai a pensare ai primi come banali parole volatili e ad appassionarti ai secondi come straordinarie missioni dell'ingegno umano. Ma, ti prego, conserva sempre con te questa poesia. Non separartene mai. Verrà un giorno in cui la traversata per mare del tuo ingegno ti sembrerà ben poca cosa rispetto all'immensità dell'oceano e al tappeto di stelle che avrai sulla testa. Allora, credimi, vorrai avere quella poesia con te. Sarà una stella preziosa per affrontare il mare aperto.

C'è un pozzo nella tua anima, un pozzo che tutti i segreti dell'ingegneria non potranno mai riempire del tutto.

Ricordalo sempre, questa poesia ti aiuterà a farlo.

Ti voglio bene

Papà

PS
Ti sei ricordato di abbracciare la Mina da parte mia? Forse nemmeno immagina quanto le sue premure mi abbiano aiutato a tornare al mondo, tre anni fa.

Lecco, 22 marzo 1948

Cara Laura,
spero stiate bene.

Giuseppe sembra già essersi ben ambientato con straordinaria attitudine, e ad aprile inizierà anche a frequentare la scuola. È un ragazzo sano, obbediente, brillante. Mi ricorda Antonio, anche se il cammino è ancora lungo.

Domenica festeggeremo Pasqua e lunedì faremo volare il pallone, come quando eri piccola. Lo ricordi?

Abbiamo ricominciato a farlo dopo gli anni della guerra, per Giuseppe sarà la prima volta. Ci sono cose che io e te abbiamo interrotto, si sta avvicinando il tempo di rimettere insieme i pezzi.

Porta i nostri saluti anche a tuo marito.

PAPÀ

PS
Per quella questione con il ministero, ho già avuto alcuni incontri con i miei referenti a Roma. Non dovrebbero esserci problemi, ma dobbiamo attendere le votazioni di aprile. Per la prima volta verrà eletto il Parlamento repubblicano: staremo a vedere quel che succederà.

Il Lunedì dell'Angelo.

Una delle poche occasioni in cui i Badoni si ritrovano quasi al completo nella villa. Del resto, è il giorno della caccia al pallone, una vera e propria mongolfiera che viene fatta decollare ogni anno, come fosse un rito propiziatorio e benaugurante.

Nel cortile è quasi tutto pronto.

Tre operai stanno ultimando i preparativi per gonfiare quello che ancora non è che un disco di gomma rossa disteso sulla ghiaia di fronte al porticato d'ingresso.

Giuseppe li osserva in disparte, affascinato da quel miracolo volante che si sta per compiere. Gli uomini si muovono con calma e precisione: lisciano le pieghe dell'involucro sgonfio e lo dispongono ben disteso, controllano che le cuciture siano salde e i nodi delle corde di ancoraggio ben stretti. Infine, collegano con scrupolo la bombola dell'elio alla valvola della piccola mongolfiera.

La lentezza e la meticolosità dei gesti si contrappone al tono animato e acceso con cui discutono. L'argomento è sempre lo stesso. Anzi, da quando Giuseppe si è trasferito un mese prima a Villa Badoni non ha sentito i grandi parlare d'altro.

Le elezioni. Che si terranno di lì a tre settimane.

Persino nei giorni di festa se ne discute.

« È inutile che insisti, non mi convincerai mai. Io, i tuoi amici comunisti, non li voto. »

« E allora Nenni? Vota socialista se non vuoi votare Togliatti! »

« Lo sai anche tu che il Nenni ve lo mangerete per benino, voi comunisti. »

« Sempre meglio dei soliti preti. Sono stufo del profumo d'incenso. Questa è l'occasione per cambiare l'Italia, una volta per tutte. Quello che i partigiani hanno iniziato sui monti lo dobbiamo finire nell'urna. »

« Bravo, ora mi stai proprio convincendo... a votare DC! De Gasperi, lui sì che è uno che parla come si deve. »

« A parlare sono buoni tutti. »

« Ecco, appunto. Allora ascolta anche quello che dicono gli americani: se vince il tuo bel simbolo di Garibaldi, non ci daranno più nemmeno un soldo. E addio lavoro. »

« E benvenuta Russia! Ne puoi star certo. »

« Se ti piace così tanto la tua amata Russia, perché non ti ci trasferisci una volta per tutte? »

All'improvviso alle loro spalle compare la Mina, in parte per la curiosità di osservare i preparativi, in parte per la necessità di controllare il lavoro dei tre uomini. Che, quanto a ciarle, danno la biada a tutta la fabbrica.

« Mina, lei come la vede? »

« Già, ha deciso chi votare? Finalmente anche voi donne potete farlo. »

La Mina, come sempre, non si lascia trascinare nella politica. Preferisce di gran lunga il manifesto elettorale del suo buonsenso popolano.

« *Söche e melù a la sò stagiù.* » Zucche e meloni alla loro stagione. Insomma, c'è un tempo per ogni cosa. Tradotto: prima la mongolfiera, poi le ciarle.

« Certo », ribatte uno degli operai. « Ma questa volta possiamo scegliere. Lei preferisce le zucche oppure i meloni? »

La Mina non si scompone, mantenendo la sua riservatezza tutta lombarda. Con un sorriso beffardo, replica divertita: « *Al pòm piö bél, al và an'boca al porsél* ». Il pomo più bello va in bocca al porcello. Come a dire che, comunque possa andare, alla gente comune rimane ben poco.

Una coltre di delusione smorza l'animosa discussione

degli operai che, accantonata per il momento la politica, aprono lentamente la valvola della bombola d'elio.

Il disco piatto disteso a terra inizia a gonfiarsi dolcemente, come se si stesse pian piano risvegliando da un lungo sonno. In pochi minuti s'ingrossa, fino a diventare una mongolfiera tonda, grande quanto un'automobile. È pronta a spiccare il volo, se non fosse per le due corde annodate intorno alle colonne di granito della facciata. Uno spettacolo che è comunque già sufficiente a lasciare Giuseppe a bocca aperta. *Sta davvero funzionando. Proprio come dicevano.*

Tutt'intorno si raduna l'intera famiglia. Ci sono le zie con i mariti, i fidanzati, i cuginetti. Solo Laura e Adriana non sono presenti. La prima perché è in Germania, la seconda perché ha preferito rimanere nel suo studio: pare sia impegnata con un nuovo progetto per la fabbrica.

Il grande gioco a squadre, perché di questo si tratta, può comunque iniziare.

Suo nonno, in piedi a lato del pallone aerostatico, inizia a declamare come un antico banditore il contenuto di un foglio ciclostilato che tiene ben stretto tra le mani, quasi fosse un vero e proprio editto.

« R-e-g-o-l-a-m-e-n-t-o »: la parola è scandita con pacata austerità.

Tutti tacciono immediatamente.

GRB prosegue nel completo silenzio del pubblico, disposto a semicerchio di fronte a lui, come in una cerimonia. « La caccia al pallone si svolge in squadre composte da quattro bipedi e un'automobile. Compito di ciascuna squadra è riportare il pallone alla base, ovvero in villa. Dopo cinque minuti dal lancio, verrà dato dalla Direzione della caccia il via libera alle squadre regolarmente iscritte, che lasceranno la base in ordine d'iscrizione a distanza di trenta secondi l'una dall'altra.

« Le squadre, al comando del caposquadra, si dirigeranno verso il probabile punto di discesa del pallone, facendo ogni sforzo meccanico, pedestre o natatorio per raggiungerlo.

« Il pallone è assegnato alla squadra che tocca per prima il pallone.

« Nel caso d'intervento simultaneo di diverse squadre sul posto, appena toccato il pallone tutti gli altri dovranno subito fermarsi al fine di precisare la situazione. Le baruffe sul pallone sono severamente proibite e punite. »

Al termine della proclamazione, GRB si volta radioso verso suo nipote. « Giuseppe, ora tocca a te! »

Il nonno ha voluto infatti che fosse lui a liberare la mongolfiera in cielo. Un rito d'iniziazione tra i più surreali che il ragazzo abbia mai sentito. Ma tant'è. Giuseppe leva le briglie e la palla rossa inizia dolcemente a salire: raggiunge il primo piano della villa, supera il terrazzino, scavalca i comignoli e pure le chiome più alte dei platani, e prende a veleggiare sopra la città, in balia dei venti.

« Che sia di buon auspicio per tutti noi! » esclama GRB. « Il cronometro è partito. Fra cinque minuti partirà la prima squadra, quella di Piera. »

La truppa di parenti inizia a confabulare divertita sulla direzione dei venti e le probabilità che il pallone finisca la sua corsa di lì a poco.

« Vorrei approfittare di questo tempo per un annuncio importante », aggiunge GRB, rompendo il tradizionale copione. « Come sapete, Giuseppe, il mio primo nipote, vivrà qui a Lecco. Ma non è tutto. D'accordo con Laura e Rudi, grazie all'intervento di alcune conoscenze al ministero, avrà anche il nostro cognome: si chiamerà a tutti gli effetti Giuseppe Kramer Badoni.»

Il gelo.

Una folata di sussurri si diffonde tra i presenti.

Giuseppe si guarda intorno, perplesso. *Perché tutti sembrano pietrificati? Che ne è stato del clima di festa?*

Il parco di Villa Badoni si è improvvisamente trasformato in una palude di silenzi. Il ragazzo nota le zie lanciarsi l'una con l'altra taciti sguardi di perplessità. Sul volto di Emilia legge un'espressione insolita che non riesce del tutto a decifrare, un misto di rassegnazione e preoccupazione. L'espressione di chi si ritrova suo malgrado a dover affrontare una nuova fatica, del tutto inaspettata. Quella di chi s'imbatte in un sentiero più ripido e scosceso di quanto si attendesse.

E poco importa se, accorgendosi dello sguardo interrogativo del nipote su di sé, Emilia abbia provato a mascherarsi dietro un sorriso forzato. Quel caleidoscopio di reazioni conferma a Giuseppe che non si è ingannato nei giorni precedenti. Il suo arrivo, all'apparenza salutato dalla cordialità familiare promessa al telefono da suo nonno, è effettivamente coinciso con una bufera di dubbi, confronti e timori tra le figlie di GRB. In quale modo simili interrogativi potessero riguardarlo sfuggiva del tutto a Giuseppe. Almeno fino a questo momento. Ora però il ragazzo è pienamente consapevole che un senso di diffidenza nei suoi confronti aleggia costantemente sugli inquilini della villa.

E arriva adesso a intuirne le tracce. GRB ha affidato al figlio della primogenita – che aveva nella sostanza abbandonato la famiglia – il destino che aveva originariamente tracciato per Antonio. Giuseppe dorme nella stessa camera dello zio, siede allo stesso posto a tavola e di lì a poco frequenterà le stesse scuole.

Ne ha persino ottenuto il cognome.

Non si tratta certo di una mera questione anagrafica. Persino il piccolo Giuseppe ormai lo ha intuito distintamente. Quello del nonno, per la solennità con cui è stato annunciato nel giorno del Lunedì dell'Angelo, non è un semplice vezzo. L'aggiunta del secondo cognome indica con chiarezza ciò che a Giuseppe avevano già tentato di spiegare Laura e Rudi. Vale a dire che a lui è affidato il compito di continuare la dinastia. E dunque, un giorno, di guidare la fabbrica.

Kramer Badoni. Il ragazzo ripete mentalmente il suo nuovo cognome. Una volta, due volte, venti volte.

La caccia al pallone cessa di essere un gioco: è diventata un battesimo, una prova iniziatica.

Alza lo sguardo al cielo, provando a inseguire la mongolfiera trasportata dalla brezza del lago senza una direzione precisa. Quanto vorrebbe trovarsi anche lui lì, spinto soltanto dalle carezze disinteressate del vento. Lontano da quegli sguardi gonfi di sottotrame sfuggenti, che non lo lasciano in pace un istante.

Solo Marta, come lui ancora poco avvezza a interpretare compiutamente i complessi meccanismi che regolano l'ordine familiare, non ha del tutto compreso il senso implicito della notizia. Con una battuta rompe il velo di ghiaccio che va ancora spargendosi tra le sorelle. «Muoviamoci, che i cinque minuti stanno finendo. Kramer o Badoni non m'importa: per me rimarrai sempre il solito Kraponer!»

Il suo sorriso ha il potere di sciogliere – o meglio di sospendere – le tensioni, anche soltanto per un pomeriggio.

Verrà il tempo per discutere, ma il Lunedì dell'Angelo per i Badoni è solo il giorno della caccia al pallone.

La prima squadra parte in tutta fretta: al volante c'è la zia Piera che, con la sua Lancia Ardea blu, si getta a grande velocità in strada, facendosi largo a colpi di clacson tra i tanti pedoni che si dirigono verso il centro città.

La seconda squadra è proprio quella di Giuseppe, ovviamente insieme all'inseparabile Marta, al nonno e a Emilia.

La mongolfiera veleggia verso sud, ma senza un cammino lineare. Per un istante pare dirigersi verso i boschi del Magnodeno, poi sembra cambiare direzione e volersi tuffare nel lago.

« Papà, accelera! » grida Marta, con la testa fuori del finestrino della Fiat 1100 nera, mentre cerca di non perdere d'occhio il piccolo puntino rosso che galleggia in cielo.

Giuseppe se ne sta comodamente sul sedile in pelle chiara, lanciato a tutta velocità per le strade di una città ancora sconosciuta, inseguendo una mongolfiera tra palazzi tappezzati di manifesti elettorali l'uno in guerra con l'altro. E con un nuovo cognome tra le mani.

Kramer Badoni.

Pare proprio che tutto quanto stia per cambiare.

X

ADRIANA

Sottocoperta

Oh, se potessi sapere
da dove viene quel tuo
leggero sorriso
e dove vuole andare.
Come un'ala leggera
di vento che increspa l'acqua
per un momento e scompare.
Noi non sappiamo se sia
segno d'un vortice appena nato
o d'una tempesta oltre il mare.

PB

Settembre 1952

« Un arco oppure un angolo possono essere misurati in gradi o in radianti. Per il calcolo in gradi si assume come unità di misura... » La voce limpida di Adriana, lenta e meccanica per scandire ogni sillaba della dettatura, risuona sotto le arcate ogivali della mensa aziendale. Oltre le tavolate e l'area cucina, infatti, c'è una porticina che conduce direttamente a un locale non ampio, ma luminoso e ben intonacato. Un tempo era il ripostiglio di panche e sedie, ora è ufficialmente la classe della scuola aziendale.

Era nato tutto da un discorso a tavola, due anni prima. GRB lamentava con sua moglie Emilia una carenza di manodopera, la concorrenza di altre imprese del Nord Italia, la scarsità di alcune figure chiave per i processi produttivi in fabbrica.

« L'altro giorno ho scambiato qualche parola con un perito che ho conosciuto sul treno », aveva raccontato. « Sebbene sia delle nostre zone, lavora come disegnatore alla Böhler, giù a Milano. Fa avanti e indietro tutte le settimane: scende al lunedì e solo al venerdì torna a casa, dove lo aspettano anche due bambini. Dice che a Milano lo pagano bene. » Aveva quindi scosso la testa, vuotando d'un fiato il bicchiere a coste riempito di vino novello. « E dire che invece in azienda, in alcuni reparti, sono pieno così di testoni dai quali faccio fatica a cavar fuori il barlume di un'idea. »

Alla Mina non era parso vero. «*I'è toch batezzaaa cun l'acqua di spinazz*», aveva sentenziato.

GRB aveva riso. Le ragazze di casa si erano invece scambiate sguardi interrogativi.

Come sempre, toccava a Emilia spiegare. «L'acqua degli spinaci, no? Non viene salata, serve per tenere vivo il colore.»

«E...?» aveva domandato Marta, interdetta.

«Senza sale, senza sapienza, con poco senno.»

Era seguito un coro di «Aaah...»

«Papà, ma se provassi a risolvere le due cose contemporaneamente?»

Alle spalle di GRB era apparsa Adriana, con un sorriso che era già tutto un programma.

Suo padre aveva ruotato la sedia di un mezzo giro verso di lei, grattando sul pavimento di cotto e facendo rizzare i capelli in testa alla Mina.

«Sentiamo un po' cos'hai in mente...»

Era stato l'atto di nascita della scuola aziendale.

Adriana aveva pensato a tutto, in effetti.

I corsi sarebbero stati facoltativi per gli operai, con una ventina di ammessi per ogni anno scolastico. Gli apprendisti, al contrario - non più di dieci -, l'avrebbero frequentata obbligatoriamente per poter entrare in fabbrica già in possesso di un livello d'istruzione adeguato. Alla fine dei corsi specializzati, gli allievi avrebbero ricevuto un diploma, di cui la ditta avrebbe tenuto conto per passaggi di categoria o assegnazione di nuove mansioni. Per favorire le iscrizioni, la giovane neolaureata aveva proposto al padre di concedere un'indennità di frequenza. GRB aveva borbottato qualcosa, ma nemmeno lui aveva avuto cuore di guastare la macchina che sua figlia andava perfezionando di giorno in giorno.

« D'accordo, ma chi saranno gli insegnanti? » aveva domandato GRB qualche settimana più tardi, fumando il toscano sulla poltrona, mentre nel salone echeggiavano i toni lamentosi di un radiodramma serale.

Adriana gli aveva strizzato l'occhio, allargando le braccia. « Ne hai una proprio di fronte. »

« Tu? Ma tu mi servi in... »

« Non ci sarà nessuna fabbrica in futuro se non insegni ai tuoi operai le basi di un'istruzione tecnica. »

Fine della discussione.

Adriana aveva poi coinvolto le sorelle Costanza e Nicoletta, anche loro studentesse universitarie in materie scientifiche. Per l'italiano non aveva sentito ragioni: doveva essere Piera a occuparsene, magari con l'aiuto di Sofia. Il corpo docenti era stato completato da qualche insegnante della scuola media in città e da alcuni tecnici dell'azienda.

Una sera, le cinque sorelle si erano sedute intorno al tavolo per dividersi compiti e dispense. Ne era scaturito un revival piuttosto tragicomico delle loro esperienze scolastiche al liceo di Lecco. Sofia ricordava le letture sottobanco durante le spiegazioni del professor Caramel, docente di lettere. L'uomo si avvicinava discretamente, sbirciando titolo e autore: se il volume incontrava il suo apprezzamento, borbottava un cenno di assenso alla ragazza e le consentiva di proseguire a disinteressarsi della lezione. Adriana invece rammentava con disagio le angherie subite dall'anziano docente di fisica, che qualche canaglia di compagno sollevava di peso e portava in classe talvolta pigiato in un cestone, con le gambe all'aria e le lacrime agli occhi. Costanza e Nicoletta avevano commentato ironicamente che, nel suo ruolo di dirigente della scuola aziendale, Adriana sarebbe certamente stata più sobria del preside Invernizzi, che si presentava sempre al liceo dopo una breve sosta mattutina per il primo grappino di giornata. E tutte giù a ridere.

« E le materie? » aveva indagato di lì a poco GRB, durante una passeggiata in centro città, mentre sua figlia era intenta a saggiare la consistenza delle arance al mercato. Adriana aveva notato con un certo divertimento che suo padre stava a mano a mano prendendo gusto all'idea di una scuola nella fabbrica.

« Italiano e aritmetica, anzitutto », era stata la risposta pronta di Adriana, afferrando distrattamente un cespo d'insalata. « Poi trigonometria, fisica, carpenteria e scienza delle costruzioni. Sarà un successo, vedrai. »

Certo, non sarebbero state sufficienti solo parole e buona volontà.

« Papà, mi serviranno banchi da scuola e due lavagne », era stata la richiesta di Adriana, precipitatasi un pomeriggio nell'ufficio del padre.

« Certo... »

« E bussoli, calibri, elettricità statica e magneti, ovviamente. »

« Ovviamente. »

« E direi anche bilance, cronometri e termometri. »

GRB aveva alzato lo sguardo dai suoi conti e dispacci. Le possibili obiezioni si erano evidentemente scontrate con lo sguardo di sua figlia, brulicante d'idee e zeppo di passione. « Avrai tutto quello che ti serve, Adriana. »

« Le dispense le scriverò io », aveva concluso la ragazza, rasserenata.

Nei mesi successivi la notizia era stata trasmessa a tutti i reparti della fabbrica. I venti operai iscritti al primo anno scolastico erano comparsi alla spicciolata. Quasi vergognosi i primi, molto più risoluti gli altri. Con parecchia celerità erano state avanzate anche le candidature dei dieci apprendisti, tutti figli di operai della ditta, e tutti catechizzati dai genitori per quella che era « una grande occasione di avviare con il piede giusto la loro carriera in fabbrica ».

Il primo giorno di scuola, GRB aveva rivolto a tutti un saluto, felicitandosi della scelta di alzare il livello della loro istruzione e raccomandandosi - tra i sorrisi divertiti della classe - di avere sempre cura e rispetto del corpo docenti. Una strizzata d'occhio a sua figlia Adriana, elegante nel suo abito rosa pastello stretto in vita da una fibbia a forma di fiore, aveva completato il messaggio.

La ragazza si era schermita, celando dietro un elegante sorriso tutta la tensione del suo nuovo ruolo.

A mano a mano che i giorni passavano, Adriana si sentiva però sempre più matura e realizzata.

I suoi alunni erano uomini pragmatici, che non avevano mai avuto la possibilità di studiare oltre la quinta elementare: *Tajà giò cul fulciott*, tagliati con il falcetto, li avrebbe definiti la Mina. E proprio il fatto che mettessero il loro futuro nelle sue mani la faceva sentire viva e importante. *Doveva essere questo*, si diceva, *quello che provava papà nel condurre ogni giorno l'azienda secondo le sue idee e le sue regole, di fronte agli occhi di un'intera città e di una moltitudine di persone che contava sulla sua esperienza per conquistarsi denaro e futuro.*

« Avremo quindi un angolo giro di 360 gradi e...? » La nocca di Adriana tamburella sulla lavagna. Piccoli sbuffi di gesso abbandonano i segni geometrici per adagiarsi lungo il bordo di legno.

L'istante di silenzio riempie la classe di pensieri, sussurri e congetture.

« Due pi greco radianti », completa la frase Adriana.

Segue una raffica di sguardi rabbuiati ed espressioni di giubilo, rispettivamente per le risposte errate e per quelle corrette. *Piuttosto commovente,* riflette Adriana, *se si considera che le reazioni genuine sono quelle di operai che arrivano dal turno di notte.*

L'idea della scuola è stata una scommessa azzeccata, la giovane ne è sempre più convinta. Senza considerare che quella momentanea deviazione dagli ingranaggi aziendali le consente di sfuggire alle mansioni quotidiane della fabbrica e alla clausura del ruolo di erede. Al contrario, Adriana avverte finalmente la possibilità di conquistare la stima di suo padre, certo, ma con una creatura propria, con idee personali e con spirito del tutto autonomo.

Obiettivi ai quali non è disposta a rinunciare.

« E invece un angolo piatto... » prosegue tracciando una linea alla lavagna, proprio in centro al precedente cerchio.

« Pi greco radianti, 180 gradi! » la interrompe una voce familiare affacciata d'un tratto all'uscio della porta. È suo padre, sbucato a curiosare l'andamento della lezione.

Non disturbare! Vai via, sillaba la ragazza senza emettere suoni, quasi arrossendo con il pudore di una bambina scoperta a fare facce buffe allo specchio.

GRB obbedisce con aria divertita, retrocedendo e salutandola con un cenno della mano. Non è da lui eseguire ordini altrui, ma quello è lo spazio sacro di Adriana, e lì dentro è sua figlia a dettare legge.

È stata probabilmente quell'improvvisa ventata di novità e ottimismo a convincere GRB ad attuare un piano sul quale rimugina da diversi anni.

Un viaggio.

Con l'intera famiglia, ovviamente. Che, in fin dei conti, è ben lontana dall'essere unita. Adriana stessa è ben consapevole della sofferenza quotidiana che turba i pensieri di suo padre. L'antica ribellione di Laura, gli improvvisi istanti di freddezza che ancora sembrano rovesciarsi su Emilia da parte delle figlie di primo letto, quella profonda differenza d'età che impedisce alle prime quattro sorelle – tutte oltre o vicine ai quarant'anni – di condividere realmente le loro esistenze con le altre sette ragazze, pressoché adolescenti: suo padre si è fin da subito posto l'obiettivo di suturare quelle ferite, di fondere i due opposti metalli in una lega forte e preziosa. Marchiata Badoni, s'intende.

Già, ma come?

Talvolta ha propinato l'argomento nel bel mezzo di un discorso di lavoro, altre volte Adriana lo ha sorpreso a lamentarsi del medesimo affanno con Piera e Sofia. È tuttavia fin troppo palese anche agli occhi della giovane Badoni che le sue sorelle non comprendono sino in fondo quale importanza abbia per lui la riparazione di quella crepa. O, se la comprendono, certamente non ne condividono l'emergenza.

Le figlie di primo letto hanno ormai tracciato i solchi delle rispettive esistenze. Che siano interamente dedite alla fabbrica, che si trovino in fuga perenne o che la maternità abbia garantito loro la piena liberazione dalla routine aziendale, poco importa. Quella è la loro vita, quelle le abitudini, le passioni, i compromessi ormai accettati con il mondo. E in fondo lo stesso vale per le sette sorelle di secondo letto. Bambine, ragazzine, giovani talenti ormai sbocciati: per ciascuna di loro la vita è una pellicola accelerata, dove il tempo insegue vanamente sogni e desideri vorticanti, inconsapevoli del fascino delle cose durevoli, tiepide e rassicuranti. Come, appunto, la famiglia.

Secondo il piano di GRB, un viaggio potrebbe forse

riunire in un unico paniere le diverse età e attitudini di entrambe le fazioni: sarà consentito portare mariti e fidanzati, ma severamente vietato lesinare cameratismo e spirito d'avventura. Si andrà per mare tutti insieme.

GRB ha lanciato la sua proposta un giorno d'inizio primavera. A pranzo, ovviamente. E con la famiglia al completo schierata intorno al grande tavolo del soggiorno.

Nell'atto di annunciare il viaggio, suo padre ha assunto l'aria radiosa e determinata di chi non mette in preventivo alcuna replica.

In effetti, non ce ne sono state.

Non tanto perché le proposte di GRB siano spesso e volentieri progetti ormai già prossimi al varo, come in questo caso. Quanto perché, in fin dei conti, l'idea non è per niente dispiaciuta alle donne di casa.

« Andremo per mare », ha annunciato lui piuttosto teatralmente.

« In crociera? » ha domandato una delle ragazze, immaginando già ogni sorta di comfort e intrattenimento.

« Non esattamente. »

Si tratterà infatti, ha spiegato il padre, di trascorrere una decina di giorni su un peschereccio. Tutte quante, primo e secondo letto. Insieme a loro, solo ii comandante e due o tre uomini dell'equipaggio. Nessun altro di mezzo, durante quella miracolosa fuga dal mondo.

Marta, seduta come sempre due posti alla sinistra del padre, ha scoccato a entrambi i genitori uno sguardo di evidente apprezzamento. Elisabetta, Costanza, Nicoletta, Franca e Maria hanno confabulato tra loro e quindi sorriso con entusiasmo a GRB. Piera già sapeva e ha annuito vigorosamente, annunciando la presenza anche di Sofia. Giuseppe, figurarsi, pende dalle labbra del nonno e anzi si è subito raccomandato di estendere l'invito ai propri genitori. GRB ha immediatamente acconsentito: in fondo, l'intento era proprio quello di cancellare ogni cicatrice familiare.

Solo Adriana, da diverse settimane un po' scostante, ha cercato di smarcarsi, ventilando qualche impegno con la scuola. A furor di popolo, però, è stata richiamata all'ordine.

Emilia è apparsa invece più preoccupata. Lei, che mal tollera persino le brevi uscite in barca sulle acque del lago, di tanto in tanto organizzate nei pomeriggi estivi, si è dichiarata piuttosto spaventata dalla prospettiva di navigare per giorni interi in mare aperto.

« Non sarà pericoloso? So a malapena stare a galla », ha domandato al marito che, per conto suo, ha minimizzato ogni rischio: « Ci affideremo a un equipaggio esperto. Il mare sarà splendido e calmo, vedrai ».

Anche le figlie non hanno voluto sentire obiezioni, temendo che l'apprensione della madre possa mandare a monte quella che si annuncia come un'indimenticabile avventura.

« Ti insegnerò io a nuotare », l'ha rassicurata Sofia, sorridendo. « Ancora meglio, lo farà il Toto: è davvero un nuotatore eccezionale, uno dei migliori qui in Canottieri. Sarà entusiasta di unirsi a noi. »

Il Toto, rampollo di una delle famiglie più in vista della città, è ritornato da qualche anno ad affacciarsi nella vita di Sofia, dopo esserne stato il primo vero amore adolescenziale e giovanile. La famiglia ha assistito teneramente al coraggioso tentativo di Sofia di lasciarsi alle spalle la tragedia e il ricordo di Giuseppe. Per uno strano caso del destino, la donna ha finito per trovare un sentiero futuro ripercorrendo le orme del suo passato.

Le strade di Toto e Sofia si erano divise per parecchi anni, all'inizio anche piuttosto burrascosamente. Poi, come spesso accade tra alcune anime eccezionali - vale a dire per una combinazione del tutto oscura di casualità e destino - si sono di nuovo intrecciate. Le amicizie comuni hanno rinsaldato alcuni giri e frequentazioni, le compagnie si sono avvicinate, loro due si sono rivisti e hanno scoperto che, venute a galla le macchie d'olio dei conflitti giovanili, sul fondo del loro rapporto è rimasta l'acqua cristallina di un sentimento per il quale entrambi provano una certa nostalgia. Si sono dati un'opportunità, perché entrambi sono rimasti soli o perché entrambi lo desiderano. Sta di fatto che non l'hanno perduta. Il Toto è riuscito a riconquistare Sofia - vincendo i fantasmi del passato, le sue inevitabili paure e i latenti sensi di colpa - ed è diventato una presenza discreta e rassicurante. Non voleva cancellare Giuseppe dal cuore di Sofia, ma il fatto di appartenere al suo passato gli ha consentito di avvicinarsi al suo amore con il tepore quieto e intrigante di un déjà-vu.

Il viaggio in barca, a ogni modo, ha subito riscosso grande successo: già al termine del primo giro di adesioni alla proposta della crociera familiare, GRB ha potuto contare su una fedelissima truppa di ben quindici persone. E, quel che è più importante, di entrambi i letti. Si è quindi alzato da tavola, ha salutato tutti allegramente e si è incamminato a cuor leggero verso la fabbrica.

A Adriana non è servito un grande sforzo di fantasia per comprendere cosa passasse nella testa del padre. Radunare tutta la famiglia su un peschereccio e partire per mare deve essere, almeno ai suoi occhi, una terapia d'urto contro ogni divisione - di letto, di età o semplicemente di carattere – che mina di corrodere la fragile lega metallica della famiglia.

La macchina organizzativa si è messa in moto di gran lena.

Piera, da segretaria fidata qual è, ha pensato ai biglietti del treno per Genova, promettendo inoltre un fedele diario di bordo dell'avventura. Sua sorella, del resto, ama scrivere e setacciare con le parole fatti e memorie. È nella sua natura. Ecco perché i viaggi più partecipati e sentiti sono sempre contraddistinti dai suoi dispacci giornalieri. Settimane prima, Adriana ha addirittura ritrovato in un cassetto di vecchi incartamenti tre fogli dattiloscritti pinzati l'uno all'altro. Ne è emersa una cronaca, comicamente formale, di una vacanza sulle Dolomiti di quasi vent'anni prima, con Piera, Sofia e diversi amici coetanei. *L'ufficio stampa della S.s.c. comunica che ieri, 31.12.1935, la squadra al completo si è recata al monte Pana ed è ritornata in giornata.* E ancora: *La discesa su Plan è stata molto lenta per Popy e Piera che hanno avuto l'inavvertenza di abbandonare la strada e scendere per chine ripide e gelate.*

Non c'è dubbio: il diario di bordo di Piera sarà piuttosto gustoso.

Quanto alle sorelle minori, hanno studiato per settimane ogni spiaggia e caletta tra Elba, Giglio e Capraia.

A fine pomeriggio, prima di cena, una volta terminati i compiti o le mansioni domestiche, si abbandonavano tutte sul prato della villa, consultando un voluminoso atlante geografico illustrato. Una sera hanno spalancato la mappa nautica del Tirreno sotto gli occhi divertiti di GRB, immerso nel fumo oracolare del suo toscano. Dopodiché, una mezza dozzina d'indici è caduta all'unisono sul toponimo dell'isola di Montecristo.

«Leggete troppi romanzi d'avventura, voialtre», ha sorriso GRB. Ma per l'intera serata non si è parlato d'altro che del tesoro di Dantés e della misteriosa fonte del Fosso del Diavolo, dei beffardi munacielli e degli infiniti misteri e strapiombi di quel gigante di puro granito. Alla fine si è tutti quanti convenuto che sì, tempi e mare permettendo, si tenterà perlomeno di ormeggiare al largo dell'isola.

Nei giorni precedenti la partenza, infine, è toccato a Marta e Franca badare ai colli. Alle valigie, insomma. Sotto lo sguardo indulgente di Emilia, hanno radunato foulard, cappelli, zoccoli, maglioncini e costumi. E poi ancora libri e lenze, un cannocchiale per le stelle e una voluminosa cassetta di medicine. Ce n'era per tutte le taglie, per tutti i gusti, per tutte le necessità e per tutte le temperature.

Quanto a GRB, si raccomanda ormai sempre più frequentemente di limitare la quantità di bagagli, ricordando alle figlie che si tratterà di un viaggio spartano. Ma niente, più lui ha insistito, più quelle ci hanno dato dentro a caricare roba.

Finché, giunti alla vigilia della partenza, non ci ha pensato la Mina a riassumere la situazione. «*Gh'ha faa tant 'me Rusina Nava*», ha sentenziato, additando i bagagli già pronti nell'atrio d'ingresso.

«Ci risiamo...» ha sorriso Piera, interpretando la richiesta di traduzione di tutte le sorelle.

«Cos'è, non si capisce?»

«Mai, Mina, mai.»

«E va bene», ha scandito la governante. «Ho detto che ha avuto lo stesso successo della Rusina Nava, cioè niente.»

«E quindi?»

« Rusina Nava aveva come marito un chiacchierone con la gamba di legno. Quando quello, magari bello bevuto, cianciava dei fatti altrui e si metteva nei guai, lei lo scalciava sotto il tavolo. »

« Per farlo smettere? »

« E come no? Ma la gamba *l'era de legn*, e quello andava avanti, senza sentire niente. »

Le ragazze hanno riso di gusto. E GRB insieme a loro.

« Non vorrai davvero spedirci in mezzo a questa bufera... »

« Coraggio, è un semplice temporale. Non c'è ragione per rimandare la partenza. »

Il « semplice temporale », come lo definisce GRB, squassa ormai da un'ora abbondante la superficie del mare, livido di un'oscurità che non appartiene solo alla notte incipiente.

La barca oscilla come ubriaca, urtando rumorosamente contro il pontile. Persino gli uomini dell'equipaggio si guardano tra loro, trovando la forza e le argomentazioni per far desistere quello che, in separata sede, chiamano il « pezzo grosso di Como ».

Alle loro spalle, Genova ribolle di lampi improvvisi. L'ombra plumbea delle nuvole in movimento corre selvaggiamente sulle case color pastello, fino alle schiere di casermoni affastellate ai margini del porto.

Le figlie sono ammutolite, Emilia si tormenta nervosamente le mani. Nessuno ha l'ardire di opporsi alla ferrea volontà di GRB. Figurarsi i generi, che confabulano tra loro ipotizzando vere e proprie strategie di sopravvivenza.

Solo Laura resta in disparte, immersa nei propri pensieri.

Adriana intuisce cosa le passa per la testa: Genova per lei è ancora la città della fuga e della resa, del sogno che si apre e poi muore. Sono trascorsi ormai diciotto anni da quel viaggio in America. Adriana al tempo era solo una bambina, ma ancora ricorda la tensione di quei mesi, il senso di gelo che sembrava avvolgere le sorelle grandi, Antonio e suo padre. Nominare Laura, in quei mesi, era piuttosto rischioso, se non addirittura vietato. Poi, un giorno di luglio, Piera era entrata nel salone sbandierando un telegramma come un vessillo personale. Stava tornando, stava lasciando *quello* e l'America.

GRB aveva richiuso il giornale, ripiegandolo con cura e prendendo il telegramma dalle mani di Piera. « Va bene, andrò io a Genova. » Non aveva aggiunto altro.

Due settimane più tardi era partito all'alba, rincasando poi in serata insieme a Laura.

« È stato un viaggio così lungo? » aveva chiesto Adriana, ingenua, vedendoli tornare sfiancati. Solo anni più tardi aveva compreso che non era stata la fatica a svuotarli durante quelle ore insieme.

E ora rieccola a Genova. Le onde che si abbattono fragorose sulla banchina, i cristalli d'acqua sospesi nel vuoto e trascinati indietro dalle folate di vento.

Un'ultima ambasceria di figlie e generi tenta l'estrema mediazione: soggiorno in città per la notte e partenza l'indomani, quando le previsioni assicurano un meteo più clemente. Niente da fare, tempi e tappe sono già stati fissati. Il patriarca non vuole sentire ragioni.

« Non c'è assolutamente nulla di cui aver timore », sentenzia categorico, sollevando il proprio bagaglio, quello di Emilia, e prendendo la via del pontile.

Adriana ha appena un istante di tempo per osservare di spalle quella silhouette dritta e altera avanzare decisa. La spuma bianca prova a ghermirlo, il vento risale dal pelo dell'acqua per colpirlo. Ma lui niente, attraversa cristalli d'acqua e folate, come un dio delle tempeste.

Si parte, è stabilito.

Il ponte di coperta viene sgombrato dalle reti; verricelli e argani vengono ben fissati. Di certo non si esce a pescare.

Laura, Rudi, Sofia, Emilia e Piera decidono di prendere posto nelle rispettive cabine, mentre l'equipaggio insieme a GRB e a tutti i generi si posiziona alla torretta di comando, sul ponte di coperta. La radio a onde corte gracchia, oltre il timone sono posizionati bussole e sestanti.

« Vieni con noi, Giuseppe. »

Il ragazzo, richiamato dal nonno, si ferma insieme agli uomini, rivolgendo un cenno d'intesa a Marta, che invece prosegue sottocoperta.

Anche Adriana decide di seguire la traversata dalla torretta di comando: vedendola entrare, GRB le rivolge uno sguardo stranito, ma non proferisce parola.

Il peschereccio non ha ancora lasciato il porto ed è già praticamente un orologio a pendolo. Giuseppe si avvinghia a un corrimano, le palpebre che iniziano a cerchiarsi di un alone livido. A mano a mano che la barca avanza sul mare, Adriana stessa inizia ad avvertire i morsi di una nausea viscerale. Oltre, ovviamente, a una tensione più o meno incontrollabile verso la sorte di quello che ora le appare come poco più che un guscio di noce disperso tra i cavalloni del Mar Ligure.

Suo padre, al contrario, appare sereno e rilassato. Chiacchiera con il comandante, lancia battute salaci a uso e consumo dei generi e dell'equipaggio. Nemmeno si appoggia a qualche struttura fissa, a tratti, adattando istantaneamente la postura al ritmo del rollio.

Adriana sente montare una collera improvvisa. Lo vede tronfio nel suo maglioncino bianco a girocollo, con i pantaloni di tela chiari e le scarpe di pelle. Lo fulmina con lo sguardo, sperando con tutta sé stessa che, girandosi verso di lei, lui colga la sua furia e gliene domandi conto. A quel punto, avrebbe gusto a rovesciargli addosso quel che pensa dell'idea di partire in mezzo alla bufera, e di come quella disgraziata famiglia che si porta appresso finisca sempre e comunque per pagare lo scotto della sua ostinazione.

Giuseppe è praticamente verde in volto, e Adriana è sicura che sua madre Emilia starà morendo di paura in mezzo a quel rollio incessante. E certo non saranno al settimo cielo Piera e Sofia, nonostante la loro passione per le gite in barca.

Quella che doveva essere una vacanza si sta già rivelando un incubo.

Ma no, la verità è che suo padre non le rivolge alcuna occhiata. Ogni tanto il suo sguardo si perde nel vuoto, tra i riflessi che il vetro della torretta proietta sulle tinte buie del mare. Impossibile indovinare a cosa stia pensando, se a qualche affare rimasto ormeggiato in stabilimento o se al senso di quel viaggio, a ciò che spera di ottenere riunendo la famiglia su un peschereccio sospinto qua e là dalle onde.

Le luci della costa tornano a farsi vedere dopo quella che sembra un'eternità.

Adriana non ha idea di quale parte della Toscana sia, ammesso e non concesso che si tratti della Toscana. Sa solo che di lì a pochi minuti quel maledetto rollio sarà cessato, che i piedi toccheranno la cara e salda terra, e che forse sarà concesso loro di mettere in bocca qualcosa e gettarsi sul letto di un alberghetto in riviera.

L'ingegner Badoni, intanto, è tornato a sorridere. Si accarezza i baffi e ordina a lei, Giuseppe e Rudi di chiamare a raccolta tutti gli altri.

Come sempre, l'ha avuta vinta lui.

«Giuseppe, finirai per ammazzarti!»

La famiglia Badoni si zittisce improvvisamente. Adriana, come tutti sulla riva, è richiamata dal grido di Laura. Sposta lo sguardo e vede il nipote sulle rocce a strapiombo sul mare, in equilibrio piuttosto precario. Ogni muscolo del ragazzo, dalle gambe agli addominali, è teso per restare in posizione da tuffatore. Le gambe unite, le braccia spalancate, le spalle rivolte al mare, lo sguardo invece alla roccia candida. E a suo nonno.

GRB è due passi indietro. Lo sta squadrando con aria autoritaria e adorante al tempo stesso.

«Giuseppe, cosa vuoi fare?» riprova invano Laura.

Tutt'intorno lo scenario è stupendo. Una parete di tufo cade a picco nel mare cristallino, cedendo spazio solo a un'esile lingua di ciottoli in riva, all'ombra dei contrafforti di pietra. Fori, nicchie e fessure scavati dal tempo e dalla pioggia animano le scogliere color miele, quasi fossero venature nel marmo o trame di tessuti.

L'intera famiglia ha ammirato estasiata la meta finale del lungo viaggio in barca. L'isola di Ponza. Una giornata laggiù valeva tutte le miglia lasciate alle spalle, forse anche la bufera della prima notte al largo di Genova. Il giorno seguente avevano fatto rotta verso Capraia, di lì a due giorni all'Elba e l'agognata Montecristo, e tre giorni più tardi in Corsica. La seconda settimana era invece proseguita verso Tarquinia, Sabaudia fino al Circeo e quindi a Ponza.

«Giuseppe, scendi di lì!» Laura si è levata gli occhiali da sole. In piedi, la mano protesa per impartire l'ordine, tenta di convincere il figlio a ritornare al sicuro.

Adriana intanto s'incammina sulle rocce e si ritrova subito alle spalle del padre. «Papà, lascialo tornare in spiaggia, è solo un ragazzino.»

«Aspetta», replica GRB ad alta voce, senza staccare lo sguardo dal giovane. «Lascialo fare...»

Giuseppe ignora la presenza della zia e i richiami della madre. Al contrario, non stacca lo sguardo da quello di suo nonno, come cercando un barlume di coraggio in quel contatto visivo. Il petto smagrito da adolescente, appena sfiorato dalla prima parvenza di fasce muscolari intorno alla cassa toracica, si gonfia e si restringe a ritmo serrato.

«Si romperà la testa, se scivola!» insiste Laura.

Questa volta è la mano di Rudi a impugnare il braccio della moglie. Lei si volta. Lui le rivolge uno sguardo eloquente.

Nel frattempo, Giuseppe pare aver trovato il suo equilibrio. Sbuffa ritmicamente, per concentrarsi e mantenere la posizione. Ma di lasciarsi cadere all'indietro non sembra esserci verso. Lo sguardo che rivolge al nonno è denso di paura, di supplica. Di essere spinto a tuffarsi, o forse di esserne esentato. Adriana, tre passi indietro, non riesce a comprendere se quella del ragazzo sia ansia o adrenalina.

D'un tratto, le mani dei due si sfiorano. GRB protende

in avanti la sua, Giuseppe si volta verso il mare e piega il braccio alle sue spalle. Il nonno, almeno agli occhi di Adriana, pare quasi tirarne le fila.

« Coraggio », sussurra.

In un battito di ciglia, Giuseppe è già nel vuoto.

Per un istante, Adriana è del tutto sicura di aver notato la mano di GRB dare a Giuseppe la spinta decisiva. È esterrefatta, ma qualcosa dentro di lei le impone di credere di essersi sbagliata.

Laura geme. In spiaggia si alzano sospiri tesi dal manipolo di Badoni in costume da bagno.

Dall'alto, GRB spalanca la bocca e per un istante sembra quasi vedere uno spettro, un miraggio, un'apparizione.

Il tuffo all'indietro è perfetto, spericolato e verticale. Tale e quale a quello che suo nonno faceva tra gli applausi divertiti della famiglia, almeno fino a pochi anni prima. E tale e quale a...

« Antonio... » sussurra GRB, in estasi.

Solo Adriana lo sente.

Sotto di loro, il resto della famiglia è impegnato a ridacchiare, stemperare la tensione, incamminarsi in acqua per andare incontro a Giuseppe. Che, dal canto suo, si è già avvicinato a nuoto alla riva, si è rimesso in piedi e si passa la mano destra sui capelli bagnati, levandoli dal volto e come schermendosi da tutto quel frastuono.

Rudi se lo riporta a riva sottobraccio, rifilandogli uno scappellotto leggero. Sua madre lo guarda in cagnesco, poi scoppia in una risata liberatoria. « Dove hai imparato a farlo? Come lo sapevi? Non siamo mai stati al mare con il nonno... »

Giuseppe sorride.

« C'erano delle vecchie pellicole a casa. Ho visto il nonno e lo zio Antonio farlo in quasi tutti i filmini estivi. E allora volevamo» - dice, gettando un'occhiata complice a suo nonno, prima di correggersi - «volevo...»

Laura, Sofia, Piera, Adriana, persino Emilia si rivolgono sguardi imbarazzati. Nominare così Antonio davanti a GRB, per di più con la leggerezza e l'incoscienza con cui Giuseppe ha pronunciato quel nome.

Ma il patriarca sembra non averci badato.

Ridisceso dalle rocce insieme a Adriana, è troppo impegnato a proiettare sul nipote l'immagine del figlio. Adriana scruta suo padre e intuisce il fiume di ricordi, di amore, di aspettative, di progetti, di vita e di futuro che quell'uomo già settantenne sta rovesciando su un ignaro ragazzino di quattordici anni. Che non è Antonio, né può esserlo, né mai lo sarà. Ma vallo a dire a suo padre.

GRB annuisce vigorosamente, come trovando conferma di un pensiero antico, di un desiderio che ha osato esprimere soltanto in silenzio, da solo, nelle notti senza stelle durante le quali ha pregato per un miracolo. Per un ritorno.

«Il mio ragazzo...» sussurra.

È un istante. Un istante minuscolo come un granello di polvere. Eppure Adriana ci vede dentro un film, lungo come il secondo tempo di *Via col vento*. Dentro di lei qualcosa si rompe, per sempre.

L'erede è Giuseppe. È sempre stato lui.

Non c'era niente di vero nel farle studiare Ingegneria, nell'assegnarle la stanza di Antonio in villa, nell'assecondarla sulla scuola aziendale. È stato tutto inutile, come rubare acqua al mare servendosi di gusci di conchiglia.

Quella lettera di anni prima.

Ecco cosa diceva. Diceva a Laura di preparare Giuseppe, di lasciarglielo, di sacrificarlo sull'altare dell'azienda di famiglia. Di tornare a essere, in un modo o nell'altro, la primogenita. Aveva rifiutato di essere lei la figlia più amata? Bene, avrebbe potuto ripagare il debito regalando suo figlio alla causa.

Quella lettera. In un crudele contrappasso, GRB gliel'aveva persino fatta spedire. A lei, che evidentemente non era considerata altro se non la reggente. In attesa che il vero erede terminasse i suoi studi.

Ma non è tutto qui. Riflettendo a lungo nelle ultime settimane, Adriana si è scoperta a temere con ogni sua fibra quel ruolo. Negli ultimi anni, credendosi la prescelta, ha lottato con le unghie e con i denti per crearsi una strada che fosse la sua strada. Se davvero doveva andare così, se era lei destinata a essere il nuovo ingegner Badoni, tanto valeva che lo diventasse con il suo stile e le sue idee. La scuola è stata questo, in fondo. Dimostrare di avere talenti e intuizioni che andassero oltre ciò che ci si attendeva da lei. Non era il loro automa. Non era Antonio. Era Adriana Badoni.

Ecco, il punto è proprio questo.

Suo padre non vuole un'Adriana. E non vuole un Giuseppe.

Suo padre vuole, da nove anni, solo un altro Antonio. Solo questo possono ambire a essere, lei e suo nipote.

Adriana getta uno sguardo a Giuseppe. La sua purezza, il suo desiderio di vivere secondo le regole del branco Badoni, ricercando sempre e comunque l'amore e l'approvazione del capobranco. Suo nonno.

Prova un senso di compassione per lui.

Capirà tutto quando sarà tardi, troppo tardi. Come è stato per lei.

Mentre quel paradiso terrestre le scintilla intorno, Adriana si raggomitola su sé stessa. Si sente improvvisamente perduta, costretta a viva forza dentro una storia che non le appartiene.

Non riesce a immaginare una via di fuga. La sua vita è quella famiglia, quella fabbrica, quella scuola. Non c'è niente che abbia costruito fuori di lì, niente che abbia desiderato, niente e nessuno che abbia imparato ad amare.

Finché, all'improvviso, non le balena nella mente un'immagine di quiete, di distacco dalla routine giornaliera. Quelle litanie con don Lauro, il sacerdote che ogni due giorni passa da casa Badoni. Le preghiere, le riflessioni, il catechismo, il silenzio. La noia di quegli istanti sottratti colpevolmente al lavoro, ai progetti, alla scuola, all'azione ora si colora in modo inaspettato di nuovi toni di speranza.

Una via di fuga.

Poco lontano, tutti i Badoni stanno celebrando la prova iniziatica di Giuseppe con un bagno collettivo. C'è chi si fionda in mare con ancora addosso la camicia di tela, chi scaraventa il panama sui ciottoli, chi si prende per mano e chi afferra qualcuno per la vita e lo lancia tra le onde.

C'è probabilmente anche qualcuno che richiama Adriana. Che la invita ad alzarsi e raggiungerli in mare.

Ma per lei è tutto insensato e vorticante. Il vociare inafferrabile, i suoni che sbiadiscono nel riverbero delle scogliere.

Una via di fuga, un'oasi di silenzio.

Forse l'ha sempre avuta di fronte agli occhi.

Dicembre 1900

Mia cara sorella,

non ti succede mai di sentirti circondata dalla solitudine e invasa dalla tristezza?

No, forse a te non succede. Hai un'anima leggera e soave. Non come la mia.

In questi giorni a Milano, quando la nebbia avvolge l'intera città e lambisce i vetri della mia finestra striminzita, mi sento improvvisamente stretto da qualcosa d'incomprensibile. Vorrei piangere. E piango.

Mi assale il ricordo dei giorni felici, dei nostri giorni a tavola al fianco del babbo, della mamma e dei fratelli. Non sapevo allora che lo fossero. Felici.

Forse ho inteso troppo tardi la nostra felicità perduta. Forse non ho saputo tenere stretti a me coloro che amo. Ancora oggi ho il dubbio di allontanarli da me, per quanto forte possa essere la stretta e l'abbraccio che riservo loro.

Dammi un conforto, concedimi quelle parole potenti e consolatrici che sgorgano dal tuo animo gentile.

XI

MARTA

La lavagna nera

[...]
La domenica stava per finire,
ma sul lago perdurava
una disperazione profonda,
un senso irremovibile di abbandono
nel silenzio
che solo il guizzo di un pesce alla superficie
ogni tanto rompeva.

PB

Novembre 1953

Esiste un'infinità di sentieri lungo i quali si arriva, presto o tardi, a varcare le soglie dell'età adulta. C'è chi attraversa dolori, chi viene trascinato lontano da tutto ciò che fino a quel momento aveva chiamato casa. Per qualcuno è magari lo squarcio netto di un rito d'iniziazione. Per altri, invece, il lento stillicidio dei giorni.

Per Marta Badoni sarebbero state quattro semplici parole, lette all'età di quasi quindici anni su una lavagna nera. Un oggetto del tutto ordinario divenuto la pietra tombale dei progetti di suo padre. Per la famiglia, s'intende, ma soprattutto per la fabbrica.

Fin da bambina, Marta ha compreso che le due cose coincidono spesso e volentieri. Nell'atto di sentir nominare l'azienda da suo padre, Marta con il tempo ha imparato ad avvertire una sfumatura di calore nella voce. Un accenno di tenerezza, si potrebbe dire. In fondo, è la prima lezione di famiglia, l'unica incrollabile verità dei Badoni: la fabbrica è il destino, l'orizzonte, la quotidianità di ciascuno di loro.

Alla fabbrica - ai suoi ingranaggi, alle cisterne e ai reparti di assemblaggio - nessuno di loro può realmente sfuggire.

Certo, a otto anni dalla fine della guerra, i destini dei dodici discendenti di GRB possono dirsi molto diversi tra loro. C'è chi ha avuto la fortuna di ricavarsi maggiori margini di autonomia dalle maglie aziendali. E c'è invece chi, a quei forni, ha consegnato il metallo rovente della propria esistenza.

Come Giuseppe, per esempio, richiamato dalla Germania in tutta fretta per studiare da erede di GRB.

E come Adriana.

Almeno fino a oggi.

Attirata fuori del letto dall'aroma del pane fresco, Marta si è schizzata appena un po' d'acqua sul volto, prima di filare a perdifiato giù dalle scale ancora in camicia da notte. I passi rapidi e concitati sulle pregiate liste di legno d'acero, la piroetta intorno al pilastrino in ebano per imboccare le scale, la camicia da notte che accarezza i nodi in ferro battuto della ringhiera. E poi la corsa attraverso il salone e l'ingresso in cucina.

Lì, l'anfiteatro di sguardi delle sue sorelle che si schiude per concederle spazio di fronte alla lavagna.

Adriana va in convento.

Incredula, Marta legge e rilegge il messaggio. Ha persino la tentazione di allungare il dito, come faceva durante le letture alle scuole elementari, e recitarlo sillaba per sillaba.

A mano a mano che gli istanti trascorrono, la scelta della sorella assume i tratti di una netta ribellione alla volontà paterna. Alla famiglia. Alla fabbrica. Ed è chiaro che anche suo padre deve averla interpretata in tal senso, considerando la grafia particolarmente ruvida e disarticolata con la quale ha impresso le quattro parole sulla lavagna.

Perché quelle parole sono sgorgate senza alcun dubbio dalla mano di GRB.

Adriana. Com'è stato possibile?

Forse come per una di quelle slavine che all'improvviso scivolano lungo i canaloni delle Grigne, duemila metri sopra la città. I blocchi di neve si accumulano giorno dopo giorno, ma non accade nulla. Poi, d'un tratto, qualche equilibrio si spezza. La scarica di neve precipita di schianto contro la parete e poi sempre più giù, lungo balzi e traversi, travolgendo ogni cosa e gettandola centinaia di metri più in basso, all'imbocco dei canaloni o alla base dei dirupi.

E così Adriana.

Forse aveva accarezzato il sogno di una vita sua, aveva fatto progetti senza nemmeno confessarli alle sorelle. E poi quella chiamata improvvisa, l'ordine tassativo di studiare Ingegneria al Politecnico, dedicarsi anima e corpo all'azienda. La laurea, l'ingresso in fabbrica, la scuola aziendale, la vita tra i capannoni e le rotaie.

Giorno dopo giorno.

Mai un accenno di tristezza, mai un rimpianto lasciato trasparire dai lineamenti del volto, mai una mezza parola tradita in un discorso accalorato.

Quale può essere stato l'istante in cui si sono aperte le prime crepe nell'anima? Quando sono iniziate le notti insonni? Magari si è rivelato lo spiraglio di una nuova promessa, di un incontro. Vai a sapere.

Troppo estremo per essere compreso da una ragazzina.

Cos'hai fatto, Adriana? Con quale coraggio l'hai confessato a papà?

Le sue sorelle – tutte quante, Piera, Nicoletta, Costanza, Elisabetta e Franca – sono ora immobili, mute di fronte alla lavagna. Nessuna ha nemmeno il coraggio di guardare le altre negli occhi. Figurarsi parlare.

« E ora? » È Nicoletta a spezzare il silenzio.

Dalla finestrella, i lunghi rami dei due enormi platani

ondeggiano con discrezione. Solo quelli più alti, già denudati dall'inverno, appaiono più nervosi. Il tappeto di foglie screziate è scosso da timidi mulinelli. Gli stipiti guaiscono sommessamente.

Marta si sente già un'altra persona rispetto alla ragazzina che si è svegliata spensierata pochi minuti prima. Ha capito che in famiglia qualcosa si è rotto.

Per sempre. Di nuovo.

La ghisa.

« La ghisa... » sussurra Piera.

« Cosa? » domanda Nicoletta.

« Si è rotta », aggiunge la sorella. « Ancora. »

Nessuna capisce. Piera, loro non sono abituate a capirla.

Marta, invece, le rivolge uno sguardo d'intesa. Ne hanno parlato qualche tempo prima. In fabbrica, l'unica grande paura di GRB è che le barre di ghisa possano rompersi. « Perché a quello, e a quello soltanto, non c'è rimedio », sentenzia spesso.

Ora lei se lo ripete con un tono che è nel contempo profondo e definitivo. Come se nella mente, oltre alla ghisa, le ronzassero mille altri pensieri e ricordi. Pezzi di vita che loro, figlie, possono solo indovinare. Vere e proprie assenze.

E forse nessuno, in quella casa, può capirlo meglio di Piera.

Segretaria, di lavoro e di segreti. Custode silenziosa dei pensieri di suo padre. Spirito fragile e solitario e, al tempo stesso, anima ardente di parole e poesia. Appartiene a lei, in realtà, l'uso deliberato dell'immagine della ghisa. Appartiene a quelle sue improvvise intuizioni dell'anima. Un'alchimia senza nome che fuoriesce spesso più vera e potente dello scrigno fragile e a tratti ordinario che le custodisce.

« In questa famiglia tante cose si sono rotte irrimediabilmente, proprio come la ghisa », ha detto a Marta un giorno d'estate, mentre i grilli cantavano senza sosta nel prato di fronte alla villa e il mondo intero pareva essere un eden riaperto apposta per loro.

La ragazzina ha ricevuto quelle parole con la stessa delicatezza di un cacciatore di lucciole. Le ha afferrate, premendosele sul petto a mani giunte. Delle vicissitudini familiari, in fondo, sapeva e non sapeva. Ma la frase della sorella le è risuonata strana. Intima e cupa, come una profezia.

Annuisce ora, Marta.

Piera, annuisce pure lei.

La ghisa si è rotta ancora.

« E Adriana dov'è? » domanda Costanza.

Nessuna risponde.

« Lo sapete cosa vuol dire, vero? » aggiunge Nicoletta.

D'un tratto, un tramestio di passi affrettati le obbliga a rivolgere lo sguardo alla porta.

Non è GRB.

È Giuseppino. O meglio, Giuseppe Kramer Badoni.

Il nuovo erede.

Osserva incuriosito la schiera di zie intorno alla lavagna. Ne passa in rassegna gli sguardi.

Mette a fuoco e legge la frase.

A Marta pare di distinguere qualcosa - un gemito di vita forse - spegnersi nei suoi occhi. In quell'istante, e forse per sempre.

Anche tu l'hai capito, vero, Giuseppe?

Lui e Adriana. Due anime chiuse nella stessa gabbia. La fabbrica, la successione, i piani incontestabili di GRB. Esisteva tra i loro destini un legame inesprimibile, come un filo cucito tra le rispettive esistenze. *Finché entrambi avessero condiviso lo stesso destino*, riflette Marta, *forse tutto sarebbe sembrato loro meno pesante.*

Finché ci fosse stata Adriana, Giuseppe avrebbe sempre avuto il dubbio. Essere l'unico erede o non esserlo. Doverselo meritare. E poi, il vantaggio di avere di fronte a sé il modello di sua zia. Eventualmente scegliere di riprendere in mano la sua esistenza: i suoi libri, i suoi sogni, la volontà di vivere di arte e di poesia. Non sarebbe stato l'unico, insomma.

Ma Adriana non c'è più.

Questa scelta improvvisa è uno squarcio netto nelle sorti di due vite. Forse di tutta la famiglia.

Marta osserva attentamente le reazioni di Giuseppe. Sembra sorridere, forse è orgoglioso? Ma è un sorriso strano, non è la sua solita risata.

Ha paura, questo è certo.

Nessuna delle sorelle, intanto, sembra avere la forza di muoversi.

GRB non c'è. Non verrà. È già in fabbrica da due ore. È uscito di casa in silenzio e ha preso la strada dello stabilimento. Dopo una lunga notte insonne, dopo essersi lavato e vestito in preda alla rabbia. Dopo aver scritto quel messaggio.

Adriana va in convento.

Le donne di casa rientrano meste nelle loro stanze, come se la cappa oscura che ha avvolto la scelta di Adriana sia ormai stabilmente stesa anche sul loro capo.

Nelle ore successive emergono alcuni dettagli. Non solo la primogenita di secondo letto ha deciso di prendere i voti, ma entrerà pure in un monastero di clausura. La sua è una rottura netta, un allontanamento irreversibile: di lì a poco inizierà il suo percorso da novizia tra le mura silenziose della congregazione.

Ecco che la villa diventa improvvisamente un labirinto, agli angoli del quale restano le tane gonfie di silenzio in cui ciascuna di loro ha trovato riparo. Al centro, disperse dentro un tracciato inestricabile e come sommerso dalla foresta sonnolenta delle fiabe, si nascondono le verità di Adriana, i segreti di GRB e della famiglia. Il senso di un destino che sembra avere travolto tutto quanto per l'ennesima volta.

Solo Marta passeggia ancora pigramente nel salone.

Di lì a qualche istante sua mamma le lancerà il solito richiamo, sospingendola con bonarietà ad andare incontro al padre, di ritorno dalla fabbrica per pranzo.

Ma in questo momento è tutto diverso.

Marta vede la casa con occhi nuovi. Forse c'è qualcosa di cambiato in lei, o forse è ancora l'aura di quanto è accaduto. Sta di fatto che ogni angolo della villa assume di colpo contorni inediti. Il salone, poi, figurarsi. La ragazzina si ritrova a misurarne a piccoli passi lo spazio.

Le è sempre parso enorme, gigantesco. Sopra la sua testa, quelle travi più grandi di lei. E poi la cascata di luce dai finestroni incorniciati di stucco e intelaiati in ferro battuto. Ora invece avverte tutto quanto restringersi. Come fosse all'improvviso stipato di troppi ricordi, quasi fosse pervaso di correnti dell'anima rinchiuse lì dentro da vite intere.

Al centro del salone c'è la poltrona di suo padre, con l'inseparabile coperta di pelliccia. Marta la accarezza, la stringe. La annusa. Odora dei toscani che GRB fuma ogni sera. Poco lontano, la poltrona di sua madre Emilia. Alle spalle, a semicerchio, un'altra decina di seggiole.

A qualche passo di distanza, troneggiante sopra uno stipo d'ebano, ecco il famoso tam-tam.

Proviene da un viaggio di GRB in Egitto. A dispetto della sua musicalità sciamanica, a Villa Badoni lo strumento finisce per scandire con sacrale intransigenza i riti quotidiani della famiglia. A cominciare dai pasti. GRB odia visceralmente i ritardi. Due volte al giorno - ogni giorno - i colpi sordi inferti all'oggetto esotico risuonano tra le stanze della villa come una minaccia. A tavola, o sono guai.

In fondo, riflette Marta per la prima volta, non sono regole.

Sono riti. Semplici e banali riti.

Semplici, sicuramente. Ma non banali.

Un incrollabile senso di ritualità pervade GRB. L'ingegnere è profondamente legato agli istanti nei quali il caleidoscopio di quella dozzina di persone - che diventa poi di venti o trenta non appena il nucleo ristretto si amplia, per le feste, anche ai parenti più prossimi - pare incastonarsi dentro un unico ritratto familiare. E quelle esistenze sconnesse e centrifughe farsi melodia domestica.

È l'ultima illusione di una vita alla quale molti pezzi di anima sono stati sottratti senza pietà. Marta ripensa al tradizionale corteo di Natale, la famiglia al completo in processione attraverso la villa e fino al soggiorno. Tutti in fila dietro il patriarca - nella veste eccezionale di sommo sacerdote - diretti in religioso silenzio verso il presepe.

Forse un eccesso, riflette Marta. Ma è pur sempre l'eccesso di un uomo che ha un disperato bisogno di credere in quel rito.

La ragazza s'incammina verso l'ampio tavolo del soggiorno. Le assi di legno si assestano sonoramente sotto i suoi passi. Incorniciati dal profilo di una delle finestre, i grandi platani oscillano e si gonfiano di brezza. In fondo, si dice Marta, quella gran macchina della vigilia non rappresenta il suo rito preferito. Al fumo delle candele, Marta ha sempre preferito l'aria limpida di primavera.

E lo spettacolo del lancio della mongolfiera, il Lunedì dell'Angelo. Sfiora le cime degli alberi, oltrepassa il muro di cinta e i comignoli delle villette circostanti. E poi sale, su e su, senza mai fermarsi, finché la breva pomeridiana non la spinge verso il San Martino. Marta, che ama quel rito profano molto più delle veglie natalizie, non ricorda ci siano mai stati cieli bigi ad accogliere il cartone scarlatto della mongolfiera. Al contrario, ricorda lenzuolate di cieli azzurri, anno dopo anno, sporcati appena di poche spruzzate di nuvole chiare. Forse non era reale. Forse era solo l'effetto di quel senso intangibile di libertà.

« Marta, vai da tuo padre », è il richiamo di sua madre, che echeggia dall'angolo opposto del salone.

Ci siamo.

Emilia è una maschera di tensione. Eppure le riesce di dissimulare il tutto con il suo consueto sorriso. Uno sforzo immane. *E inutile,* annota mentalmente Marta tra sé e sé.

La ragazza si è ormai resa conto del destino da equilibrista con il quale la madre si prodiga ogni giorno di tenere insieme i pezzi della famiglia.

Delle famiglie, anzi.

Dei due nuclei e delle rispettive e reciproche contraddizioni, sua madre Emilia ha retto per anni il peso, con enorme fatica. Una fatica che, presto o tardi, tutte le ragazze di secondo letto hanno percepito, compatito e solo in parte condiviso. Avere una madre che non è, almeno non del tutto, la vera signora Badoni.

Marta abbandona il salone, percorre l'atrio ed esce nel cortile. Dal sentiero che risale la fiumicella, una trentina di passi oltre l'ultimo capannone della fabbrica, avanza suo padre.

La ragazza lo nota stanco, come ferito. Gli occhi, per la prima volta, velati da un senso d'idiosincrasia per il mondo.

Mai.

Mai lo ha visto così. Per lei è sempre stato l'uomo che sa. Che, dal nulla, fa e agisce. Che ha tra le mani le chiavi segrete di quel groviglio d'ingranaggi che è il mondo, la gente, gli accidenti della vita.

Non oggi.

Il volto smagrito, il passo esausto. Il sorriso stiracchiato mentre alza lo sguardo e la osserva andargli incontro.

Le pare, per la prima volta da quando ha memoria, di vedere il padre come un uomo che combatte contro una misteriosa solitudine, che cerca sempre di risalire a fatica il reflusso della marea, di riprendersi pezzo per pezzo i brandelli di vita che il destino gli sottrae. Quella fatica di riavvolgere il nastro per tornare all'istante di partenza. Dove tutto è ancora integro, e possibile. Felice, forse.

La verità è che nemmeno lui può farcela.

Perché è proprio come aveva detto Piera.

La ghisa non si ripara. Mai.

XII

PIERA

È subito detto un anno
ma un anno è fatto di mesi
e i mesi son fatti di giorni
e i giorni son lunghi da vivere
son faticosi da vivere
uno per uno
senza nemmeno un tuo segno
felicità, che pure esisti.

PB

Dicembre 1953

Quell'alba perfetta sull'Adda gelato, suo fratello Antonio felice e splendente in uniforme militare, una mattinata intera buttata nel prato a leggere *Gita al faro,* il primo sguardo rivolto all'ordito di pietra di Santa Maria del Fiore, l'abbraccio di suo padre e la sera del ritorno di Laura. E quella mattina di tanti anni prima: il pensiero del poeta Antonio Delfini.

A Piera capita spesso di rievocare nella mente gli istanti più felici della sua esistenza. Li afferra come talismani nei giorni in cui fatica ad alzare lo sguardo oltre l'orizzonte, li trasfigura a piacere in nuove memorie, stringendone però al petto il senso profondo e gonfio di emozione.

Un tempo, era da pensieri simili che scaturivano le sue poesie. Ora no, non più. Scrive poco, e a fatica. Come se il pennino dorato grattasse sul foglio bianco invano e senza una goccia d'inchiostro. Come se l'intera carovana di nuvole, tele, narcisi, nevai, umori, iris, frastuoni, metalli e risate non avesse più il potere di riflettere e significare i venti profondi della sua anima. Altri tempi davvero, quelli in cui bastavano due giorni a Bellagio con l'amico Giancarlo Vigorelli e sua moglie per vedersi letteralmente venire incontro versi e poesie dai giardini della Tremezzina, da certe finestre spalancate sul lago.

Anche quella mattina Piera è seduta al suo scrittoio,

inondato di volumetti rilegati e segnalibri di tela a fantasie fiorite. Ha la solita scriminatura elegante tra i capelli ondulati, lo sguardo perso nel verde umido del prato, a sua volta incorniciato sia dal muro di cinta della villa sia dagli infissi di legno della finestra.

Ripete di nuovo l'elenco idilliaco dei suoi istanti felici. Ma niente, non ne scaturisce alcuna magia. Forse sbaglia elenco. Forse è l'altro al quale deve attingere, quello dei giorni cupi. In fondo anche quello è gonfio di emozioni, pagine di vita che non accennano a sbiadire.

Il telegramma della marina militare dalla Sicilia, lei bambina e quel carro bardato di nero che esce dal cancello della villa, la solitudine delle sue notti senza stelle, la sera dell'addio di Laura, i pomeriggi spenti senza un abbraccio. E quella mattina di tanti anni prima: il pensiero del poeta Antonio Delfini.

Antonio Delfini, proprio lui. Fa capolino in entrambi gli elenchi. Perché lui, in fondo, è stato tutto. Felicità e paura, allegria e timore, dolore e noia.

Già, quella mattina.

Aveva conosciuto Antonio Delfini alle Giubbe Rosse, a Firenze. Anzi no, in realtà l'aveva notato il giorno prima, appartato in un angolo dell'albergo di Porta Rossa. Lo sguardo di Piera aveva assecondato la scansione degli archi in pietra grigia del portico interno della hall, squarciandone poi lo spazio fino alla boiserie della parete, e poi verso il passaggio che dava sul salone. Ed eccolo, lui stava lì. Incorniciato dall'uscio, lo stesso abbandono tragico di un quadro preraffaellita. Era impossibile non innamorarsene. Le maniche della camicia bianca erano arrotolate fino ai gomiti e il palmo della mano sinistra era premuto sulla tempia. La destra reggeva saldamente la penna, avanzando solenne tra le righe di un quadernetto. Aveva quell'aria estatica, o forse scostante.

Pareva al tempo stesso annoiato e innamorato di Firenze, dell'arte, delle parole, del mondo. Persino di lei.

Farsi notare, nelle ore successive, non era stato semplice. Gli si era avvicinata, l'indomani, alle Giubbe Rosse. Era una giornata di metà maggio del '42, e il sole giocava a far dimenticare qualunque guerra e minaccia. Pareva esistere solo Firenze, la bellezza, la poesia e quello stuolo d'intellettuali. È probabile che avesse chiesto a Montale - l'amico Eugenio, che tanto lodava le sue poesie giovanili - di lanciare l'esca e spendere ad alta voce qualche complimento per lei. O forse era stata lei a riversargli addosso un'occhiata complice e una risata argentina. Sta di fatto che Delfini aveva alzato lo sguardo, squadrandola con il puntiglio incuriosito di chi non intenda dilapidare la magia di un istante. O, almeno, era quello che si era detta Piera.

Lei, per lui, forse era solo la distrazione passeggera in mezzo a una nuvola di altri pensieri.

Lui, per lei, certamente era già amore.

Nei giorni successivi, la ragazza aveva ordito ogni stratagemma per rivederlo, per condividere un bicchiere di vino, fumare una sigaretta sul Lungarno e farsi magari riaccompagnare in albergo. Come d'incanto, l'intera città di Firenze aveva preso a ruotarle intorno, quasi fosse una vecchia giostra. Le luci calde e le silhouette animate delle persone sbavavano come spatolate di colori a olio, le risate e i fremiti echeggiavano come dentro una caverna. Il suo taccuino di appunti si riempiva di passi solitari e notturni in via dei Bardi, della carezza dell'ultimo sole ammirata da San Frediano, della vista della corrente ocra dell'Arno. Ma era tutto dentro di lei, solo dentro di lei. E Piera ne era consapevole, perché anche lei - come Antonio Delfini - scriveva poesie. Sapeva che l'anima può giocare a invertire i connotati della realtà come tessere di un mosaico, come negativi di una pellicola.

« Piera? »

Un tocco alla porta getta uno straccio bagnato sull'acquerello dei suoi ricordi.

La voce, dall'inconfondibile tono fermo e dimesso, è quella di Emilia.

Piera si alza, le fa cenno di entrare e di accomodarsi.

« Posso parlarti? »

La finestra incornicia improvvisamente la corsa della giovane Marta attraverso il prato e fino all'ingresso degli stabilimenti. La ragazzina scompare per riapparire poi, pochi istanti più tardi, mano nella mano a GRB. Lei lo osserva, lui è come svuotato.

Accade ormai da due settimane. Dalla mattina in cui Adriana...

È un'idea di Emilia questa, senza dubbio. Nel corso degli anni, Piera ha imparato ad apprezzare l'ascendente discreto della seconda moglie di suo padre sui venti di burrasca all'interno della famiglia. Da ragazza, forse vedeva in lei poco altro che una consorte silenziosa e dimessa, e forse sentiva ancora prepotente in sé il senso di appartenenza a un mondo che non riguardava né Emilia né le sue sorelle minori. Eppure, con il trascorrere del tempo e mettendo saldamente piede nell'età adulta, Piera ha scorto in Emilia i lampi vividi d'intuizioni preziose ed emozioni vere, in modo sapiente trattenute nel cuore da un pudore tutt'altro che insignificante.

« Vuoi parlare di Adriana? »

Emilia abbassa lo sguardo, come se quella fuga in convento fosse in fondo anche una sua colpa. « Sì, vorrei parlarne. »

Piera sa perché si rivolge a lei. O, almeno, lo immagina.

Tanti anni prima era stata lei la custode fedele dei progetti segreti di Laura. L'amore, i sogni, le paure, tutto ciò che aveva trascinato la sorella maggiore fin sul transatlantico e in mezzo all'oceano, e al di là dell'oceano. Qualunque fiamma fosse balenata nel cuore di Laura, la famiglia non l'aveva compresa. Con il tempo, però, aveva scoperto che lei, Piera, ne aveva saputo intuire i contorni, le trame. Che aveva silenziosamente raccolto le confessioni e le risoluzioni di quella che era allora la primogenita ribelle.

Forse Emilia spera sia accaduto lo stesso anche con Adriana. Che lei si sia aperta, sfogata, confessata con Piera. Che un istante prima di spiccare il salto le abbia legato intorno al collo la chiave di quel forziere di pensieri che nessuno in villa riesce ancora ad aprire.

Piera sa di non avere altro che le sue ipotesi da consegnare a Emilia. Ma le sorride e lascia scivolare la mano sotto il suo braccio. « Vieni, facciamo qualche passo verso il lago. »

Un cielo plumbeo sovrasta il centro città. Perlomeno non accenna ancora a piovere. Emilia e Piera camminano solerti attraverso i portici. I tavolini del bar le attendono in fondo alla piazza. Alle loro spalle, i signorili palazzi neoclassici e razionalisti si aprono per concedere la visione del Matitone – il campanile della basilica – e della parete di roccia del Medale. Il portico del Palazzo delle Paure, spalancato sulla conca del Lario, spande in tutta la piazza l'alito umido del lago.

Le due donne entrano nel bar centrale, si spogliano da soprabiti e cappelli e siedono a un tavolino. Ordinano, salutano una manciata di conoscenti e attendono. Nel giro di pochi istanti, un giovane cameriere impomatato attraversa la sala di gusto eclettico e consegna alle donne le loro bevande.

Emilia sorseggia il suo caffè. Amaro. Lo sguardo e la mente appaiono del tutto sconnessi dall'azione che sta compiendo. « Tu lo sapevi? »

Piera abbassa lo sguardo sul suo tè. Il vortice creato dal cucchiaino va ormai esaurendosi, la superficie della bevanda sta tornando piana. Una nuvola di vapore si leva dalla tazza. « Lo immaginavo. »

Emilia annuisce. Forse è una resa, la silenziosa ammissione che sì, si sarebbe dovuta accorgere di qualcosa. E non l'ha saputo fare.

Piera sente allora di dover proseguire. « Ma è solo perché anch'io ci sono passata », sussurra timidamente.

Emilia alza il sopracciglio con aria interrogativa. « Passata... E da cosa? »

Non è facile spiegarlo, Emilia.

Non è facile per niente.

Un'altra mattina. Con Antonio Delfini era sempre una questione di mattine. Una lettera che arrivava, un invito mancato, un pensiero che volava lontano. Per uno strano caso del destino, tutto quanto si consumava alle prime luci dell'alba, o poco oltre. Il loro era un amore gonfio di umori e innocenza, come gocce di rugiada.

Il loro... Il suo, casomai. Piera compatisce la ragazza che aveva sperato e creduto nella reciprocità di sentimenti tanto profondi e viscerali. E dire che nei giorni di poco precedenti l'8 settembre - proprio quell'8 settembre - le loro anime parevano potersi legare strenuamente.

A fine agosto era arrivata quella lettera a Villa Badoni. Era la sesta o la settima da quando si erano conosciuti a Firenze. Ma era così diversa.

Firmata da Delfini, raccontava ogni cosa con stile freddo, lucido, chirurgico. Forse proprio per questo la sofferenza del poeta tracimava dalle righe con maggior livore e veemenza che se gliel'avesse gettata addosso di persona. La missiva descriveva minuziosamente la sua insofferenza per la vita militare, la feroce disillusione verso il regime. Metteva in scena la partenza da Viareggio, l'arrivo a Ivrea e poi a Novara all'ospedale militare. Dopo Milano, il ritorno in Toscana e la nuova partenza per l'idoneità al servizio militare. A Bologna, pochi giorni dopo, il contatto con la prima uniforme, le mostrine da cucire e da tingere, il sudore e la fame. Il rancio e le notti insonni. Delfini era finito in osservazione per depressione e manie di persecuzione, senza dormire né mangiare. A Imola lo avevano gettato di peso al reparto nervosi e quindi trasferito al manicomio. Un vero letto, ma lenzuola sporche. Nessuno che avesse sigarette, però a breve era arrivato il foglio di licenza per tre mesi. A fine agosto Delfini era tornato alla casella di partenza, Viareggio.

Quella mattina a Lecco, Piera era convinta di tenere tra le mani il resoconto di un'anima trasparente, che rinunciava finalmente a nascondersi. Così si era detta. In quei giorni, a Villa Badoni, l'avevano notata distratta e trasognata. C'era qualcosa all'orizzonte, si diceva. Una promessa, ed era solo per lei. Poi, all'improvviso - ovviamente era un'altra mattina - erano arrivate quelle frasi fredde, spietate. *Non siamo amanti, basta darci del 'tu'*. Quel «tu» era nato spontaneo e ingenuo, aveva risposto lei docilmente mentre qualcosa le si rompeva nel petto. Ma niente, le era toccata una dose tremenda di silenzi e indifferenza. Come accade con alcune giornate di ottobre - troppo fredde per potersi tener stretti i ricordi del sole estivo sulla pelle - quell'ultima lettera le aveva rubato ogni speranza, ogni gioia, ogni futuro. Aveva scelto di restare in villa, forse per sempre. Aveva scelto di nascondersi, di sottrarsi alle crudeltà del mondo riparandosi dietro i suoi libri, le sue poesie, gli oggetti di casa, le pareti e gli anfratti conosciuti. Dietro suo padre, dietro i frastuoni e gli odori familiari della fabbrica.

«Da cosa, Piera?» insiste Emilia.

A Piera servono alcuni istanti per ritornare tra le pieghe del discorso.

Adriana. La sua fuga in convento. I suoi pensieri.

Emilia attende, in silenzio. Scruta Piera con la devozione che si riserverebbe a un oracolo.

Al di là della vetrata del bar, una folata di vento anima le tovaglie a scacchi dell'osteria. Due uomini in bicicletta si salutano rivolgendosi un trillo di campanello.

Piera inspira a fondo. «Dico solo che a volte, vedi, si ha bisogno di un luogo intimo e chiuso. Tutto per sé. Un luogo nel quale, con il tempo ovviamente, ci si possa convincere che le ferite guariscono e che il mondo non è solo una cosa brutta e orribile, colma di caos e indifferenza.»

Piera parla di Adriana, ma nel suo cuore c'è ancora Antonio Delfini. E quelle lettere, e quella ragazza che lei era e non avrebbe mai più potuto essere. Le poesie che ne erano scaturite. Gonfie di dolore ed emozioni. Le poesie che ora non escono più dalla sua penna.

«Certo, lo capisco», sussurra Emilia, abbassando il capo.

No, non puoi capirlo.

E infatti Emilia appare ancora spaesata, interdetta. C'è un pensiero che non riesce a uscirle dalla gola, è evidente. «Solo, mi chiedevo...»

E qui Piera ha già intuito dove la donna stia andando a parare.

«Perché non qui. Perché non trovarlo a casa sua, questo luogo di cui parli. In fondo anche tu...»

Piera la interrompe. «Forse perché è casa nostra il luogo in cui si è sentita perduta, tradita.»

All'improvviso una luce sembra accendersi negli occhi di Emilia. La donna non parla, ma Piera sa leggere dietro i suoi gesti e le sue emozioni. Almeno, crede di riuscire ancora a farlo, sebbene le sia stato sottratto il dono di tesserne poi parole e versi.

Deve aver ricordato quella sera di tanto tempo prima. Trent'anni, a occhio e croce. Forse poco meno. Quando Emilia era una giovane donna e lei un'adolescente ancora acerba. E quella giovane donna era scesa dalle scale di Villa Badoni, e le era sembrata così triste e sola. Aveva dovuto annunciare a tutte loro che portava in grembo una creatura che avrebbero dovuto chiamare sorella, ma che si sarebbe chiamata come la madre che avevano perso.

Piera ricorda lo sguardo di Emilia, come doveva sentirsi smarrita e sola, il suo dolore di fronte alle stilettate di Laura. Eppure rammenta anche la dignità composta di fare il suo ingresso nel salone e parlare loro a cuore aperto, qualunque fosse la reazione e lo scotto da pagare.

Ora Emilia ha trent'anni di più sulle spalle e, Piera ne è convinta, sta intuendo che qualcosa di simile dev'essere accaduto anche a Adriana. Quella villa deve aver rubato qualcosa anche a lei. «Pensi che Giuseppe...»

Piera le afferra la mano, scuotendo il capo. «Giuseppe è solo un'altra vittima, Emilia. Lo siamo tutti, in fondo.»

La donna la scruta in silenzio, leggendole negli occhi un poema intero di timori e fragilità.

Piera non le lascia la mano. Non è mai stata così vicina a Emilia come in quell'istante.

XIII

MARTA

La bicicletta sul ballatoio

[...]
Dov'è la bambina di allora
vestita di bianco e di rosa?
Tu non lo sapevi:
saresti cresciuta per questo.
Destino di un fiore
fra i mille che il vento dissemina in maggio.

PB

Passo del San Gottardo, primavera 1963

La giornata è limpida e poche nuvole di cotone si divertono a solleticare le creste che incorniciano la valle.

Quasi dieci anni sono trascorsi dal giorno del messaggio sulla lavagna.

Dieci anni di silenzi tra suo padre e Adriana, dieci anni di catechizzazione di Giuseppe per farne il capitano d'impresa sognato da suo nonno. Per lei, grazie al cielo, dieci anni di relativa quiete.

Marta si è da poco laureata in Medicina e sta attraversando la Svizzera al volante della sua Renault Dauphine verde pino. Tornante dopo tornante, la salita verso il San Gottardo scuote la scocca e fa mugghiare il motore, digiuno di lunghe distanze e dislivelli.

Di certo non aiutano le valigie che invadono il baule, occupando persino i sedili posteriori.

Il passo è ormai vicino.

Zurigo, invece, è là da qualche parte, dove le creste s'interrompono e i versanti si addolciscono. Proprio lì, oltre i crinali, fanno capolino poche macchie di un verde salvia che gioca a confondersi con l'azzurro dell'orizzonte.

Impossibile riconoscere alcunché, è evidente. Eppure Marta approfitta dei rari rettilinei per gettare lunghe occhiate in fondo alla valle e oltre le cime delle montagne. Il desiderio della sua meta la spinge a ingannarsi, riconoscendo il profilo di aguzzi campanili celesti e il riflesso di portici e finestrelle nell'acqua cristallina di un lago.

Che sia o no un miraggio, Marta sa che comunque laggiù l'attende il suo futuro all'ospedale cantonale di Zurigo, dove prenderà servizio come neuropsichiatra infantile. Non sarà facile, lo sa bene, confrontarsi con le malattie invisibili della mente, con le forze scomposte e misteriose dell'inconscio. Ma non ha dubbi: quello è esattamente il posto dove vuole essere.

Allontanarsi.

Se c'è un'attitudine che ha appreso dagli studi scientifici è proprio la necessità di osservare le cose dalla giusta distanza. Vale per le diagnosi mediche, per la prassi chirurgica e ovviamente in psicoanalisi.

Che le situazioni, dai conflitti familiari alle patologie dei pazienti, non si risolverebbero mai restando ancorati - se non addirittura invischiati - alle contingenze e alle emozioni è stata una lezione con cui ha dovuto fare i conti prima ancora d'intraprendere l'università. Proprio per questo si era trasferita a Milano durante il periodo degli studi, lasciando Lecco e il magma familiare che lì ribolliva.

Aveva rimediato un grazioso appartamento di ringhiera sui Navigli, una zona di cui si era subito innamorata.

Le due lunghe sequele di casette color pastello, il corso uniforme dell'acqua verdastra, le balaustre di granito e ferro battuto che correvano a lato di ciottoli e lastroni. E poi ancora i fili del tram che penzolavano sulla gente come fossero marionette, le passerelle di legno delle alzaie, gli ombrelloni bianchi dei bar e i campanili che troneggiavano come guglie di roccia oltre i tetti e i comignoli.

A Marta pareva una Venezia, solo meno malinconica;

una Amsterdam, ma meno fredda. Di fatto, un piccolo miracolo incastonato nel cuore elettrico della città che correva. Immergersi nei Navigli significava scoprire a una a una le vecchie corti, le vecchie case di ringhiera. C'erano la libreria che trasudava i misteri di antichi manoscritti, l'anziana signora che si era riscoperta artista e ritraeva a tempera lunghe balconate fiorite, la minuscola officina che riparava le biciclette.

C'era un mondo intero, a due passi dalla metropoli di cemento e metallo, eppure così distante da quel vorticare di macchine e rumori.

Quando rincasava in bicicletta dall'università, Marta superava Sant'Eustorgio e riconosceva i lastroni di pietra della Darsena come le colonne d'Ercole del suo piccolo regno. Al primo sobbalzo della bicicletta tornava a respirare aria di libertà. Scendeva quindi lungo l'alzaia, superava il vecchio lavatoio fino al portone verde che chiudeva il cortile. Lasciata la bicicletta lungo il muro di pietra viva, s'infilava in una porticina sul lato destro del cortile e risaliva le scalette di pietra fino al ballatoio. Ad attenderla trovava sempre una dozzina di vasetti di erica, la matassa color smeraldo dell'edera sulle pareti del cortile, il profumo di pane che sbuffava dalla finestrella posteriore del fornaio, e un aroma indistinto di colori a olio.

Era strano, ma quella casetta così nascosta dagli sguardi del mondo le era quasi più cara di Villa Badoni, grande e austera com'era, spalancata sul palcoscenico cittadino, come se dovesse sempre accaderci qualcosa che interessasse la città, gli operai, la borghesia del paesotto.

Nel suo appartamento affacciato sulla corte interna, invece, no. Non accadeva quasi mai nulla. Si respirava il silenzio carico di pudore che hanno solo i luoghi intimi e gentili.

Marta era serena e immaginava di essere una piccola statuetta dentro un grande diorama. Per la prima volta in vita sua, contemplava la straordinaria sensazione che i destini degli uomini e del mondo in fondo non passassero da lei, dalle sue azioni, dai suoi pensieri e dalle sue debolezze. Un dono, si diceva, che ben pochi nella sua famiglia potevano dire di aver ricevuto.

All'università, Marta si era dedicata anima e corpo allo studio della mente, ai suoi inganni, al modo in cui la scienza doveva imparare a giocare con i ricordi e le fobie per riuscire a guarire anime - e corpi - in tempesta.

Giorno dopo giorno, le più complesse dinamiche emotive trovavano un nome, un ordine, una catalogazione simile a quella delle piante e dei fiori. Ed era in quei momenti che Marta si domandava inevitabilmente quanto sollievo avrebbe potuto portare alla sua famiglia, se solo non fosse stata l'ultima figlia.

Iniziava, del resto, a pensare a ciascuno di loro come a un caso clinico, un cubo trasparente senza più i tratti inestricabili e misteriosi di una scatola opaca.

Indovinava cosa nascondesse l'esuberanza sorniona di Sofia, quanta forza segreta risiedesse nel carattere remissivo di sua madre, quali pensieri potessero aver attraversato la mente di Adriana prima di scegliere la clausura, e soprattutto quale burrasca avesse animato il cuore di Laura per accettare di consegnare il figlio all'altare della fabbrica, ottenendo però l'indulgenza plenaria che tanto attendeva da suo padre. E poi, infinite altre sfumature. Crisi, depressioni, esuberanze e conflitti.

Solo un'anima era rimasta oscura alle sue congetture e alla nuova conoscenza che Marta tesseva pazientemente nelle aule universitarie. Suo padre. Per quanti elementi inanellasse - la morte di Antonio, il secondo matrimonio, una certa propensione all'autoritarismo e un conclamato disprezzo per ciò che guastava i suoi progetti –, la reale consistenza di suo padre le si presentava sempre liquida e sfuggente. Era un padrone del vapore ottocentesco che era dovuto scendere a patti con un battaglione di undici figlie? O piuttosto uno scanzonato borghese che si era dovuto trincerare dietro quell'aria pubblica, austera e assertiva?

Nel corso degli anni, Marta aveva osservato suo padre cedere il passo alla vecchiaia. Il giorno della laurea aveva notato quasi con incredulità quell'uomo leggermente curvo, stempiato ed emaciato farsi largo tra le teste coronate d'alloro e le relative famiglie festanti per stringerla in un abbraccio.

In quel momento era emersa tutta la fragilità dei suoi ottant'anni. Al suo fianco, quel giorno come in ogni altro momento in cui aveva rivisto suo padre, c'era Giuseppe. Saldo, giovane, animato dalle stesse energie che GRB aveva incarnato fino a qualche anno prima. Solo, notava Marta, quell'eterno velo di malinconia negli occhi...

Marta alza lo sguardo dal nastro d'asfalto.

Un ultimo tornante, prima del passo.

Come richiamata da un sesto senso, frena e piega leggermente a destra. Ferma l'auto a bordo strada, prima che il tracciato s'inerpichi nuovamente verso l'ultimo strappo.

Scende dal veicolo.

Non passano altre auto né se ne sente l'arrivo.

Attraversando la strada, Marta si sporge dal guardrail di sinistra, quello affacciato sulla valle. Respira a pieni polmoni l'aria tersa di quella primavera appena sbocciata. Un taglio di luce cilindrico si è incuneato tra le nuvole e occhieggia lungo i crinali delle montagne, lontano verso le anse del Rodano e tra i villaggi biancheggianti a fondovalle.

È tutto così vivido.

A colpire il suo sguardo sono la nitidezza dei colori, la pulizia dell'aria. Tutto sembra nuovo e vero, e ha l'aspetto limpido delle cose autentiche.

Per tutta la giovinezza ha avuto la sensazione di convivere con le ombre di aspettative e assenze domestiche. Ha sentito il futuro attaccarsi alla pelle come l'umidità d'estate, la nebbia di storie già scritte e già vissute addensarsi su Villa Badoni e i suoi inquilini.

I raggi di luce che si gettano nella vallata disegnata dal fiume Reuss hanno invece, finalmente, il senso di una promessa.

C'è un pezzo di vita autentica che l'attende nel futuro.

Oltre il tornante, appena varcato il passo.

Un sorso d'acqua fresca. Un pezzo, forse un cristallo, di libertà.

XIV

GIUSEPPE

Le undici arcate

Conosco il tuo invito, giardino,
di notte, conosco le stelle
sui rami neri del cedro.
Sì, vento, ti sento, ma chiudo
la porta di legno, la chiudo
e spengo la luce e vado
da sola a dormire.

PB

Natale 1963

Villa Badoni è avvolta dal silenzio. E dal buio.

Allo scoccare della mezzanotte, GRB ha alzato lo sguardo dall'orologio da tasca, rivolgendo un cenno eloquente alla servitù. Le ragazze, sotto la sapiente regia della Mina, si sono sparpagliate come foglie al vento in tutta la villa. Hanno schermato le fiamme del grande camino del salone; spento lampade, abat-jour e lampadari in tutte le camere; hanno persino accostato le imposte e coperto i lucernari di ogni corridoio.

Ed è un tempo sospeso quello che va ora avanzando tra le stanze della villa, mentre la famiglia si raduna diligentemente intorno al suo patriarca. C'è chi ha atteso la mezzanotte in poltrona, oppure sfidandosi a carte, tutt'al più a Scarabeo; chi invece fumando distrattamente di fronte alla finestra, scambiando due chiacchiere sulle prospettive del governo Moro o sui successi del mago Herrera. Qualcuno ha centellinato un buon rum per accompagnare una manciata di cioccolatini, o forse è stato il contrario. Qualcun altro, fra i ragazzini e pure tra i più anziani, si è addirittura appisolato sul divanetto cremisi dal lato opposto all'ingresso. E allora qualche mano caritatevole è passata a stendere una coperta scozzese su quegli svolazzi di tulle, sulle giacche in tweed e le maniche di raso.

Giuseppe è in mezzo ai parenti, elegante nel suo abito di sartoria grigio in doppiopetto. Chi lo incontra a distanza di un anno esatto non fa che lodarne la crescita repentina, l'avvenenza di un'età adulta ormai compiuta. A differenza di Antonio e GRB, tuttavia, i suoi lineamenti risentono ben poco della bionda spavalderia dei Badoni. Il colore corvino dei capelli, lo sguardo ombroso coperto da folte sopracciglia, le basette teutoniche al posto dei signorili baffi all'insù tradiscono piuttosto la chiarissima ascendenza Kramer. Anche l'atteggiamento non è quello orgoglioso e guascone dei Badoni.

Giuseppe ha trascorso buona parte della sera chiacchierando con Toto ed Emilia, assecondando i cuginetti in qualche pantomima con bambole e soldatini, e quindi condividendo un sorso di brandy con Sofia e Piera. Sempre, però, con la stessa gestualità dimessa, e con quel tono di voce perennemente in bilico tra timidezza e understatement. Quasi nascondendosi alle impressioni distratte di chi, al primo sguardo, intendesse misurare le distanze tra lui e Antonio, o tra lui e suo nonno.

Al richiamo di GRB, l'intera famiglia si ridesta da distrazioni e dialoghi sonnolenti. Tutti convergono verso il patriarca per due ragioni. La prima è che GRB non tollera ritardi o indisciplina, tanto più durante i sacrali riti della mezzanotte di Natale. La seconda è che le luci vanno spegnendosi ovunque, il buio avanza dalle porte e dentro il salone, e l'unica sorgente luminosa è la candela che arde saldamente in mano al capofamiglia. Diversi mazzetti di altri ceri - spenti, ovviamente - sono accatastati ai piedi del tavolino, come di fronte ai candelieri per le offerte in chiesa. Figlie, cugini, nipoti e generi si avvicinano a uno a uno per afferrare il loro cilindro di cera ed elemosinare la fiamma da quella di GRB.

Giuseppe getta uno sguardo attraverso uno dei finestroni. All'esterno, l'aria gelida della notte scuote i rami nudi dei platani e attraversa il prato violentemente, come un'onda di marea.

La città è appena lì fuori, con i suoi zampognari e lo scampanare irrequieto di borgo in borgo. Eppure ogni cosa, dal surreale punto di osservazione della villa rabbuiata, sembra lontana e assente.

Nel salone, i piccoli globi di luce vanno intanto moltiplicandosi. Giuseppe osserva il volto di suo nonno, reso incerto dalla fiamma che gli danza davanti. Come un ritratto a olio, i lineamenti del viso sembrano sussultare e cambiare tono al minimo tocco di luce. Solo i baffi brillano dritti e severi.

Il giovane non può comunque fare a meno di notare una vibrazione intensa di felicità. Persino i suoi gesti, al limite del frettoloso nella quotidianità della fabbrica e della casa, assumono ora i tratti profondi e ieratici di un rito sacerdotale.

Un rito atteso. Un rito di gioia.

Giuseppe sorride.

Vive in villa ormai da quindici anni e conosce alla perfezione la scansione e il senso di ciascuna di quelle liturgie. Alcune sono ovviamente laiche ed evasive, come il volo del pallone aerostatico a Pasquetta; altre quotidiane e minimali, come il richiamo del tam-tam prima dei pasti. Ma il Natale è diverso. Tutto è pensato ed eseguito per conferire profondità a ciascun istante. Si cammina insieme, nel silenzio della grande casa. La sequela di candele e lanterne, come in una fiaba, rappresenta in fondo quell'unità di spirito che GRB desidera per la famiglia. C'è ben poco di religioso, Giuseppe lo sa, mentre segue il nonno condurre la processione attraverso il salone, e poi nella hall d'ingresso, nel giardino e quindi di ritorno al soggiorno.

Camminando a fianco delle zie, appena dietro il nonno, Giuseppe respira quell'aria mistica, nella quale ciascuno di loro sembra sbiadire e confondersi. Come dentro un'anima sola. Dominata, ovviamente, dall'essenza del patriarca.

E, mentre il corteo silenzioso ritorna nel salone, Giuseppe riflette che in fondo è questo il vero miracolo. Sentirsi tutti parte di un'unica storia, quando invece la quotidianità di ciascuno è così spaesante e caotica. Quando ognuno di loro vive ogni giorno contraddizioni profonde come pozzi minerari, e una solitudine che poche parole sanno raccontare e poche orecchie sono disposte ad ascoltare.

La famiglia è ora riunita a semicerchio intorno al camino di granito scuro che, nel frattempo, ha ritrovato un fuoco scarlatto e guizzante. Cuginetti e nipoti vi gettano alcuni piccoli camicini di carta sui quali, a inizio mese, è stato trascritto il personale fioretto d'Avvento. Assolto o no che sia, quel segreto è ora consegnato alle fiamme.

Consumato ogni brandello dei camicini, il rito può dirsi concluso. Per tutta la famiglia, l'istante in cui GRB depone soddisfatto il proprio lume sulla mensola del camino corrisponde all'alzarsi definitivo di sipario sull'apertura dei regali. La servitù ritorna stanza per stanza, angolo per angolo, a illuminare nuovamente la casa della fredda luce elettrica.

Solo il salone resta ancora in penombra. Al capo opposto del camino si accendono all'improvviso le luci calde e sacrali di un'immensa volta stellata artificiale, adagiata sul pianoro di muschio del presepe.

Giuseppe riconosce il tocco artistico di Sofia e Toto, nominati da qualche anno « capomastri » ufficiali del diorama familiare. La prospettiva delle case in lontananza, il fuoco che arde nel bivacco, il ruscelletto che scorre, la cometa che solca il cielo, l'alba che ciclicamente tinge di bianco e porpora il fondale, i suoni quotidiani dei mestieri che riecheggiano nel salone al morire della notte. Gran parte della famiglia - i bambini in primis - osserva ammirata la rappresentazione, come di fronte a un vero e proprio incanto.

Giuseppe ammicca alla zia. Gli è stata sufficiente un'occhiata per oltrepassare la scena e cogliere sino in fondo gli ingranaggi che si muovono dietro le quinte. Nota subito la centralina che differenzia il tremolare dei fuochi sulla scena, quindi le piccole pompe a motore che creano il ricircolo dell'acqua tra torrente e fontanella. Apprezza la seconda centralina che regola l'incrocio di luci bianche, rosse e gialle e le relative intensità per i vari momenti della giornata. E, ovviamente, apprezza il colpo di genio dei suoni, rammentando quella giornata intera trascorsa da Sofia e Toto, registratore alla mano, tra gli stabilimenti della fabbrica: il vociare in mensa degli operai, la campana del cambio turno e l'eco delle sbarre d'acciaio stipate in magazzino.

« Lavoro di fino quest'anno... » sussurra alla zia, prendendola sottobraccio.

« Mi conosci, no? » sorride lei, compiaciuta.

Cumuli di pacchi infiocchettati, nel frattempo, sono silenziosamente comparsi al capo opposto del salone, all'ombra del grande abete, trasportato in villa dai dipendenti della fabbrica e ornato di scintillanti palle di cristallo, candele e pan di zenzero.

Con alcuni schiocchi sonori, viene annunciato a tutti che le bottiglie di spumante sono pronte a riempire i calici per il brindisi.

Giuseppe pregusta il suo momento. Lo ha deciso da settimane. L'avrebbe annunciato a suo nonno durante la notte di Natale, con il calice in mano. Non davanti a tutti, questo mai. Si sarebbe invece avvicinato con discrezione tra i vecchi zii che avrebbero senz'altro artigliato per primi la stretta di mano di suo nonno. Prendendo il capannello di adulti alla larga, avrebbe guadagnato un posto privilegiato alle sue spalle.

Lo avrebbe avuto lì a un passo proprio mentre avrebbe scambiato cortesemente un augurio di Natale con qualche parente. Avrebbe strizzato l'occhio a Sofia, che già sapeva, prima di poggiare la mano sulla spalla di GRB.

« Oh, Giuseppe. Vieni, fatti abbracciare », sono le parole di suo nonno, volgendosi verso di lui e cingendogli il fianco con il braccio destro.

« Auguri, *collega* », gli risponde sorridendo Giuseppe, sottolineando la seconda parola con un'alzata di sopracciglia e un tono enfatico della voce.

Il giovane vede lo sguardo di suo nonno scintillare, la bocca aprirsi appena senza tuttavia emettere suono.

Un istante più tardi sono l'uno stretto all'altro. I calici che ondeggiano pericolosamente sulle rispettive giacche. Figlie, zie, cugini, generi e nipoti: il mondo intorno al loro abbraccio è per un istante rumore di fondo.

GRB abbandona il calice tra le mani di qualcuno e afferra il volto del nipote. Occhi negli occhi. « Dovevi dirmelo, sarei stato lì con te », sussurra. « La tua laurea... »

Giuseppe è felice, per la prima volta vede suo nonno parlargli da pari a pari. « Lo immaginavo così... » risponde, quasi imbarazzato.

Le sagome buie delle montagne sono attraversate da linee sottili e incandescenti che risalgono trasversalmente i pendii fino alla cima. Sono le fiaccolate natalizie, una tradizione di lunga data per parecchi gruppi alpinistici locali. Ciascuno ha la sua vetta, i suoi sentieri, i suoi crocicchi lungo i quali spargere sorrisi e cera. Tutti la sera della vigilia, tutti insieme.

Dopo che la famiglia aveva ormai abbandonato il salone - qualcuno diretto a casa propria, qualcun altro invece salendo di un solo piano verso le camere - il giovane ha indossato il soprabito ed è uscito in giardino.

L'aria è gelida, e gli echi di festa sembrano essere stati inghiottiti dalla città dormiente.

Giuseppe scarta il pacchetto di Tre Stelle e, picchiettandolo sul palmo, estrae la prima sigaretta spuntata dalla fessura. L'accende e si abbandona su una delle sdraio rimaste fin dall'estate a presidiare il fazzoletto di ghiaia tra il prato e la facciata della villa.

La nuvola di fumo e fiato caldo si alza verso il cielo limpido, gonfio di stelle. Le cime innevate della Svizzera, incuneate tra le creste lecchesi, scintillano come cristalli. A Giuseppe ricordano sempre le immagini di un vecchio film d'animazione, la rappresentazione di una magia lontana e di un tempo sospeso tra pianure gelate e vette candide. Quel genere di luoghi nei quali solitamente iniziano le fiabe. La visione delle fiaccolate notturne non fa altro che irretirlo ancora di più, infondendogli pace e leggerezza.

Ed è in quell'istante che si accorge con la coda dell'occhio di un piroettare improvviso di luce alle proprie spalle.

Si volta e gli pare di notare un'ombra alla finestra dello studio di suo nonno. Probabilmente si tratta solo di un abbaglio, perché tutte le finestre sono nere e non riflettono altro che la notte esterna.

Il tempo di tirare un paio di boccate di fumo, ed ecco di nuovo la stessa sensazione. Una luce che occhieggia alle sue spalle, spegnendosi nell'istante in cui lui tenta di cogliere la provenienza. Questa volta è più a sinistra, a occhio e croce verso la stanza degli ospiti. Che si tratti di sua zia Sofia? Difficile dirlo.

Nei mesi successivi, Giuseppe avrebbe ricordato distintamente quegli istanti. Per alcuni lunghissimi minuti, al giovane pare infatti di essere l'unico attore su quel palcoscenico di ghiaia e inverno, di fronte ai palchetti teatrali dell'anfiteatro familiare della villa. Su di lui, gli sguardi dei suoi parenti e i faretti incandescenti delle loro aspettative.

Lo osservano, lo misurano. Provano a comprendere quanto sia simile a suo nonno, quanto ad Antonio. Come e in quanto tempo possa incarnare il ruolo dell'erede. Persino la fabbrica, di fronte a lui, sembra ergersi minacciosa a giudicarlo. Come la cattedra di un vecchio tribunale, come il coro di legni scolpiti di un'antica assemblea medievale.

Giuseppe prova a calmarsi con un tiro di sigaretta un po' più lungo del consueto. Le narici eruttano nell'aria il fumo biancastro.

Ripensa al suo annuncio, alla laurea in Ingegneria che può dirsi finalmente conquistata.

Sebbene Giuseppe fino a quel momento abbia finto con sé stesso di non rammentarlo, la verità è che solo due persone in famiglia ci sono passate prima di lui.

Antonio, e poi Adriana.

Entrambi sfuggiti al proprio destino.

Un brivido strano lo percorre all'improvviso: la sensazione di un distacco imminente, qualcosa di simile a ciò che aveva già provato da bambino, quel giorno a Rüdesheim. Come se la sua esistenza cessi d'un tratto di essere sua, di essere libera, aperta ai suoi desideri.

D'istinto Giuseppe porta la mano alla tasca destra. Il

suo portamonete in pelle nera custodisce un oggetto di gran lunga più prezioso del denaro. Con mano tremante, estrae il foglio di carta ripiegato. È consumato agli angoli, screpolato ai bordi, ingiallito dal tempo. Lo apre e il crepitare della carta gli pare quasi echeggiare nel parco. È il biglietto che gli era arrivato insieme alla prima lettera di suo padre. La poesia del ragazzo francese.

Con un sospiro di sollievo, ritrova finalmente davanti agli occhi le parole che ama e conosce a memoria: un dono capace di medicargli l'anima nei momenti di paura e spaesamento.

Rilegge quei suoni francesi, quella filastrocca che, verso dopo verso, diventa poesia. Quelle parole che, giorno dopo giorno, hanno saputo entrare in profondità nel suo cuore e nei suoi desideri. Ricorda la promessa silenziosa che, rileggendole, ha rivolto a sé stesso la notte prima di laurearsi.

Non dimenticare, mai. Chi è Giuseppe Kramer, ciò che ama, i luoghi dell'anima nei quali il suo spirito fragile ha saputo davvero trovare verità e bellezza.

La fabbrica è scritta nel suo futuro, si dice, ripiegando con amore il foglio scritto da suo padre. Va bene, lo accetta di buon grado.

Ma non sarà quella, l'unica pagina della sua storia.

L'inverno si è rivelato una stagione densissima di eventi per Giuseppe. Dopo appena due o tre settimane da quella notte di Natale, il giovane ha addirittura cessato di contare le tante « prime volte » andate in scena in fabbrica: il primo ingresso al fianco del nonno, il suo primo ufficio, il primo ordine di servizio partito dal suo interfono, la prima chiusura di turno e il primo *imprimatur* a un progetto esecutivo. La fabbrica lo ha abbracciato, suo nonno lo ha platealmente incoronato e i dipendenti non hanno lesinato sorrisi ed empatia per la plastica incarnazione del loro futuro. Giuseppe ha avvertito in cuor suo di non poter chiedere di più.

Il giovane si è sentito talvolta come uno di quei principi ereditari delle monarchie europee, consacrati dal grande patriarca a favore di telecamere, nel tripudio di un'intera comunità.

GRB, in effetti, lo ha condotto sottobraccio tra i vàri reparti, non ha mancato mai di chiedere la sua opinione durante le riunioni tecniche con i progettisti, lo ha portato in palmo di mano alle serate in Canottieri o agli eventi pubblici in città. Proprio per questo, nessuno ormai dubita che Giuseppe sia il vero erede Badoni.

Quanto a lui, vive quella nuova vita con la felicità incredula che è tipica dei caratteri semplici e schivi quando si trovano improvvisamente di fronte a un dono che non sapevano nemmeno di aver desiderato.

Una sera, mentre se ne stava a occhi sbarrati nel suo letto ripensando ai tanti cambiamenti di quei giorni, ha istintivamente preso una decisione. Si è alzato dal letto, raggiungendo a tentoni l'attaccapanni di legno sul quale aveva deposto la camicia, la giacca, due gilet di lino e due paia di pantaloni. Ha estratto il portamonete dalla tasca e il foglio di carta ingiallito al suo interno.

Quindi ha raggiunto la mensola sopra lo scrittoio, tastando con le dita i dorsi di copertina fino al primo volume della fila. *Fondamenti di ingegneria meccanica.* Non gli serviva accendere la luce e leggerne il titolo. Sapeva che era lui, era da anni in testa al primo ripiano. Come un monito. Sfruttando le lame argentate della luce lunare che attraversava le imposte socchiuse, ha rivolto un ultimo sguardo alla poesia. Poi ha piegato con cura il foglio al centro del libro.

«Stai bene qui dentro, per ora», ha sussurrato, prima di coricarsi nuovamente.

Come per uno strano scherzo del destino, proprio l'indomani suo nonno lo ha raggiunto in ufficio a metà mattina. «Ti va di venire alla funivia? Devo assistere agli ultimi collaudi.»

Giuseppe ha annuito, con un sorriso di riconoscenza che gli si è allargato da orecchio a orecchio.

Ed ecco che GRB e Giuseppe sono ora insieme, sull'ultima altura che ancora può dirsi città, all'ombra dei contrafforti di pietra del Resegone. Ammirano in religioso silenzio la gran macchina che presto collegherà la città di Lecco al suo splendido balcone naturale, i Piani d'Erna, l'ultimo pianoro verde prima delle pareti verticali verso la vetta. La stazione di arrivo se ne sta lassù, seicento metri più in alto. Oltre i boschi di querce e gli speroni di roccia.

Mentre ispezionano la stazione a valle, Giuseppe si rende conto che, a vederli da fuori, sembrano proprio due ragazzini in un negozio di giocattoli. Ma che importa. Lì intorno ci sono solo i dipendenti della fabbrica e qualche funzionario del Comune, concentrati a misurare tempi, pesi e impianti elettrici.

GRB prende il giovane sottobraccio. Insieme perlustrano palmo a palmo la stazione, gettano lunghi e approfonditi sguardi sulla gigantesca macchina che funge da rinvio e tensionamento delle funi. Come due moderni san Tommaso dell'ingegneria toccano con mano l'ingresso delle funi, la portante - anzi, l'ercole - che scorre su una piccola scarpa. Si scambiano commenti sui due grossi rulli che guidano la fune per mantenere sempre in asse la portante. GRB gli indica quindi la lunga carrelliera, in grado di far scivolare la fune. Sporgendosi, gli parla del profondo pozzo che ospita il contrappeso in calcestruzzo.

«Quattordici metri di profondità», espone teatralmente.

«Saranno almeno cinquanta tonnellate», calcola Giuseppe con una rapida occhiata.

«Sessanta», lo corregge bonariamente suo nonno, che aggiunge: «Che ne dici di fare una salita in funivia?»

Il motore romba, la cabina oscilla. Il cubo di metallo strascica per un paio di metri lungo la banchina di cemento, quindi la fune lo proietta nel vuoto, verso la montagna.

Passano solo venti secondi. Suo nonno preme un tasto rosso sulla pulsantiera della cabina.

La risalita si ferma, il cubo di metallo ondeggia qualche istante per poi fermarsi.

«Che succede?» domanda il giovane.

«Niente di cui preoccuparsi. I ragazzi dovevano fare un ultimo collaudo con qualche interruzione sulla tratta. Ho pensato di sfruttare la cosa a scopo didattico.»

«Didattico?» Giuseppe non capisce.

«Guarda un po' in basso», gli indica suo nonno.

Il giovane esegue, perplesso. «Non siamo così alti, saranno una cinquantina di metri sopra la stazione.»

«È vero, ma a questa altezza riusciamo già a scorgere il rione di San Giovanni. Lo vedi? Dritto con lo sguardo sotto la parete di roccia della Medale. Lì, fuori dell'abitato, nel verde. Immagina un terreno come ce ne sono tanti, l'idea di moltiplicarne il valore, di farne... impresa. È il Seicento e il nostro avo Giacomo Badoni avvia diverse attività: prodotti alimentari, una bottega da calzolaio, la produzione d'olio d'oliva e di noci. La seta, ovviamente. La fabbrica è ancora lontana, ma la visione d'impresa... be', diciamo che quella già c'è. »

Giuseppe incrocia le braccia, divertito. « Quindi è una lezione di storia. »

« Storia dei Badoni, per la precisione. Ti risparmio le vicissitudini ereditarie. Sta di fatto che suo figlio Giuseppe... »

« Un nome a caso », ironizza il giovane.

Suo nonno gli rivolge un cenno di approvazione. « Questa famiglia ha vissuto soprattutto degli slanci dei Giuseppe, tienilo bene a mente. Tu più di ogni altro. »

« Agli ordini. »

« Dicevo. Giuseppe si sposa quattro volte. Si prende in casa figlie di commercianti del ferro, ereditiere dal lago, casati svizzeri. Di tutto. Alla fine fa una mossa decisiva. Entrato nelle grazie di Santa Madre Chiesa, convince l'ospedale maggiore a cedere a lui l'attività e le quote della fucina grossa che c'era alla Castagna, poco distante dal terreno che vedi. Acquista un altro paio di opifici e altre quote della fucina. Ed ecco il destino prendere forma. Il ferro. »

« Perché proprio il ferro? »

« Lecco è da sempre uno snodo chiave per le comunicazioni tra Alpi e pianura. La città è incuneata tra i monti che chiudono la Valsassina », spiega il nonno, rivolgendo uno sguardo alle sue spalle, alle dentellature aguzze del Resegone. « Da lì arriva il ferro, ma anche i corsi d'acqua che forniscono l'energia idraulica necessaria alla produzione. »

« Mi pare di ricordare che all'inizio fossero imprese collettive... »

« In un certo senso sì. Nei magli grossi si lavorava la

ghisa grezza, mentre nei piccoli magli la si riduceva in tondini, quadretti e vergelle. E poi via agli opifici per la produzione del filo di ferro. Le fucine erano l'impianto necessario a ciascuna di queste produzioni, e in effetti erano gestite da esercizi consortili. »

« E noi Badoni... »

« Eravamo copadroni di una fucina grossa laggiù, alla Castagna. Ne acquistammo poi un'altra a Castello. Tutto chiaro? »

« Certo. »

« E allora ripartiamo. »

Pulsante rosso, vibrazioni in cabina, la salita riprende.

Trenta secondi dopo, un altro stop.

« Seconda tappa », sorride Giuseppe.

« Esatto. A questa altezza riusciamo a scorgere il centro della città, vicino al lago. Siamo già a metà Ottocento, e a dirla tutta una vera e propria città non c'è ancora. Ci sono tanti piccoli rioni e municipi, che diventeranno un unico comune solo settant'anni più tardi. Indovina come si chiama l'avo di quel tempo? »

« Giuseppe. »

« Bravo. Il secondo dei nostri Giuseppe è un personaggio davvero straordinario. Aveva viaggiato per le fabbriche di mezza Europa e si era deciso a portare macchinari e modernità anche agli stabilimenti di Lecco. »

« In che modo? »

« Si chiamavano i tirabagia, al tempo. Operai che, seduti su una specie di altalena con una tenaglia affrancata al busto da una pesante catena, tiravano il ferro attraverso la trafila, sfruttando il movimento pendolare e ottenendo il filo di ferro. »

« Non proprio comodo, direi. »

« Per niente, ma era il passato. Il futuro arriva negli anni '50 del secolo scorso. Giuseppe porta in dote la prima trafila meccanica: un grosso cilindro, una ruota idraulica, una cinghia munita di pinza. E niente più tirabagia. Dopodiché, mio nonno compie un passo chiave per l'immagine della nostra azienda in città. »

« Vale a dire? »

« Acquista da alcuni marchesi milanesi l'area dove la fabbrica si trova ancora oggi. » GRB stende il dito verso Lecco, ormai sempre più lontana. « La riconosci, giusto? Siamo in alto, ma i nostri capannoni si vedono fin quassù. Realizza un nuovo edificio in stile gotico industriale, così lo chiamano, decorato con ogive e archi acuti. Una gran modernità per l'epoca. Un tempio del lavoro nel cuore della città. Una cattedrale laica. Questo è il senso di quell'edificio. »

Silenzio.

Giuseppe osserva suo nonno perdersi nell'immagine sacrale dell'industria. « Non ripartiamo? » gli domanda.

« Be', non ti ho detto tutto. Il fatto è che anche da qui passa la buriana della storia. »

« Il Quarantotto... »

« Precisamente. Mio nonno è a capo del Comitato insurrezionale che caccia gli austriaci e ottiene il riconoscimento di Lecco a città. Invia uomini, carri e cannoni al governo provvisorio di Milano. Ovviamente, al ritorno degli austriaci, Radetzky gli piazza una taglia sulla testa. È costretto a infilarsi su un battello, sbarcare a Menaggio e andarsene in esilio in Svizzera. »

« Peccato. »

« Sì, ma qualche anno dopo è già di ritorno. Sarà anche deputato. Non si sta tanto a lungo senza i Badoni, ricordatelo. »

Pulsante rosso, si riparte.

La stazione di partenza è ormai solo una macchia bianca in mezzo ai boschi. La città si allunga pigramente verso il lago e la corona di montagne è ormai al di sotto dell'altezza della cabina. All'orizzonte, una spatolata di foschia mischia gli azzurri cenere della pianura e del cielo.

La fune issa la cabina verso gli ultimi metri. Le pareti di roccia sono vicinissime, pare quasi di sfiorarle. La stazione di arrivo è ormai prossima.

« Giuseppe avrà tre figli », spiega GRB, e la sua voce è improvvisamente quasi un sussurro. « Antonio, mio padre, proietterà la fabbrica nel futuro, nel nostro presente. Ponti, tettoie, impianti industriali. Con il ferro iniziamo a costruirci, non solo a fare vergelle. Costruire un Paese, il suo sogno di modernità... »

« E poi? »

Nessuna risposta.

« Nonno, che ne è stato di tuo padre? »

La cabina si arresta nella stazione di arrivo. Ultimo stop.

Giuseppe capisce che è meglio soprassedere. « A che altezza siamo, qui? »

« L'orizzonte è storia recente », gli risponde invece suo nonno, gettando uno sguardo oltre le montagne. « È la guerra del '15-18... »

« Allora credo di conoscere il Giuseppe di questa generazione. »

Suo nonno sorride. « Ero esonerato dal servizio militare per necessità industriali, sono andato comunque al fronte, sul Pasubio. Ho trascorso lì mesi per montare circa duecento teleferiche, coordinando gli uomini del Genio dell'esercito. È stato un vantaggio logistico indispensabile per quei ragazzi che combattevano a oltre duemila metri, nelle trincee e nelle gallerie scavate nella roccia. »

« Ti hanno dato una medaglia, giusto? Lo raccontava l'ingegn... »

« Non importa questo. Le medaglie non danno da mangiare agli uomini. »

« E l'azienda? » domanda Giuseppe per sviare il discorso.

« Due successi su tutti. All'Esposizione internazionale di Torino del 1911 siamo presenti con una teleferica per il trasporto di persone. Alla mostra marinara di Genova del 1914 portiamo una ferrovia aerea monorotaia di grandissimo successo. Ci osservano, ci conoscono, ci apprezzano. Il passo è fatto. Il futuro è diventato presente. Il resto, credo, lo sai. »

Eccome se lo conosco.

Una cascata di luce scarlatta inonda la cabina mentre le funi invertono il cammino e nonno e nipote ridiscendono verso la città.

Il disco rosso del sole dardeggia due spanne sopra l'orizzonte, e i laghi della Brianza scintillano come specchi.

Giuseppe è taciturno. Lascia a suo nonno la contemplazione del tramonto e del lento calare delle ombre da oriente sulla città.

Essere stato preso per mano da GRB lungo la storia e i valori più profondi della fabbrica di famiglia lo ha certamente commosso. Cionondimeno, c'è qualcosa d'irrisolto che si fa largo a mano a mano dentro di lui. Anzitutto, il senso di responsabilità e la missione terribile di essere all'altezza di simili avi. Fin qui, tuttavia, la cosa può pure risultare sopportabile.

Giuseppe alza lo sguardo verso il nonno.

Ma lui no, non è un semplice ricordo.

È lì in carne e ossa, un monito vivente e quotidiano alla sua più grande paura. Quella di non esserne degno, di risultare inadeguato al compito di fargli da erede, di essere il quarto Giuseppe Badoni di una straordinaria sequela.

Il giovane scuote la testa. È un compito immane. Durante la salita ai Piani d'Erna, il nonno ha in parte giocato a minimizzare le sue azioni e i suoi riconoscimenti. La stessa idea del viaggio in funivia come metafora della storia aziendale è stata piuttosto divertente: forse, nella testa di suo nonno, era un modo per sdrammatizzare un po' quell'unzione da Antico Testamento. Quell'incoronazione da dinastia Windsor.

Eppure, per Giuseppe, l'effetto è stato l'opposto. Sentir parlare delle grandi fiere d'inizio secolo, dell'eroismo di suo nonno al fronte, della sua geniale visione ingegneristica e imprenditoriale proprio lì – di fronte alla quotidianità della sua città che si fa minuscola in confronto all'orizzonte sterminato al di là del catino di monti – è stato un tuffo al cuore.

Altro che leggerezza.

In fondo, riflette Giuseppe, è tipico di suo nonno. Appesantire nel tentativo di ridimensionare, elevarsi nell'atto di fingersi umano. GRB non è stato e non sarà mai un uomo qualunque. E, si dice il giovane, farebbe bene a ricordarsene, ogni tanto. Soprattutto prima di scegliere impietosamente cosa e quanto pretendere da chi lo circonda.

È rabbia quella che prova?

Può darsi.

E non è ancora finita.

La giornata che GRB ha dedicato a suo nipote prevede un'altra tappa.

Al termine del viaggio in funivia – è ormai pomeriggio inoltrato – il nonno invita Giuseppe fuori a cena.

« Ti porto alla trattoria di Orestino, un amico. Vedrai, mangerai il miglior bollito di tutta la città. Ma prima faremo un'ultima sosta. Perché non tutte le cose vanno osservate dall'alto per essere comprese. Alcune vanno viste da vicino, molto da vicino. »

Giuseppe ormai non sa più cosa aspettarsi. È evidente che suo nonno ha progettato da tempo quella giornata. Resta quindi un po' deluso scoprendo che l'ultima tappa non è altro che il vecchio ponte medievale sull'Adda, il monumento più antico della città.

Giuseppe ovviamente lo conosce a fondo, lo ha percorso centinaia e centinaia di volte. Quale sarebbe la novità?

« Abbiamo tempo per fare quattro passi insieme », gli annuncia suo nonno, enigmatico. « E un'ultima chiacchierata. »

I due s'incamminano sul nastro d'asfalto che ricopre le pietre vecchie di seicento anni. Di tanto in tanto si sporgono a osservare le undici arcate che oltrepassano a balzi irregolari la corrente del fiume, impaziente di ritornare al lago.

« Di qui sono passati tutti, Giuseppe. I Visconti da Milano, i lanzichenecchi, i francesi di Bonaparte, le armate austro-russe e anche gli americani. Oltre a innumerevoli generazioni di lecchesi, che fossero pescatori, commercianti, innamorati o furfanti. Tutti quanti qui sopra, sull'unica opera umana gettata da un capo all'altro del fiume. »

GRB è sempre più accalorato. È evidente, nota Giuseppe, che la storia scalda il suo cuore di lecchese.

« L'unica almeno fino al secolo scorso, quando... »

« Tuo nonno ha costruito il ponte ferroviario », esclama Giuseppe, interrompendo orgogliosamente GRB.

« Allora ogni tanto mi ascolti », replica divertito il patriarca di casa Badoni. « Bravo, è proprio così. Guardalo laggiù, dietro l'Isola Viscontea. Un altro capolavoro. Lo sapevi che per le fondamenta hanno utilizzato delle fondazioni pneumatiche? All'epoca era una tecnica assolutamente straordinaria. Chissà se anche questo durerà sei secoli... »

Lo sguardo di GRB si è tuttavia fatto più riflessivo, il tono greve. Lo scrosciare dei mulinelli dell'Adda ne accompagna pensieri e silenzi.

Giuseppe vede suo nonno trasfigurarsi improvvisamente di fronte a sé. Non pare più l'uomo orgoglioso e pieno di energia che solo quella mattina lo ha accompagnato al cantiere della funivia. Ora, dietro l'aspetto autoritario di GRB, Giuseppe scorge i segni dell'età, di una vita intera trascorsa sempre in prima linea, di due guerre, di altrettanti matrimoni e di dodici figli.

Forse è solo una sua idea, ma la postura del tronco pare curvarsi, baffi e capelli sembrano farsi ancora più stinti, le rughe accentuare ulteriormente le sue espressioni livide.

« A novembre saranno ottantadue anni, lo sai. » GRB leva la mano dalla tasca del cappotto e la appoggia sulla spalla del nipote. « Eppure ho ancora un sogno che vorrei vedere prendere vita. Realizzare un nuovo ponte capace di resistere secoli. Che non unisca le sponde di un solo fiume, ma addirittura due continenti. »

Giuseppe non capisce. Tutta la sua incredulità deve emergere palesemente sul volto, perché il nonno carica di nuova enfasi il tono di voce.

« No, Giuseppe, non sto scherzando. E non sono pazzo. L'azienda parteciperà alla realizzazione del nuovo ponte sullo stretto del Bosforo, a Istanbul. Ho già avuto alcune interlocuzioni con gli inglesi della Cleveland Bridge, che hanno ottenuto l'appalto: toccherà a noi realizzare la torre che sorreggerà la struttura sulla sponda europea. Sarà alta centosessantacinque metri.»

Giuseppe osserva suo nonno. È come in trance. Stende la mano verso il fiume Adda, come per sfiorare l'immaginario colosso di acciaio del quale sta parlando. Pare che lo veda. Proprio lui che, molto probabilmente, mai lo vedrà.

«Ti rendi conto di cosa significa? È un'opera che farà la storia, unirà Europa e Asia per la prima volta. E porterà il nostro nome. Giuseppe, capisci quello che ti dico? Su quell'opera dovrà esserci anzitutto la tua firma.»

Giuseppe non reagisce, intrappolato in un vortice di emozioni, pensieri, ansie e ambizioni.

Altro che funivia. Ora è sulle montagne russe. La città inizia a vorticare intorno a lui: il ponte di pietra sembra dondolare sotto i suoi piedi come se si fosse d'un tratto trasformato in una passerella tibetana di corde che ondeggia al minimo passo.

Si appoggia al parapetto, tentando di dissimulare – probabilmente con scarso successo – le vertigini. La verità è che gli manca l'aria.

Sarà la più grande impresa mai realizzata dalla sua famiglia. E tocca a lui.

Vale anche il discorso opposto, però.

Un errore. Un calcolo errato. Una crepa. E sarà il più grande fallimento della sua famiglia. Tutto per colpa sua.

Giuseppe ci si è solo trovato, lì in vetta. Non è arrivato con le proprie gambe alla guida dell'azienda, non ha ideato lui il più ambizioso dei progetti possibili. Lo ha condotto lì suo nonno, caricandolo su una comoda funivia. Non ha fatto fatica, non si è messo lo zaino in spalla. È semplicemente stato scelto da altri. Suo nonno.

E se si fosse sbagliato? Se non si fosse accorto delle mie vertigini e delle mie debolezze?

Giuseppe respira. Mette ordine nelle idee. Suo nonno, in fondo, non si è mai sbagliato. Lui ora è un ingegnere. Avrà con sé i professionisti e le tecnologie necessari per realizzare quel capolavoro. Deve esserne orgoglioso, si dice. Ha finalmente tra le mani la grande occasione per lasciare un segno all'altezza del cognome che porta. Che poi nemmeno doveva esserlo, il suo. Ma questi sono dettagli.

È solo che...

Sulla funivia, tappa dopo tappa, al giovane è ritornata alla mente una vecchia poesia che ama moltissimo. È di Whitman. Inizia con una voce lamentosa verso la stoltezza delle moltitudini, verso gli esiti mediocri di tanti sogni. Arriva poi una domanda, che suona come: « Ma allora che c'è di buono nella vita? » Che tu esisti, proclama orgogliosa la seconda voce. Aggiungendo poi la frase che ancora risuona nella testa a Giuseppe: *che il potente spettacolo continua, e tu puoi contribuirvi con un verso.*

Quale diavolo può essere il suo verso in quella storia già scritta? Ciò che ha fatto e sta facendo, si dice, è ampiamente deciso e previsto da suo nonno. Ciò che sarà, se va bene, finirà dimenticato nel solco di una storia gigantesca, tanto più grande di lui. Se va male, al contrario, le sue azioni finiranno per rovinare tutto, per fare polvere di tutto ciò che gli è stato raccontato quel pomeriggio.

Perché il mondo sta cambiando.

Giuseppe lo sente nell'aria, nelle parole di chi viaggia e ascolta, nei ritagli di giornale, persino nelle poesie. Tutto quanto si fa più veloce e disumano, il tempo inghiotte gli spazi che prima erano riservati al coraggio e alla fantasia. Immaginare la modernità è diventato impossibile, figurarsi realizzarla. Le grandi epopee in cui città e Paesi interi venivano riprogettati e ricostruiti sono ormai al crepuscolo. Suo nonno apparteneva a quelle stagioni, a lui invece toccherà il compito di traghettare l'azienda verso l'epoca della sopravvivenza, del cambiamento. Mutare pelle sarà presto o tardi necessario. Ma avrà la forza di tirarsi dietro quel popolo silenzioso che oggi guarda a suo nonno come a un semidio? Avrà la visione giusta, il giusto tempismo o mancherà terribilmente lo scalo, perdendosi nel mare aperto?

GRB mostra una certa dose d'indulgenza verso la bufera di sentimenti apparsa genuinamente sul volto del nipote.

Lo stringe a sé, incoraggiandolo. «Ricordo i tuoi occhi poche ora fa, l'orgoglio nel tuo sguardo di fronte alla storia della nostra famiglia. Ti svelo un segreto: la stessa emozione devi rivolgerla al futuro, e non solo al passato.»

Ce la farò.

Ce la farò?

XV

LAURA

Il calice vuoto

Sono una donna che si sta formando
come la luna
e quando sarà piena il suo chiarore
si stenderà pacato
sulle facciate bianche delle case.
Dentro tu dormirai senza sapere
quante lacrime ho pianto.

PB

Settembre 1969

« Starò via per qualche tempo, mamma. »

« Dove andrai? »

« Prima a Palermo, poi a Istanbul. »

« Si tratta di quel ponte? »

« Sì, quel ponte. »

« Sono davvero contenta che il progetto stia prendendo piede nel migliore dei modi. »

« Già. »

Eppure il volto di Giuseppe non tradiva alcuna vibrazione, alcun entusiasmo. Laura se n'è accorta immediatamente, con quel presentimento che solo le madri riescono ad avere.

« E tu, invece? Sei contento? » ha chiesto, trattenendo il figlio per un braccio.

Giuseppe si è immobilizzato, osservando perplesso la mano della madre e quindi il suo volto preoccupato. Gli occhi non hanno avuto alcun sussulto di emozione.

« Che domande mi fai, mamma? » Così le ha risposto.

Che domande mi fai?

Ed è tornato alla festa.

Già, la festa.

L'intera famiglia si è ritrovata a celebrare l'anniversario di matrimonio di un cugino Airoldi, uno dei tanti parenti che venivano conteggiati nel novero degli inviti di Natale e Pasqua a Villa Badoni. Non uno tra i preferiti dalle figlie di GRB, a dirla tutta. Ciononostante era uno di quegli appuntamenti dai quali non potevano ritenersi esonerate.

Dopo il rinnovo delle promesse nella chiesetta di Santa Marta, gioiello secentesco incuneato tra le viette del borgo vecchio di Lecco, l'intera torma di Badoni e Airoldi ha ridisceso una stradina ciottolata fino alle piazze del centro città.

« Qui passava la fiumicella che alimentava i tre antichi mulini del borgo », ha spiegato GRB, prendendo sottobraccio il più piccolo dei parenti Airoldi. « Qui invece era tutta acqua del lago che arrivava fino ai portici », ha aggiunto una volta entrato nella piazza del mercato. « C'erano il vecchio castello del borgo e i portici dove i barconi scaricavano la merce. »

« Eravamo marinai? » ha domandato il bambinetto eccitato.

« Eravamo e siamo mercanti e imprenditori », ha risposto con orgoglio GRB. « E sai perché questo qui davanti si chiama Palazzo delle Paure? »

La zazzera bionda del bambino si è mossa orizzontalmente.

Il volto smagrito dall'età e gli occhi appena velati di GRB gli si sono avvicinati con aria sorniona. « Perché qui dentro i mercanti e i bottegai entravano a pagare le tasse e uscivano spennati come polli. Hai in mente la paura? »

La comitiva si è quindi incamminata attraverso piazza

Cermenati, aperta sul sipario argentato dei platani del lungolago. Poco lontano, un lungo caseggiato intonacato di bianco toglie la vista del lago alla basilica, troneggiante una cinquantina di metri sopra.

« *El Sunzin* », ha raccontato GRB, ormai calato nel ruolo di Cicerone.

« Perché *Sunzin*? » ha domandato il bambinetto di casa Airoldi.

« Perché l'aveva fatto costruire la famiglia Stampa di Soncino. Nobili milanesi che, cent'anni fa o forse più, possedevano l'intero terreno da qui fino alla nostra villa. »

Il bambino ha fatto due calcoli con la fantasia, immaginandosi un enorme prato che calava da Villa Badoni giù giù fino al lago. Ha concluso che era un sacco di terra e che chiunque fosse quel Soncino era ben ricco e potente per possederla.

« E poi ce lo siamo presi noi Badoni, per farci la fabbrica », ha chiosato trionfalmente GRB, strizzando l'occhio alle sue figlie.

Laura ha sorriso indulgente. Figurarsi se un racconto di suo padre non finiva con le gesta epiche di qualche Badoni. *La fabbrica, già...*

Una stagione nuova è ormai alle porte, per quanto riguarda la vita dell'azienda di famiglia. I tempi eroici della ricostruzione del Paese sono ormai conclusi da qualche anno. I ponti distrutti durante la guerra, le ferrovie interrotte, i locomotori da rispedire fiammanti lungo lo Stivale, i serbatoi da riempire nuovamente di greggio. Tutto è stato riplasmato, la mano del progresso e del cosiddetto boom economico ha attinto a piene mani dal ferro lecchese e dalle Officine Badoni. Ora la fabbrica si sta evolvendo, punta alle commesse internazionali, getta lo sguardo a una pagina successiva di storia imprenditoriale. Nuovi materiali, nuovi prototipi: si respira aria di grandi cambiamenti. Forse è la società stessa a solleticarli, o forse i capitani d'impresa sentono presagi di mutamenti d'epoca, buoni o cattivi che siano.

Giunto di fronte al lago, il gruppo di parenti si è incamminato verso l'elegante stecca a tre piani, intonacata di bianco: il vecchio Grand Hotel di Lecco.

Una lunga cancellata in ferro battuto corre parallela al cortile, mentre un elegante padiglione liberty è stato realizzato proprio al di sotto della balconata dell'ex albergo.

I camerieri hanno organizzato con cura gli spazi interni ed esterni: una mezza dozzina di tavoli ricoperti di fiori e bicchieri di cristallo, un angolo bar ben rifornito e tre strumentisti in completo grigio perla a darci dentro di classici italiani, pop, twist e cha cha cha.

L'atmosfera scanzonata ha subito contagiato l'intera comitiva, buona parte della quale ha presto abbandonato sedie, tavoli e formalismi vari per appressarsi al bancone dei drink e gettarsi a capofitto nelle danze.

Solo Laura, elegante nel suo abito lungo di chiffon color malva, ha evitato braccia e discorsi, incamminandosi oltre il cancello e attraverso la strada, accoccolandosi poi sulle gradinate di pietra che discendono fino a immergersi nell'acqua del lago.

L'espressione fatalista del figlio non l'ha lasciata tranquilla. Per niente. E dire che si era ripromessa di godersi a fondo quei giorni di ritorno in villa.

Lancia un altro sguardo indagatore verso Giuseppe, immerso nei festeggiamenti: i capelli crespi piegati dal vento, la mano che alza al cielo il bicchiere per il brindisi. Laura ancora stenta a riconoscere in suo figlio i segni palesi di rabbia o felicità.

Giuseppe sembra vivere una quiete che non è piena serenità, esibisce sorrisi senza gioia, orgoglio senza amore.

Lo sguardo di Laura si posa ora distrattamente sul vorticare schiumante dello champagne nel calice che lei stessa sta facendo roteare.

« Potevi prenderlo fermo, se non ti andavano le bollicine. »

Alle sue spalle compare Piera, anche lei a proprio agio dentro un abito blu marino, lungo fino alle caviglie. I capelli ricalcano mode ormai superate, gli angoli della bocca piegano in basso e anche fronte e zigomi rivelano che il traguardo del mezzo secolo è ormai raggiunto.

Si siede accanto a Laura, in bocca una Salem al mentolo. « Cosa succede, sorellona? »

Erano anni che Piera non la chiamava così.

« Che cosa gli ho donato? »

La sorella comprende subito di chi si parla.

« Una reggia o una gabbia? Una missione o una condanna? »

Piera inspira una lunga boccata di fumo. Il sapore del mentolo le brucia le narici. « L'una e l'altra, temo. Ma credo pure che non sia stata una tua scelta. »

« Cosa intendi dire? »

« Dovere e libertà. Libertà, e poi dovere. Tutte le nostre vite sono state scandite dall'oscillazione del pendolo. »

« Siamo Badoni. »

« Proprio così. Non rimproverarti troppo. Era scritto nel suo destino. Almeno da quando Antonio... »

« Lui però non era un Badoni. Quel cognome glielo abbiamo aggiunto noi... »

« Nostro padre, vuoi dire. »

« Noi lo abbiamo assecondato. »

« È sempre stato impossibile non assecondarlo. »

Una brezza leggera si è alzata intanto sul lago. Piccoli schizzi di spuma arrivano ai loro piedi, già liberati dalla tirannia delle scarpe da cerimonia. Le nuvole corrono veloci e le ombre giocano ad aggiungere tinte fosche o tocchi di luce alla tavolozza di blu e azzurri dell'acqua.

« Di chi parlate, sorellone? »

Sofia è elegante, l'abito di seta azzurra striscia sulle gradinate del lungolago. Anche lei ha in mano un drink. Anche lei non vede l'ora di levarsi le scarpe con il tacco. Anche il suo volto è solcato da una ragnatela di pensieri ed espressioni ormai cristallizzate in una trama permanente d'increspature sulla pelle.

« Di Giuseppe... » risponde Laura.

« E di nostro padre », aggiunge Piera.

Sofia sbuffa sonoramente, rivelando una bottiglia di champagne nell'altra mano. « E se riempissimo questi calici e cambiassimo discorso, invece? Per una volta potremmo anche parlare d'altro... »

« E di cosa? »

« Di amore. »

Le sorelle sorseggiano il vino godendosi il respiro del lago. La musica della festa, il chiacchiericcio e la baldoria dall'altro lato della strada restano rumori di fondo.

« Riflettevo su una cosa, poco fa », dice Sofia, lo sguardo rivolto alle montagne della sponda opposta. « Sul fatto che nessuna di noi ha vissuto la propria vita accanto al suo primo amore. Voglio dire, fa differenza, no? »

Laura e Piera si scambiano uno sguardo eloquente.

Dove vuole arrivare? Sono anni che le tre sorelle non parlano così intimamente delle loro esistenze.

« Ve lo ricordate, com'era? » insiste Sofia.

È Laura la prima ad aprirsi. Un ultimo sorso e, giocando con il calice già svuotato, parla con voce soffusa. « Io ero piena di una gioia selvaggia, di una felicità irrequieta della quale però fatico a ricordare i tratti. Come... »

« Un volto che non vedi da troppo tempo », completa Sofia.

« Sì, esatto. Ricordo vagamente ciò che provavo, ma è come se fosse un cocktail d'ingredienti che in seguito ho sempre assaporato da soli. »

« Cioè? »

« C'era questo senso di pace, ma insieme a un desiderio veemente di divorare gli istanti, i gesti e gli sguardi di lui. E poi c'erano energie formidabili, quelle energie che ti consentono di rimettere sempre insieme i pezzi di una relazione. Eppure... »

« Non c'era nulla da salvare », annuisce Sofia.

« Non ancora, almeno. Era strano. Sarei potuta andare in capo al mondo per tenermi quell'amore. Ma in fondo non era ancora diventato niente. Era tutto così piccolo e prematuro. Poi, quando c'è stato qualcosa da salvare, invece... »

« È andato tutto a scatafascio. »

« Precisamente. »

L'America. Quel tè che si è raffreddato per un intero pomeriggio da Borgese.

Laura sa che Sofia e Piera ricordano bene quella sua stagione di sofferenze.

D'un tratto, il vino pare sciogliere anche Piera. Che su questi argomenti non si sbottonava nemmeno a vent'anni. Figurarsi a cinquanta.

« Io ricordo di aver baciato per amore una volta sola. »

Laura conosce nei dettagli quella storia. E, ne è sicura, anche Sofia.

« Delfini? »

« E chi altrimenti? Stavamo a Firenze. Lui aveva bevuto. Molto. Ho preso quel bacio senza domandarmi nient'altro, ridendo, come si prende un fiocco di neve sulla lingua. »

« Mi dispiace così tanto, Piera », sussurra Sofia, afferrandole il braccio.

« Perché? »

« Perché eri così dolce, e stupenda. E lui così cieco e stupido. E più lui ti allontanava e più tu lo cercavi. Come quel giorno a Viareggio. »

Piera ride amaramente. « Ero con voi a Forte dei Marmi. Ho camminato tre ore sulla spiaggia per arrivarci, domandandomi cosa diavolo stessi facendo, ma senza trovare la forza di fermarmi e tornare indietro. È stato l'ultimo istante di felicità che ho provato pensando a lui. Intendo, il momento in cui ho guardato la porta di quell'appartamento. »

« Oh, Piera... »

« Se fosse stato lì, se quella porta si fosse aperta. Forse oggi staremmo tutte e tre guardando... »

Mio figlio. È questo ciò che Piera intende dire. Ciò che aveva sempre desiderato. Essere madre, essere la sua donna.

« Anch'io a volte mi domando come sarebbe stata la vita con il mio caro Mazzoleni », sospira Sofia. « Ci eravamo detti cose che io non avevo mai detto a nessuno. Era un amore adulto, il nostro, pieno di quel pudore e di quella tenerezza che hanno l'una per l'altra due persone già passate dai saliscendi della vita. Persone che sanno... »

« Sanno cosa? » domanda Laura.

« Di come le energie possano arrivare a mancarti a metà dell'ascesa. Ma noi due camminavamo aspettandoci, tenendoci per mano, provando a raccontarci cosa ci avesse portato sulla stessa strada e convincendoci che quell'ordito di casualità e bisogni reciproci potesse chiamarsi amore. »

« Io credo lo sia », dice Laura. Ed è quasi dura, artigliata con le unghie a quel brandello di verità.

« Certo, anch'io », conviene Sofia.

« Voglio dire, c'è tanta profondità nel condividere una strada. Molta più di quanto non raccontino le banali necessità del cammino. È vero, se ti perdi si è in due. Se la mia luce si oscura, c'è la tua. Se finisco l'acqua, possiamo dividerci la tua. Ma c'è anche un mondo intero di istanti che accadono mentre si è insieme. Cose belle da vedere, verità da respirare. Uno sciame di stelle cadenti durante la notte, un crocicchio inondato di viole e garofani. Sono memorie che restano deposte in entrambi. E poi, quell'avventura straordinaria d'imparare a riconoscere quanto manca all'alba dall'odore del buio, e quali luci ingannano la notte e quali no, e quali fronde fanno più ombra, e in quale istante del pomeriggio i colori sono più vividi e l'aria più tiepida e serena. » Laura piega lo sguardo verso la sequela di platani che ondeggiano al vento. « O almeno questo è quello che io ho imparato insieme all'uomo che ha fatto la strada con me. »

« Hai ragione, non si è mai semplici coinquilini dell'anima », concorda Sofia. « Si è compagni di viaggio, qualunque sia l'orizzonte del viaggio. E questo resta, per la vita. »

Piera tace, annuendo. Come sempre dentro di lei c'è un mondo intero che fatica a uscire. Forse le sue poesie un giorno lo racconteranno: le poche che ha pubblicato vent'anni prima, e l'infinità di parole e immagini che è ancora sepolta nel suo cuore.

Sofia si asciuga una lacrima.

Laura pensa al suo Giuseppe, alle sue sconfitte, alle sue rivalse. A come si è gettata in mare con una zattera che le onde hanno poi devastato. E a come lei non ha ceduto alle correnti e ha saputo rimettere insieme le assi e nuotare a fatica fino all'isola più vicina.

Mentre le sorelle fanno per alzarsi e tornare alla festa, rivolge loro un ultimo sguardo. Sospira, e parla. « A volte mi domando cosa ne sarà dei nostri sogni, quando noi non ci saremo. Che fine farà questa foresta di pensieri e di lacrime, di bellezza e tenacia. Sapete, baratterei volentieri un pezzo di vita con la certezza che tutto questo possa rimanere. In un modo o nell'altro. Vorrei che restasse quaggiù qualcosa di quello che ho amato e pensato, le strade che la mia anima ha trovato per sopravvivere al dolore e tornare ad amare e sperare. Senza presunzione, solo perché qualcuno le trovi utili, solo per ricordare alla gente che non siamo passati di qui senza amare, senza sognare, senza soffrire. »

« Senza vivere », sussurra Piera.

XVI

GIUSEPPE

Il bracciolo di velluto rosso

Come fermarti notte senza luna,
come fermarti nella mia memoria?
Tutto passa così rapidamente
come l'acqua che scorre sotto i ponti.
I più bei giorni, i giorni più felici
s'allontanano come navicelle
spinte dal vento sempre più lontano.
I momenti d'ebbrezza sono pochi,
gli altri giorni son tanti e tutti uguali.

PB

Istanbul, 20 ottobre 1973

Riflessa nello specchietto retrovisore del camion, la striscia d'asfalto è una spada di ossidiana che si allunga metro dopo metro, tagliando il mare perfettamente a metà.

L'autista la osserva dipanarsi alle proprie spalle mentre si avvicina alla fine del viadotto.

È partito quattro giorni prima da Francoforte e ora sta per entrare nella zona asiatica di Istanbul: mai nessuno prima di lui lo ha potuto fare. In effetti, è il primo veicolo che abbia mai percorso il nuovo ponte sullo stretto del Bosforo.

Smonta dall'autoarticolato al termine della passerella inaugurale, stordito dai flash delle macchine fotografiche, dalle strette di mano sconosciute di autorità, diplomatici, ingegneri e personaggi in completi scuri e caschetti bianchi. In cielo, nel frattempo, vengono liberati centocinquanta colombi bianchi.

Il pigolio metallico delle Leica si fa sempre più insistente quando appaiono sulla scena il presidente della Turchia Fahri Korutürk, accompagnato dall'attore Danny Kaye, il padrino dell'evento, arrivato per l'occasione direttamente da Hollywood.

Nel marasma di pecore, camionisti e colletti bianchi, si aggira con aria frastornata l'ingegner Kramer Badoni. Gli è difficile credere che la scena in cui si trova immerso non sia un sogno confuso, una fantasticheria disordinata.

Eppure, il ponte è lì davanti a lui: millecinquecentosessanta metri di acciaio che galleggiano a mezz'aria, scavalcando i mercantili che navigano sul Bosforo.

Si tratta del ponte più lungo mai realizzato in Europa, il primo in grado di connettere non due rive, ma due continenti.

Un capolavoro.

Sulla sponda europea, svettano due baionette parallele alte centosessantacinque metri: è la torre Ortaköy, funge da sostegno per i mostruosi cavi in acciaio che, come vere e proprie liane rampicanti che si avvinghiano a enormi tronchi elevati al cielo, sorreggono l'impalcato.

Dovrebbero chiamarla torre Badoni.

È costata anni di progettazione e altrettanti di lavori. Per realizzarla hanno dovuto creare una succursale dell'azienda vicino al porto di Palermo, trasferendo saldatori, progettisti e macchinari: è lì, in riva al mare, che sono stati forgiati i componenti per il nuovo ponte, così da poterli imbarcare e trasportarli via nave fino a Istanbul.

Si è trattato di una vera e propria corsa a ostacoli: ogni singola fase, ogni nuovo passo in avanti, ha letteralmente tolto il sonno a Giuseppe.

Ogni tappa dei lavori era una potenziale trappola, che avrebbe potuto mandare all'aria l'intera costruzione. Un solo errore di calcolo, una sola imprecisione dello stampo, una fornitura sbagliata d'acciaio e il progetto del secolo sarebbe crollato su sé stesso.

« Le presse riusciranno a piegare le lastre d'acciaio? »

« Sì, ingegnere, le piegano. »

« Le navi galleggeranno con un carico così pesante? »

« Sì, ingegnere, galleggiano. »

« Le sezioni combaceranno? »

« Sì, ingegnere, combaciano. »

« I cavi si aggancerанno? »
« Sì, ingegnere, si agganciano. »
« Gli stralli reggeranno? »
« Sì, ingegnere, reggono. »

Torschlusspanik. Giuseppe aveva appreso da suo padre il nome tedesco di quella sensazione. Una corrispondenza letterale in lingua italiana è introvabile, ma si potrebbe definire come « la paura del portone che si chiude ».

Una parola antica, coniata nel Medioevo per descrivere il caos che scoppiava quando suonava l'allarme per un nemico in avvicinamento, e le porte del castello iniziavano a chiudersi. Non riuscire ad arrivare in tempo per entrare tra le mura avrebbe significato rimanere isolati all'esterno, in balia dell'invasore.

Oggi è quell'ansia nervosa che cresce quando si avvicina una scadenza importante, la paura che cala di fronte a una scelta dalla quale pare dipendere la vita intera, il terrore per il tempo che scorre mentre a tutta velocità si avvicinano ostacoli che paiono insuperabili.

È la paura che prima paralizza e poi dà la scossa, disordinata e vivifica al tempo stesso: è il timore che prima fa tremare le gambe, e poi fa correre in preda all'adrenalina.

Finalmente Giuseppe sta per liberarsene: il baratro del fallimento è definitivamente superato, c'è un solido ponte che ora scavalca il pozzo nero delle sue apprensioni.

Durante i lavori, due enormi gru gemelle erano state montate proprio sulla cima dei piloni della torre per manovrare cavi, travi, sezioni. Era possibile scorgerle praticamente da ogni angolo della città, persino dai quartieri di Sirkeci e Sultanahmet.

Parevano due splendidi aironi gialli che volteggiavano sulla cima d'immensi cipressi. O forse due direttori d'orchestra che, con i loro bracci mobili sospesi tra le nuvole, dettavano il ritmo del coro di ruspe e macchinari. Danzavano su sé stesse, assecondando echi e litanie che la città ancorata al terreno non poteva sentire. Solo le due gru, sferzate com'erano dal vento incessante a quell'altezza, parevano comprenderne il ritmo.

Quando la torre era quasi ultimata, Giuseppe era voluto salire fin lassù: gli era sembrato impossibile che i manovratori potessero arrampicarsi tutti i giorni lungo l'infinita scala di pioli incastonati nell'acciaio della colonna portante per più di centocinquanta metri, completamente a strapiombo sul vuoto.

Nella cabina della gru risuonava senza posa, come un allarme, il sibilo delle improvvise folate che si scagliavano sulle giunture, oltre il precario strato di plexiglas a protezione della postazione di manovra. Centosessantacinque metri sotto i suoi piedi, le scie delle navi nel braccio di mare disegnavano ragnatele luccicanti sulla superficie dell'acqua, attraversando senza nemmeno rendersene conto la linea d'ombra proiettata dal ponte. Giuseppe era a lungo rimasto in silenzio, incantato da quel gioco di onde e di ombre che si baciavano e allo stesso tempo s'ignoravano.

Ora, però, anche le due gru sono state smantellate: il cantiere sospeso nel vuoto è definitivamente concluso.

È fatta, pensa Giuseppe, guardandosi intorno in quella folla disordinata, festante ed eccitata.

Una seconda voce sale tuttavia da un recesso del suo inconscio, si apposta sulla vetta di quell'incredibile minareto di cemento armato e lancia un'eco che solo lui riesce a sentire.

È finita.

L'ingegner Kramer Badoni evita abbracci, strette di mano, sorrisi sconosciuti.

Decide di uscire di scena senza dare nell'occhio, per fare discretamente ritorno in hotel.

Dicono che proprio al Pera Palace Hotel, nella camera 411, Agatha Christie abbia scritto uno dei suoi capolavori, *Assassinio sull'Orient Express*.

E forse è anche per questo che l'ingegner Kramer Badoni lo ha scelto come sua dimora a Istanbul.

Ama l'atmosfera rétro e intellettuale, il carattere elegante e raffinato, il gusto intramontabile dei preziosi tappeti dorati e scarlatti, degli enormi lampadari in vetro soffiato, delle scalinate in marmo italiano e dei pavimenti in legno intarsiato con il loro inconfondibile cigolio.

Ogni elemento incarna il senso di un classico del cinema o forse il gusto dandy ed esotico di certe pagine di Huysmans.

La grande hall d'ingresso ricorda al contempo un salotto parigino - e infatti l'ascensore in legno e ferro battuto, ancora in funzione, è stato il secondo realizzato lontano dall'America dopo quello della Tour Eiffel - e un palazzo ottomano.

I tavolini neri, lucidissimi, sono circondati da morbide poltrone cremisi. Il profumo aromatico e secco del tabacco avvolge quello della frutta secca e dei tè caldi, che i camerieri in livrea servono facendo sgorgare piccole cascate dalle teiere d'argento che si tuffano infine leggiadre nelle tazze in ceramica decorate con raffinatissimi intarsi color indaco.

Otto cupole a rombi verdi e gialli filtrano nel salone d'onore una luce ovattata che si adagia lenta sulle elaborate acconciature delle signore in paziente attesa, mentre assaporano dolcissimi pasticcini ai datteri, che i propri mariti finiscano il sigaro o il giornale. Anche tra queste mura intarsiate non si parla d'altro che del lungo miracolo d'acciaio appena inaugurato: la clientela, composta perlopiù da ricchi europei impegnati in viaggi d'affari, è elettrizzata.

Giuseppe Kramer Badoni, varcata la grande porta girevole del Pera Palace Hotel, si accomoda a uno dei tavoli più isolati, all'angolo destro della hall, e con un cenno dell'indice richiama l'attenzione del cameriere. «Spedisca al più presto questo telegramma», spiega, porgendo il piccolo cartoncino già compilato.

Il destinatario è un uomo di ormai novantun anni che a Lecco attende trepidante la conferma che il suo grande sogno è stato realizzato.

Suo nonno.

Viaggiare fin qui sarebbe stato troppo persino per lui. Ormai il vecchio patriarca trascorre gran parte delle giornate nella villa, circondato dai cimeli e dai ricordi. «È ancora in gamba», assicurano i medici, ma questo gli rende ancor più faticoso tollerare i domiciliari, imposti dall'età.

Il ponte è inaugurato // Europa e Asia sono unite // Missione compiuta // GKB

Portato a termine anche questo compito – «Mi raccomando, scrivimi appena il ponte sarà inaugurato», era stata la cristallina richiesta del nonno – Giuseppe si abbandona mollemente sulla poltrona, un piccolo divanetto d'antiquariato rivestito in velluto rosso e ricamato da fitti intarsi floreali.

Accarezzando la trama morbida della tessitura, un ricordo involontario lo riporta istantaneamente nel bel mezzo di una serata di una decina di anni prima, a Villa Badoni.

Lui, il nonno e Marta chiacchieravano amabilmente al termine di una cena come tante altre: in quel periodo Giuseppe stava muovendo i primi passi in azienda, mentre Marta aveva appena scelto di studiare Psichiatria, affascinata dai richiami della psicoanalisi e dalle inesplorate praterie di ricerche che illuminavano squarci sempre nuovi sui meccanismi della mente umana.

Era stata proprio lei a intavolare il discorso.

« Papà, dovresti calare un po' il ritmo, ormai non sei più un ragazzino », aveva proferito d'un tratto, con un tono ironico che non era riuscita del tutto a dissimulare – o, almeno, Giuseppe l'aveva registrata comunque – una certa apprensione per la salute del padre.

Benché avesse già superato il traguardo degli ottanta, continuava a lavorare senza sosta e il numero di pastiglie prescritte dai medici non faceva che aumentare.

« Sai, ho letto un interessante studio di due cardiologi americani, Meyer Friedman e Ray Rosenman. Hanno dimostrato che l'incidenza di malattie cardiache aumenta in pazienti che hanno una personalità di Tipo A. »

« Ovvero? »

« Ovvero gli impazienti come te, che non riescono proprio a vivere senza stress, che non stanno mai fermi, che odiano perdere tempo e non sopportano le frustrazioni. »

« Grande intuizione, alla faccia dei luminari », aveva ribattuto GRB, con la sua solita dose d'ironia. « Fin lì ci arriva anche la Mina, sai? Lei ce lo ha sempre detto: *'Par vif sa' e scampà vecc ghe vör: tante pape, poche pipe e mie pive'*. Per vivere sano e a lungo occorrono tante pappe, poca pipa e niente pive. »

Giuseppe aveva emesso uno sbuffo divertito.

Marta però non si era data per vinta. « L'articolo riportava anche un dettaglio davvero curioso: sai chi è stato il primo a rendersene conto? »

« Sentiamo. »

« Il loro tappezziere. »

Effetto sorpresa riuscito. Era stato l'artigiano – aveva spiegato Marta – a far notare ai due medici che le poltrone nella sala d'attesa del loro studio erano logorate sui braccioli ma non lungo gli schienali. Il motivo era che i pazienti tendevano ad aspettare il loro turno seduti sul bordo, senza appoggiare la schiena e tamburellando con le mani sui poggiagomiti. Un comportamento indice di un nervosismo generalizzato, di un modo di vivere sempre in tensione.

Giuseppe aveva sorriso all'aneddoto.

Il nonno invece no. Quel dettaglio aveva catturato la sua attenzione, accendendo un'intuizione. « Quel tappezziere ci ha visto bene, Marta, ma secondo me è arrivato alle conclusioni errate », aveva ribattuto in tono austero. « Non credo che i braccioli fossero rovinati per la qualità della vita dei pazienti, quanto per la ragione della loro presenza in sala d'aspetto. Vale a dire in attesa di qualcuno dal cui responso può dipendere la loro vita. » Il nonno si era quindi rivolto al nipote. « Una lezione per te, Giuseppe. Nella vita bisogna diventare quel genere di uomini nella cui sala d'attesa i braccioli sono consumati. Significa che l'essenzialità del tuo ruolo è certificata dall'atteggiamento di chi ti attende fuori. »

Quel ribaltamento di prospettive, quella visione pragmatica delle azioni umane, si era da allora impressa a viva forza nella mente di Giuseppe.

Diventare un uomo che genera tensione. Questo gli stava chiedendo suo nonno.

Niente di più lontano dai suoi desideri, dalle sue attitudini, dall'intima necessità di ricercare sempre e comunque una connessione, un filo di empatia con gli altri esseri umani. Il che gli rendeva così difficile, persino in azienda, interpretare il ruolo del capo, del superiore, dell'amministratore designato.

Dell'erede.

Qualche giorno dopo quella conversazione, fuori dal suo ufficio e da quello del nonno in fabbrica, erano state tolte tutte le sedie in acciaio tubolare, sostituite da GRB con una fila di comode poltroncine imbottite.

Giuseppe stringe tra le mani la vecchia lettera di suo padre. Se l'è voluta sentire addosso, nella tasca interna della giacca, in questa infinita giornata.

In fondo lo ha accompagnato per tanti anni. Doveva essere la bussola per raggiungere i suoi sogni, è stata la stella polare dei suoi rimpianti.

Con mani tremanti apre la carta ormai rovinata, lieve come un panno di seta. Pare quasi possa sfaldarsi tra le sue mani tanto è ingiallita e screpolata. Ma conta solo il gesto, non occorre leggerla. Conosce a memoria ogni parola. E la poesia, naturalmente.

Je m'en allais, les poings dans mes poches crevées.

Così inizia.

Rimbaud, la sua bohème, i pugni nelle tasche sfondate.

E poi sogni di amori splendidi, rime sgranate di un Pollicino sognante. Stelle che baluginavano in cielo durante notti passate sul ciglio della strada. Gocce di rugiada e sere di settembre.

E quel sogno di vivere d'arte, di essere libero, di conoscere il mondo per le sue verità interiori e non solo per la banale meccanica di ruoli e doveri.

Giuseppe lascia cadere il capo tra le mani. *Che ne è stato di quel sogno?*

L'albergo si riempie di un brusio in sottofondo.

Sembrano essere passate giornate intere, ma non sono trascorse che poche ore dall'inaugurazione del nuovo ponte.

Istanbul si sente al centro del mondo e un senso di entusiasta frenesia sembra inondare anche il Pera Palace: la si legge nei sorrisi orgogliosi dei camerieri, nei saluti calorosi e teatrali che si scambiano gli uomini d'affari eccitati per le prospettive che si aprono ora in questa parte del mondo, nella fremente attesa di un gruppo di signore che attendono l'arrivo del taxi al quale chiederanno di essere portate sul nuovo ponte.

Nessuno di loro sa che il merito di tutto questo è di quel giovane uomo in doppiopetto grigio che se ne sta seduto in un angolo di fronte a una manciata di fogli bianchi, sui quali sta scrivendo una lunga e fitta lettera.

Cara zia Adriana,

ce l'abbiamo fatta. Il nuovo ponte di Istanbul è realtà.

Ti scrivo dall'albergo più lussuoso della città, ma avrei preferito essere nel tuo piccolo eremo.

Per molti anni non ho mai compreso la tua scelta. Ho creduto che tu non avessi avuto il coraggio necessario, ero certo che alla fatica dell'ambizione avessi preferito la comodità della fuga.

Mi sbagliavo. Solo in questi ultimi mesi ho iniziato a comprendere la forza della tua decisione.

Non era una fuga. È stata una salvezza.

Per quanto mi riguarda, invece, nella vita non ho fatto altro che adeguarmi al volere altrui: ho trentacinque anni ormai e solo ora inizio ad ammetterlo con me stesso.

« Non riesco a legittimare i miei bisogni », mi ha spiegato uno psicoanalista (è stata Marta a convincermi a sentirlo). Secondo il dottore, sono convinto che per ottenere l'attenzione delle persone a me vicine debba necessariamente compiacerne ogni richiesta.

Sono stato Kramer, sono stato Badoni, e sono stato probabilmente anche Antonio (e tu sei l'unica in grado di capire cosa intenda).

Ma io, davvero, chi sono?

Tu sei riuscita a trovare una risposta per te stessa, io no.

Mi sono trasformato in uno specchio di aspettative altrui: quelle del nonno, che hai sperimentato anche tu, e quelle di mia madre.

È per ricucire le ferite della mamma che sono stato affidato a tuo padre, al nonno, alla vostra famiglia, alla vostra fabbrica.

Negli ultimi anni la realizzazione del nuovo ponte ha occupato ogni mio pensiero, ha intasato la mia mente, rubando tutto il mio tempo.

Ora che l'impresa è terminata, non provo tanto l'entusiasmo che mi sarei aspettato, quanto un senso di spaesamento: non riesco a capire in che direzione debba incamminarmi.

Già immagino quale potrà essere il prossimo compito che tuo padre mi affiderà: condurre l'azienda nel nuovo millennio. Il Duemila è più vicino di quanto s'immagini, ma temo che questa sia davvero una missione impossibile.

Il mondo sta cambiando rapidamente.

L'ho capito nelle scorse settimane, camminando sul

nuovo ponte in costruzione. Sono partito dalla sponda europea, dalla torre Badoni, e ho passeggiato solitario in direzione dell'Asia.

A piedi ho attraversato il mondo, si può dire. Abbiamo avvicinato l'Oriente: si stanno aprendo nuovi mercati e nuove economie, stanno prendendo forma nuovi modelli produttivi. Temo che per le Officine Badoni questo potrà rappresentare un serio ostacolo.

Come potremo far sentire la nostra voce in un mondo tanto vasto?

Forse non ho la tempra necessaria, non ho lo spirito di tuo padre. Non è bastata una nuova carta d'identità, e un nuovo cognome, a fornirmelo.

Ci ho provato, sai? Con tutto me stesso. Qualcosa di buono credo di averlo fatto, ma temo che il ponte che porta al nuovo millennio non potrà mai essere costruito.

Un abbraccio, cara zia.

Forse anch'io un giorno riuscirò a trovare il tuo stesso coraggio.

GIUSEPPE KRAMER

Il salone del Pera Palace inizia a svuotarsi.

I grandi lampadari si accendono e poco alla volta gli ospiti rientrano nelle loro camere a prepararsi per la cena.

È tempo che anche Giuseppe faccia lo stesso. Dovrà partecipare al ricevimento di gala organizzato dall'ambasciata. L'autista passerà a prenderlo per le 19.30.

Imboccando lo scalone in mogano, si avvia verso la sua suite, ma viene subito richiamato da uno dei camerieri.

« Mi scusi, ingegnere, ha lasciato qui i suoi fogli scritti. »

« Non si preoccupi, li butti pure via. »

XVII

ADRIANA

La lama di luce

Non crediate che non
sia stata felice
mi fareste un grave
affronto
felici bisogna
saperlo essere.

PB

Monastero della Visitazione di Santa Maria,
Milano, gennaio 1974

Suor Adriana percorre a passo svelto il porticato del monastero.

Sì, a passo svelto. La rapidità con la quale le varie attività s'inanellano quotidianamente l'una dopo l'altra non la sorprende più. E dire che era ciò che l'aveva maggiormente stupita al suo ingresso in convento: ricamare i paramenti, badare all'orto, pregare, inscatolare le conserve, pregare, mangiare, dipingere le icone, ancora pregare e ancora mangiare. Un elenco di mansioni che tuttora non cessa di sembrarle straordinariamente stridente con l'idea che le persone hanno di un'esistenza in clausura.

Il sacro tempio che tutti nel mondo esterno immaginano colmo di staticità e abbandono è in realtà un coacervo di azioni ricorrenti. Tutte compiute in perenne silenzio, questo è ovvio.

Tiene tra le mani un messaggio. L'ha trovato sul suo banco di lavoro il giorno prima. È breve e diretto. Qualcuno è lì per lei, a farle visita. Ha evidentemente superato l'altissima barriera di permessi e divieti. Quanto a lei, ha accettato di buon grado. Anche se...

L'assenza di parole e rumori era stata fin da subito l'elemento più difficile da accettare. Guardandosi alle spalle, durante le prime settimane dopo i voti, Adriana aveva immediatamente diagnosticato alla sua vita precedente il morbo di un drammatico bombardamento di suoni e discorsi. Persino la notte, aveva riflettuto, il tambureggiare delle lamiere in fabbrica riempiva il tempo dei suoi riposi. Nel rumore, così si era detta Adriana ripensando alle sue giornate in stabilimento, lei aveva trovato un rassicurante anestetico alla bufera di pensieri che le vorticava nell'anima.

Ritrovarsi all'improvviso immersa in un tempo ovattato, nel quale gli istanti cadevano al suolo con la delicatezza di cristalli di neve, l'aveva inizialmente sconvolta.

Il sole proietta il profilo delle arcate sulla pavimentazione in cotto del porticato. Un gatto attraversa pigramente gli spicchi di luce. Alla sua sinistra, in centro al chiostro, si staglia un'enorme croce in marmo bianco, appoggiata a un basamento di granito.

Ogni dolore, orgoglio, delusione e nostalgia le si erano affacciati alla mente in quei primi giorni di ritiro dal mondo. Non poteva fare altro che sentirsi disarmata, come di fronte all'aggressione di tanti sconosciuti. Giorno dopo giorno, però, quegli stessi pensieri che squarciavano come lampi il cielo plumbeo del suo tempo si erano finalmente rivelati per ciò che erano.

Pezzi di lei. Nient'altro che pezzi di lei.

Ci erano voluti alcuni mesi, è naturale. Poi, come d'incanto, suor Adriana aveva cessato di pensare al silenzio come a una forza ostile. Tutt'altro, era uno specchio: il più vero e limpido che avesse mai avuto. Un brivido sconosciuto la conduceva faccia a faccia alle emozioni che avevano fin lì attraversato le correnti più profonde della sua esistenza. Senza mai svelarsi, anzi cercando sempre il quieto riparo di un rumore di fondo o, peggio, dei surrogati di vere e proprie maschere umane.

Una su tutte, quel ruolo di erede prediletto che a lungo aveva provato a incarnare.

Suor Adriana attraversa la porta di accesso al corridoio. Dal refettorio fuoriesce il tintinnio delle posate sui tavoli. Una folata di vento scuote i vecchi serramenti in legno delle finestre. Suor Adriana avverte per un istante il tocco gelido di uno spiffero sulla guancia.

Dal giorno in cui se n'è andata di casa, sono trascorsi ormai più di vent'anni. Ogni cosa di quel tempo le sembra appartenere alla vita di un'altra. Il senso di un destino segnato, quel desiderio prepotente di voler assecondare la missione voluta per lei da suo padre. E poi quel viaggio rivelatore in mezzo al mare, l'ingresso in scena di Giuseppe e il fantasma di Antonio.

Il tempo le ha insegnato a vedere quelle sue bufere interiori soltanto per ciò che erano. Proiezioni di un'anima sull'altra, come un eterno gioco di lanterne cinesi. Un padre che giocava a infondere nei propri figli desideri mai desiderati, figli che si ostinavano a perseguire le strade di altri fratelli, una madre che doveva essere la madre di tutti.

Se solo quelle anime - tutte quante - avessero d'un tratto fatto silenzio. E spento la luce. Se avessero provato a guardarsi l'un l'altra per ciò che erano davvero. Senza pregiudizi reciproci, senza vincoli, senza la volontà di barattare i vivi con i morti, le ombre con i desideri.

Suor Adriana scambia un rapido cenno con la madre superiora. Come a dire che va tutto bene, che è pronta a vederlo. La madre superiora esce dalla stanza. Per un caso curioso, anche l'uomo al di là della grata compie un rito simile con le due donne che l'hanno accompagnato. Marta e Sofia rivolgono un gesto di saluto a suor Adriana. Quindi escono dall'ingresso opposto della sala.

Padre e figlia sono soli, ora. Tra loro c'è soltanto una grata metallica. Probabilmente l'ostacolo più blando tra tutti quelli che li separano da vent'anni.

Lui ha più rughe di quante lei ne ricordasse, ma ha per certo gli stessi occhi. Non ha rinunciato alla punta d'orgoglio dei suoi baffi, ma è decisamente più stempiato. Lei...

Lei sa di essere un'altra persona.

« Ciao, Adriana », sussurra l'uomo, quasi con deferenza.

« Buongiorno, papà. »

« Come stai? »

GRB la osserva a occhi socchiusi, quasi analizzandola, come se fosse di fronte a una tela rinascimentale. O forse sono solo le palpebre gualcite dai suoi novantun anni. « Non mi lamento. La mia età, sai... E con tutto quello che ho passato nella vita... »

Suor Adriana sorride con dolcezza. « Gli altri? »

« Bene pure loro. »

Ed eccolo, il silenzio.

Entrambi lo temevano, prima di mettere piede in quella saletta. Molto più delle parole, a dirla tutta. Sanno entrambi che nel silenzio possono riecheggiare le poche frasi che si erano detti a muso duro, parecchi anni prima. E le molte, troppe parole che non si sono mai detti.

« E Giuseppe? » domanda suor Adriana.

« Perché mi domandi di lui? »

« Lo sai... »

Certo che lo sa.

Suor Adriana abbassa lo sguardo e giunge le mani, come in preghiera. « Ha preso il tuo posto, immagino. Quello che nessuna di noi avrebbe voluto. Il posto che da sempre era riservato ad Antonio.»

Al nome di Antonio, suo padre ha un moto d'ira nello sguardo. Istantaneo, quasi impercettibile. Come un riflesso che non si spegne, una carica impossibile da disinnescare.

Gli ci vuole qualche istante per ritrovare serenità. «Proprio così.»

«Quindi, come sta?»

«È felice», risponde lui evasivo. «Almeno, credo...»

Suor Adriana sa bene che è una bugia. Non si può essere felici in quella veste, travolti dalla marea del futuro e dal reflusso del passato. Infilati a viva forza in una vita estranea.

Qualcosa nello sguardo dell'uomo che ha di fronte, tuttavia, la induce a credere sia una bugia che racconta innanzitutto a sé stesso. Ne è convinto, forse ingenuamente. Forse ne è stato la prima vittima.

GRB si accarezza la scriminatura dei capelli candidi, poi le dita scivolano lungo la guancia smagrita e accarezzano il mento. «Quindi tu non... voglio dire, non sei mai uscita da qui?»

«Quasi mai. Qualche visita medica, le elezioni... Rare eccezioni.»

Suo padre annuisce, soppesando l'idea di un'intera esistenza tra le mura di un edificio. Deve suonargli folle, disumana, una tortura inimmaginabile. «Davvero non hai mai voluto...»

«Vedere il mondo, dici?»

«Mai, nemmeno un istante?»

Questa volta tocca a suor Adriana inspirare profondamente e sfiorarsi lo zigomo con le dita. «Se devo essere onesta, in tutti questi anni ho imparato a levare peso da ciò che io posso o no volere per me stessa.»

Lei sa bene che suo padre non ha alcuna possibilità di

capire. Ciò che gli sta dicendo, ciò che gli sta per dire non rientra nemmeno in minima parte tra le sue coordinate mentali.

Eppure prosegue a parlare, come per inerzia. Perché lì dentro il tempo non esiste, e lei è ormai abituata a prendersi tutto il tempo che serve per portare alla luce un pensiero. Nessuna fretta, nessuna maschera.

«Tra le mura di un convento comprendi che la vita può essere qualcosa d'infinitamente più grande del semplice attrito tra desideri contrapposti. C'è un respiro profondo che anima le cose, il tempo, le persone. È un sussurro del quale ti accorgi solo quando tutto intorno tace. Potresti persino innamorartene, a certe condizioni. A quel punto, sarebbe impossibile scendere nuovamente a compromessi con il caos che c'è là fuori.»

Suo padre tace. E anche lei.

Molti istanti della sua vita precedente le risultano sfocati. Adriana ne ricorda vagamente il senso, riesce a incasellarli nel mosaico della sua esistenza in ordine cronologico. Ma non sa riviverli, non rammenta alcuna emozione.

Tutti tranne uno, l'ultimo.

Di quell'istante conserva invece un ricordo perfetto, vivido come la pellicola di un film. Il portone di legno del convento che si apre, i cardini di ferro che gemono lungamente, la suora sconosciuta che le tende la mano. Nella sua, di mano, giusto un bagaglio spartano. Qualche indumento intimo e pochissimi oggetti personali. Un libro, forse, e un paio di occhiali. Poco altro.

I suoi primi passi attraverso la soglia, la suora che la

osserva entrare e che, prima di volgerle le spalle, le fa cenno di seguirla. Lei che si gira un'ultima volta. Nella striscia verticale tra i due battenti del portone ormai prossimi a chiudersi, ci sono Piera, Marta e Sofia. La salutano, le mandano un ultimo bacio. L'ultimo frammento d'immagine è la mano alzata di Piera.

L'ultimo filo di luce si spegne, la serratura del portone scatta.

Buio. Giù il sipario.

C'erano voluti diversi mesi per rivederle. Una volta, addirittura, Sofia e Marta avevano sfruttato le elezioni politiche. Perché, sì, anche le suore di clausura hanno diritto a recarsi al seggio e fare il loro dovere di cittadine. Le sue sorelle si erano fatte trovare all'angolo della scuola elementare dove era stato allestito il seggio speciale, proprio alle spalle del convento. L'avevano abbracciata e baciata, le avevano lasciato in mano alcune lettere e una scatola di biscotti. L'avevano poi accarezzata con lo sguardo fino all'ingresso del convento. Questa volta Adriana non si era voltata.

Quanto a suo padre, invece, lui non era mai venuto al convento. Il tradimento della figlia, perché questo era in fondo ciò che pensava GRB, non l'aveva mai compreso. Né, tantomeno, perdonato.

Si erano scritti alcune lettere, certo. Tuttavia, leggendole, Adriana percepiva una misura fredda e contratta nelle parole. Come se una parte di suo padre sapesse che era giusto scriverle e un'altra lottasse invece per emergere dalle frasi cortesi, sbattendole in faccia tutto il dolore che Adriana aveva causato a lui e alla famiglia. In una delle lettere la definiva «il suo braccio destro mozzato». Non esattamente un cenno di pace.

Eppure gli anni passavano, rapidi e continui come reflussi di marea.

Adriana, suor Adriana, si domandava talvolta se sarebbe mai giunto il giorno in cui suo padre l'avrebbe guardata attraverso le grate del convento. E, ovviamente, cosa mai si sarebbero potuti dire, dopo che le loro strade si erano separate con tale fragore. Ma erano pensieri volatili, che fuggivano via dall'anima rapidamente. La scelta era compiuta, la sua esistenza era ormai votata al silenzio e alla preghiera. Non c'era più spazio per il rumore. Primo tra tutti, quello interiore.

C'era stato un solo periodo durante il quale Adriana era stata molto vicina a riaprire lo scrigno dell'anima nel quale aveva sepolto quegli anni terribili appena dopo la guerra.

Tre anni prima, alcuni sintomi apparentemente di lieve entità l'avevano costretta a qualche visita specialistica. Ne era uscita una diagnosi crudele, che lei non si attendeva.

Il tumore era in viaggio nel suo corpo. Non era esteso, non era disperato, ma andava fermato.

Le cure necessarie erano ovviamente cicliche, continuative e ben distanti dal convento. Adriana aveva quindi ottenuto il via libera per trascorrere alcune settimane a casa di sua sorella Marta che, nel frattempo, aveva avviato a Milano la sua carriera di psicoanalista. L'abitazione era a pochi passi dall'ospedale e la sorella aveva trovato una soluzione piuttosto curiosa per poterla ospitare. Per qualche settimana il suo studio professionale era diventato camera di Adriana. Il lettino da seduta psicoanalitica, il suo giaciglio.

Era stato in un giorno d'inizio autunno, quando i pomeriggi cominciano a stiracchiarsi in colori rosei e opalescenti, che Marta era entrata in camera di Adriana per portare alla sorella un infuso alla rosa canina.

L'aveva trovata rannicchiata sul suo lettino da seduta, come un piccolo corpo che cercava faticosamente un brandello di serenità fisica.

Adriana si era ridestata all'improvviso, come spaventata, ritrovandosi in un luogo diverso dal convento, in una stanza che non le era familiare. Per alcuni istanti pareva non aver nemmeno riconosciuto la sorella in quella sagoma che le si era appressata con gentilezza.

Marta l'aveva rassicurata. Era normale. Adriana, ridestando il ricordo dell'operazione chirurgica e della convalescenza, le aveva chiesto scusa per la brusca accoglienza e per la brevissima amnesia.

Marta non si era limitata a uno dei suoi sorrisi, timidi e accoglienti al tempo stesso, ma aveva aggiunto alcune parole che, a distanza di anni, Adriana ancora ricordava.

«Siamo *programmati* per farlo.»

Rimettendo i panni della psicoanalista, le aveva spiegato che tutti gli istinti biologici legati alla sopravvivenza attivano l'amigdala, un'area del cervello che trasmette l'impulso nervoso più velocemente di quanto non faccia la corteccia cerebrale, che invece è deputata ai pensieri cognitivi.

«Significa che prima l'amigdala ha lanciato l'allarme per la mia presenza, e solo dopo la tua mente ha valutato che io non fossi un pericolo.»

Adriana, che sotto il velo rimaneva comunque un ingegnere, si era detta affascinata. In fondo la meccanica, fosse anche quella degli esseri umani, non aveva cessato d'interessarla.

Nella penombra dello studio di Marta, le due sorelle avevano parlato a lungo. Senza che se ne accorgessero, il loro dialogo notturno era diventato un valzer, a movimenti concentrici sempre più stretti, sempre più vicini, sempre più intimi.

Adriana aveva confessato di trovare affascinanti le nuove frontiere della psicoanalisi e delle neuroscienze. Marta ne era rimasta sorpresa, convinta che istinto e impulsi nervosi fossero concetti inconciliabili con la vocazione.

« Non è così. Me lo hai dimostrato tu stessa », aveva sorriso Adriana, lanciando uno sguardo spossato ma penetrante al volto perplesso della sorella. « Prima, senza nemmeno accorgertene, *inconsciamente* diresti tu, hai detto che 'siamo programmati'. »

« Certo, la medicina lo fa derivare dalla biologia e dall'evoluzione. »

Ed era proprio quello il nodo, aveva ribadito Adriana. « Tu studi le persone per capire come siano programmate. Io prego, nel silenzio, per avvicinarmi a chi l'ha saputo realizzare. »

Adriana aveva allora colto nello sguardo di sua sorella una vibrazione diversa, forse l'emozione che, da quelle parole, potesse sgorgare l'occasione di affrontare per la prima volta l'argomento rimasto impronunciabile tra loro per anni.

E infatti Marta si era seduta alle sue spalle, sulla stessa seggiola che usava con i suoi pazienti. Forse era l'occasione di avere lì Adriana, nell'intimità di un contesto raccolto e familiare. Forse era la disposizione nella stanza, pensata per le sedute psicoanalitiche. Sta di fatto che aveva deposto l'infuso sulla scrivania, aveva incrociato le gambe e respirato a fondo con lo sguardo rivolto al soffitto.

Poi, senza guardarla negli occhi, glielo aveva chiesto. « Perché l'hai fatto, Adriana? »

Lo aveva pronunciato con tono professionale, levando ogni possibile connotazione inquisitoria.

Adriana non aveva nemmeno aperto gli occhi. Ma aveva iniziato a parlarle.

Le aveva detto cose che non aveva mai detto a nessuno. E che a nessuno mai avrebbe poi ripetuto.

La lama di luce gialla del sole si è spostata di almeno un metro dall'inizio del loro incontro. Quando suor Adriana si è seduta di fronte a suo padre, il riverbero le illuminava la manica destra dell'abito. Ora scintilla sulla grata, sfiorando già la parete della stanza.

« Sì, ma perché non tentare di spiegarmi tutto questo? Almeno una volta, prenderci per mano, come facevamo, e provare a spiegarmelo? »

Suor Adriana non può trattenere un sorriso indulgente verso le parole di suo padre. È palese che il tempo ha cancellato in lui la percezione di ciò che era la sua autorità, la sua aura splendente e intangibile, il suo sguardo severo e dominante. « L'ho fatto », sussurra lei.

« Ma... » fa per ribattere GRB.

Suor Adriana alza una mano, come per fermarlo. « Non con le parole, certo. »

« Ah. »

Padre e figlia si guardano negli occhi. È la prima volta da quando il dialogo è iniziato. Ciascuno di loro aveva fin lì ascoltato con lo sguardo basso, come per ricevere più in profondità le parole dell'altro. O forse perché quelle tracce di vecchiaia in GRB e quella tonaca bruna indosso a Adriana non rappresentano nulla di ciò che entrambi rammentavano l'uno dell'altra.

«Non ti accorgevi degli sguardi disperati che ti lanciavo ogni volta che parlavi della fabbrica? Del suo futuro, del mio futuro, come se fossero un'unica trama. Non ti sei mai accorto di cosa ha significato l'arrivo di Giuseppe?»

«Cosa?»

Ed è il momento di dirglielo.

Adriana lo aspetta da vent'anni. Forse avrebbe dovuto avere il coraggio di farlo quel giorno, quando invece si era limitata a comunicargli la decisione di andarsene.

Le parole le escono oggi con calma e lentezza, ne controlla il ritmo, e il dolore. All'epoca non ci sarebbe riuscita. «Che non faceva differenza tra noi, papà. Non importava. Serviva solo un suo sostituto. Di Antonio, intendo.»

«Adriana...»

«E allora ho capito. Pregando, parlando con quel sacerdote che girava per casa. Che nel mondo ci sono così tante persone costrette a forza dentro esistenze che non vogliono, che non cercano, che non ameranno. E poi, al contrario, che c'è qualcuno che può prenderti per mano, con l'amore di un padre, e indicarti una strada che è solo la tua. C'è tutta la differenza del mondo, papà...» Suor Adriana alza lo sguardo e improvvisamente le sembra che suo padre sia più magro e più curvo di quanto non fosse pochi istanti prima.

Anche la voce sembra aver perso nitidezza, come l'eco di una persona che sta svanendo. «Vedi, quel giorno là...»

«Lo so, papà...»

«No, non tutto.»

«Quel giorno qualcosa è finito per sempre. La visita a

Roma, al ministero, in cerca di una notizia, è stata terribile. Tutti quei numeri che volavano nella stanza. Trecento morti, cinquecento feriti, mille prigionieri, diecimila dispersi. E Antonio, nel mare o altrove, era uno di loro. Come un filo d'erba in un prato. Era tutto troppo terribile. Non si può accettare che la persona più cara al mondo finisca senza un gemito dove l'intero mondo viene inghiottito. Non si può e basta. Deve pur esserci una strada diversa, no? Un cammino separato, qualcosa che renda merito dell'unicità di quell'anima, per come tu solo l'hai conosciuta e amata. Forse erano pensieri stupidi, la follia di un padre. Ma è così che pensavo: Antonio deve aver semplicemente preso un'altra strada.»

Suor Adriana ascolta, sente gli occhi inumidirsi. Vorrebbe stendere la mano verso il padre. D'istinto muove il braccio, ma... la grata è lì, fredda.

GRB scuote il capo. «Era già successo. Mio fratello, mio padre e mia madre. E mia moglie Adriana, il mio primo amore...»

Suor Adriana ricorda bene la complessità di quegli anni. Le sue quattro sorelle e il fratello costretti a vederla ritratta nel quadro e poi a dover chiamare madre un'altra donna. Era tutto così caotico e doloroso. «Era tutto così ingarbugliato, vero?» sospira.

GRB sorride amaramente. «Non sono mai stato bravo a districare matasse. Il mio mestiere era rifondere la ghisa, Adriana.»

«Sei stato un bravo padre e un grande ingegnere. Hai forgiato persone eccezionali e straordinarie imprese. Questo, nessuno potrà mai levartelo.»

GRB ha lo sguardo di un uomo che ha trovato il suo pensiero felice. E intende portarselo nel cuore sino alla fine. «Addio, Adriana», le sussurra avvicinandosi alla grata. « È tempo di lasciarti al tuo silenzio. Spero di rivederti. Anche se, francamente... »

La figlia gli rivolge un cenno bonario come a dire: *È Lui che decide, non pensarci.*

GRB la guarda per alcuni istanti, come se volesse imprimersela nella memoria. Quindi si alza, fa un passo verso la porta, poi ci ripensa.

Torna alla grata e cerca con lo sguardo quel cassetto di comunicazione di cui evidentemente gli hanno parlato.

Adriana lo apre dalla sua parte, ricevendo tra le mani un quadernetto nero. « Cos'è? »

GRB parla e intanto arretra verso l'uscita. « Sono cose che ho scritto da ragazzo, più giovane di te quando hai fatto la tua scelta. Forse troverai delle risposte a ciò che ci siamo detti, o forse no. Ma le lascio a te. Serbale in questo tuo silenzio. Forse anche questo pezzo della mia anima, come la tua, troverà la sua strada. »

E poi esce.

La luce del sole è ormai solo un sibilo dorato.

Suor Adriana attende nella stanza diversi minuti. Attende che le parole si plachino, depositandosi sul fondo del cuore come fiocchi di neve. Attende che anche il chiarore dei vespri scompaia, lasciando la stanza in penombra.

Attende, immobile.

Il silenzio è tornato.

Primavera 1901

So cosa tutti si aspettano da me. Ferro, baldanza, disciplina, coraggio. Ma loro non sanno.

Pochissimi sanno, in realtà.

Quando avevo sei anni è morta mia madre, Laura. A dieci, mio padre Antonio. Che sciocco, allora, a pensare che l'elenco dei dolori fosse finito. Alla collana della mia solitudine ho dovuto aggiungere Piero, Rita ed Elisa, fratelli cari.

Prima di loro era toccato a Giulia appena un soffio dopo la nascita. L'ho accompagnata nel suo ultimo viaggio. I suoi occhi neri avrebbero dovuto vedere il mondo, e luci sconosciute inondarli di vita e libertà. Invece se ne stava lì dentro, immobile. Dormiva serena, mi ha detto la zia Rosa. Ma Giulia era piccola, e forse aveva paura. Avrei voluto stringerle la mano, avergliela stretta più forte e non averla lasciata andare via.

Come si fa a non lasciare che il vuoto si prenda coloro che amiamo di più? Come si fa a convivere con la paura di perderli? Come si fa a restare qui, mentre tutti se ne vanno?

Qui dentro, a scuola, non sto bene. L'ho detto alla zia Rosa. Non è il fatto della sospensione, quelle sono stupidaggini politiche. No, è il modo in cui mi guardano, mi disprezzano. Come se la solitudine fosse un peccato da espiare, come se il dolore fosse un marchio da levare a forza dalla pelle. Qui dentro è come un tunnel, una caduta infinita durante la quale nessuno pare intenzionato a porgermi la mano. Non ce la faccio più, dav-

vero. Vorrei solo quel po' di pace che ciascun essere umano ha diritto ad avere.

Da alcune notti sono tornato a sognarli. Sento distintamente le loro voci, ma una fitta caligine li avvolge e fatico a riconoscere i loro volti. Stanno svanendo, e io sono ancora più solo. Che ne sarà di me quando anche i ricordi mi avranno abbandonato?

EPILOGO

[...] *quando si leva il vento*
e frusciano le foglie secche
contro le imposte malferme
se dormiamo
vegliano sui nostri dolori
sullo struggimento dei nostri cuori
a miriadi le stelle.
Non conosciamo il mondo che comincia,
di là dai monti, di là dal lago.

PB

Estate 1996

In quanti pezzi può rompersi un'anima?

Bella domanda. Tanti. Troppi. Infiniti.

E ogni frammento corre il rischio di ferirne un'altra, di anima. E poi un'altra, e un'altra ancora.

I grandi platani si sono placati.

L'ultima brezza serale, umida dei vapori del lago, li accarezza appena. Non pare nemmeno si muovano, tutt'al più che respirino.

Quand'era bambina, Marta credeva di comprenderne a fondo ogni sussurro. Le fronde scandivano un lessico consueto capace di raccontarle i segreti della casa e della sua famiglia. Crescendo, a Marta era sembrato di non capirli più.

Non tacevano, però. Questo era certo. Solo, era come se improvvisamente parlassero un'altra lingua.

Oggi no. Nel silenzio del parco, tra un respiro e l'altro della città, sono tornati a parlarle.

Una parte di te lo aveva sempre saputo, vero? Tuo padre aveva nascosto la memoria di quel piccolo ragazzino triste, solitario, deluso dal mondo.

Non lo avevi intuito già anni fa? Forse eri troppo giovane per ammetterlo.

Marta tiene in grembo il quadernetto nero, il diario di suo padre. Da alcuni minuti ha terminato di leggere i suoi sette anni di memorie, le pagine di un adolescente che prova con ostinazione a farsi uomo. Un'emozione profonda le riempie il cuore. Come se d'un tratto suo padre le avesse parlato, con tono profondo e parole nuove.

Non sapeva. Nessuna di loro aveva mai saputo.

Era impossibile immaginare che ci fossero tracce di fragilità in quell'uomo d'acciaio.

Impossibile, ma è così.

E ora Marta ripensa alle tante crepe aperte nella sua famiglia, a quei progetti che il padre proiettava sulle vite altrui. Salvo poi vederli crollare, e soffrirne come di fronte al perpetuarsi di un lutto indicibile. Quello stesso dolore, evidentemente, traeva origine dagli anni più lontani della sua vita: un nucleo di sofferenza che ogni volta ridiventava fiamma, come un bozzolo di stracci incatramati.

Il diario non mente.

Tanti piccoli segni ti avevano mostrato quel suo pezzo di anima. Ma era così difficile crederci di fronte alla sua presenza vigorosa, ai suoi occhi sicuri, ai suoi sorrisi brillanti. A quel modo che aveva di agguantare per la collottola la vita sua e quella degli altri.

Era così difficile che hai finito per dimenticartene.

E invece bastava scavare più a fondo.

Non erano state solo la morte di Antonio e la fuga di Adriana ad amputare pezzi d'animo dal cuore di papà.

Persino dover affrontare la scomparsa della prima Adriana, sua moglie, non era stata una prova nuova per GRB.

Il gioco dei dolori e delle illusioni era iniziato presto per lui. Troppo presto.

Marta ritorna alle pagine iniziali.

Su questo quadernetto voglio riportare alcuni momenti della mia giovane esistenza, alcune tenzoni del mio cuore, alcune gioie d'esso e anche alcuni momenti tristi nei quali penso ai cari lontani.

La verità è che non riesce a separarsi da quel diario. Sente il bisogno fisico di stringerlo a sé. Perché è prezioso, perché è vero. Perché vorrebbe abbracciare quel giovane uomo, e non può. Sussurrargli parole di serenità, raccontargli cosa sarebbe diventato nonostante tutto. E cos'altro ancora avrebbe potuto costruire se solo avesse accettato di lasciarsi alle spalle i suoi dolori.

Il fruscio delle pagine pervade il cortile.

Mio padre, il grande creatore di sogni, ispirazione di una città, ideatore di strade e ponti gettati sugli abissi.

Mio padre, ragazzo solo e solitario, privato di sei fratelli e dei genitori prima ancora di potersi affacciare alla maturità.

In quanti pezzi può rompersi un'anima?

Marta sfoglia, e sfoglia ancora. Sembra colta da una smania febbrile di legare a sé le parole, le frasi, le espressioni d'ingenuità e di amarezza di suo padre. Prima che il tempo le possa cancellare un'altra volta, come aveva fatto per quasi un secolo. Prima che gli anni sbiadiscano i volti e i nomi.

Proprio attraverso i nomi, GRB aveva legato i destini della famiglia l'uno all'altro, in un eterno reflusso che allontanava però palmo a palmo la sua salvezza, il suo distacco dai primi dolori. Non li esorcizzava. Anzi, li replicava. Anno dopo anno, stagione dopo stagione. Un eterno gioco al massacro della sua stessa anima.

Antonio e Laura, i due genitori sottratti a quel bambino impaurito.

Laura e Antonio, la primogenita e l'erede.

Adriana, la prima donna che aveva amato, la prima promessa di felicità per una vita già segnata dalle cicatrici.

Adriana, la prima figlia di una nuova moglie, quel nuovo inizio che doveva intrecciare futuro e memoria.

Giuseppe, il nonno che aveva reso grande la fabbrica.

Giuseppe, il nipote che lui si era preso di forza, incredulo del fatto che il destino gli riservasse un secondo erede dopo la morte di Antonio.

La morte di Antonio, sì. Quella davvero aveva cambiato tutto. Aveva ributtato suo padre dentro un calderone d'incubi e lutti che credeva di essersi lasciato per sempre alle spalle.

Angoscia abbandonica, scriverebbe Marta sulla cartella clinica, se solo si trattasse di un suo paziente in analisi. Perché in fondo leggere quelle pagine è ascoltare un'anima nella sua interezza.

Le tessere iniziano a prendere forma, a incastrarsi l'una nell'altra: per tutta la sua esistenza GRB non ha fatto altro che provare a tenere saldate a sé le sue creature. Tutte, pur di non dover più fare i conti, ancora, con il dolore degli addii.

Quello di Laura, fuggita prima in America e poi in Germania. Quello di Adriana, esiliatasi in convento. E ovviamente quello di Antonio, l'unico maschio, sepolto nel cuore del mare.

Chi era stato a negarne pubblicamente la sorte per oltre quattro anni, e a fare della sua morte una parola innominabile? Di chi era stata quell'ostinazione rabbiosa e ingenua?

Di GRB, del capitano d'azienda esperto e autoritario? Oppure del piccolo GRB, quel ragazzino vestito di nero, con gli occhi cerchiati e i capelli bagnati di pioggia, che aveva accompagnato al cimitero sei fratelli e i suoi due genitori?

In tutto questo, forse una cosa sola poteva salvarlo. E suo padre, Marta ora se ne rende conto, ci si era aggrappato come a un galleggiante nel mare in tempesta.

Il lavoro. Il sacrificio. La dinastia.

La fabbrica.

Ora non c'è più nemmeno quella.

Marta alza lo sguardo: è svanito tutto. Solo la vecchia mensa si è salvata, l'unico angolo dello stabilimento che non è stato divorato da ruspe e cemento.

Marta chiude il diario.

I denti di leone sul prato, il vecchio muro di cinta che portava allo stabilimento; alle sue spalle la facciata della villa, l'intonaco, le piante rampicanti sui graticci, la ghiaia che tante volte sentiva rastrellata al mattino: tutto le sembra diverso, come quella volta in cui la notizia della scelta di sua sorella Adriana era comparsa sulla lavagna nera della cucina.

Perché la villa, Marta ormai lo ha capito, non è mai stata né un eden né l'inferno. Solo lo specchio spietato di tante anime, spesso incapaci di comprendersi l'un l'altra. Ciascuna alla ricerca disperata di un brandello di pace e libertà.

È per questo che vede ora la villa mutare nuovamente forma, forse per l'ultima volta.

C'era un tempo in cui lei era bambina, e correva a perdifiato attraverso il prato e lungo la fiumicella, verso il cancello che dava sullo stabilimento. Ogni cosa pareva avvolta da un incantesimo. Poi era arrivato quel giorno, e una fitta caligine pareva essere calata sulla villa, come una maledizione.

Quando anche lei se n'era andata da lì, non credeva sarebbe stato per sempre. Di fatto, però, non era più tornata.

Fino a oggi.

Da allora tante cose sono cambiate.

Suo padre è morto nel 1974, facendo appena in tempo ad ascoltare l'eco lontana di quel capolavoro che aveva affidato a suo nipote Giuseppe: il ponte sul Bosforo. Il lascito era completato. I suoi settant'anni di fatiche per la fabbrica e il nome dei Badoni potevano dirsi finiti. La sua vita terrena era durata poco oltre.

Piera è morta nel 1989, all'ingresso della villa che non aveva mai abbandonato: non ha mai più pubblicato poesie dopo il 1968, né si è mai sposata. Ha salutato il mondo esalando l'ultimo respiro da sola, nella quiete di una sera d'autunno. Quell'ultimo sussurro è stato la sillaba finale di un lungo intreccio di rime, di sogni e di silenzi.

Sofia ha trascorso il resto della vita riavvicinandosi al suo primo amore di gioventù, appassionandosi a tutto ciò che poteva stare dentro la sagoma delle sue quattro dita congiunte. Aveva ormai imparato a osservare il mondo, e in fondo la sua stessa città, con occhi diversi.

Laura e Rudi hanno vissuto in Germania, tornando sporadicamente a Lecco. Laura, cagionevole di salute fin da ragazza, è morta nel 1982. Rudi, legato a lei da quegli amori che sanno diventare destini, se ne sarebbe andato sette anni più tardi. Suo figlio, Giuseppe Kramer Badoni, è rimasto a capo della fabbrica sino al fallimento. Come aveva ampiamente previsto, ha osservato con una certa impotenza il mondo cambiare intorno allo stabilimento e alla sua storia. Tutto si è fatto improvvisamente diverso, come un terremoto. Ripensando a quel giorno in funivia con suo nonno, si è convinto di essere vissuto tra due giganti. Passato e futuro, memoria e veggenza, l'inizio arrembante e il finale di partita.

Adriana si è spenta nello stesso convento nel quale era entrata quarant'anni prima. Al suo funerale Marta ricorda di aver sentito intonare pochissimi canti e litanie. C'era soprattutto silenzio. Tanto silenzio.

La fabbrica Badoni è fallita nel 1993. Non ci è voluto molto perché le ruspe e le betoniere invadessero gli stabilimenti, divorandoli come termiti e ricostruendoci sopra i loro assurdi formicai. Poco importa, però. La città è un'altra città, la gente è gente diversa. Tutto è mutato, e forse fare piazza pulita di tutto è stata una delle licenze più oneste che il tempo abbia concesso ai Badoni, e alle Officine.

Di tutto quanto, rimane solo la vecchia mensa aziendale, con i suoi profili gotici e le sue arcate. E la villa, ovviamente. Ma il legame che le univa si è spezzato, si può dire vivano vite separate. Nuove storie, nuovi inizi.

Marta accarezza il diario. Ora è suo, ed è dentro la villa che lo custodirà.

La ghisa. Vero, papà?

In fondo è così che deve finire.

Si può rifonderla, la ghisa. Questo è certo. Cosa ne venga fuori, però, resta un grande mistero. Raccontarlo è così difficile.

Il rischio è che la voce si strozzi, che le parole si diluiscano in mille rivoli di memoria, che ristagnino in mille mulinelli di sguardi e segreti.

Viverlo, si deve. Viverlo e basta.

NOTA DEGLI AUTORI

Una casa di ferro e di vento ha un debito di gratitudine verso Marta Badoni, ultima tra le figlie dell'ingegner Giuseppe Riccardo Badoni.

Averla conosciuta e averla vista riavvolgere con acuta dolcezza il filo dei suoi ricordi si è rivelato il privilegio umano e la fonte primaria del nostro romanzo. Marta non si è limitata a consegnarci memorie sparse e singoli fatti, vale a dire quella che potremmo definire la superficie pubblica delle sue vicende familiari. Con lo sguardo rasserenato e trasparente di un'indagatrice di anime, ci ha soprattutto narrato gli stessi squarci e le verità profonde che animano il movimento narrativo di quest'opera.

Quanto ai protagonisti del romanzo e alle vicende narrate, sono in gran parte reali e testimoniati - oltre che dai ricordi di Marta - anche dai documenti custoditi nell'archivio familiare (tutelato dal Comune di Lecco), dalle lettere scritte da Antonio Badoni dal fronte e dalla breve (ma aperta e leale) raccolta di memorie di Sofia Badoni, stampata a Lecco negli anni '90 in tiratura limitata. Per quanto riguarda parole, abitudini e dettagli caratteriali di ciascun personaggio, possiamo definirli come il giusto compromesso tra elementi reali e necessità di rappresentazione romanzesca.

E poi c'è lui, il vero «protagonista» del romanzo. Il diario giovanile di GRB esiste realmente, ed è stato realmente rinvenuto solo di recente nello scomparto di uno scrittoio (una circostanza che abbiamo ritenuto fin troppo romanzesca, persino per un romanzo). Nell'opera sono citate integralmente solo le pagine che la famiglia ha di recente scelto di rendere pubbliche a margine di una mostra relativa alla storia dell'azienda Badoni. Le altre, per scelta, sono aderenti al senso dei pensieri di GRB, ma non riprodotte letteralmente.

Le poesie di Piera Badoni, che aprono ogni capitolo del romanzo, sono tratte dalla raccolta *Felicità, che pure esisti*, a cura di Alba Caprile (Periplo Edizioni).

Per esigenze di sviluppo narrativo, è stato necessario introdurre alcuni scostamenti nella datazione degli eventi: a titolo di esempio, nel romanzo le vicende che vedono tristemente protagonista l'architetto Giuseppe Mazzoleni sono posticipate di tre anni rispetto al loro reale svolgimento, nel 1938.

Nemmeno la Mina è un personaggio inventato. Al secolo Giuseppa Tentori, è stata la governante di Villa Badoni dai primi anni del secolo al 1984. Alla sua morte, è stata sepolta nella cappella della famiglia Badoni. Sulla lapide sono state incise solo tre parole: LA NOSTRA MINA.

Villa Badoni esiste tuttora. L'aspetto esterno è rimasto quello originario, mentre all'interno gli spazi sono stati sezionati e suddivisi in diverse unità abitative. Sono reali i due platani, il giardino, la fiumicella ora interrata che conduceva all'accesso agli stabilimenti. Sono reali i comparti edilizi circostanti, sorti dopo l'abbattimento della fabbrica. Di essa oggi non rimane che l'edificio neogotico che un tempo ospitava la mensa dei lavoratori, sottoposta a tutela artistica e riaperta alla comunità dopo decenni di abbandono solo nel 2024, come spazio culturale e di aggregazione.

Giuseppe Riccardo Badoni, GRB, in questo libro perde parte dei suoi caratteri reali e storiografici per diventare a tutti gli effetti personaggio del romanzo. Per questa ragione, ne risultano esaltate peculiarità e contraddizioni umane ed esistenziali. Occorre tuttavia ribadire la pregnanza assoluta della sua figura pubblica, oltre che imprenditoriale. Fu fondatore e presidente dell'Associazione Goliardica Milanese, presidente della Società Canottieri Lecco per quarant'anni, a capo della Camera di commercio, consigliere comunale, presidente delle mostre Quinquennali Lecchesi, fondatore e presidente dell'Istituto Vittorio Emanuele III per la cura e la profilassi della tubercolosi, artefice d'interventi per la realizzazione di nuove scuole e istituti professionali e sostenitore d'iniziative di promozione sociale.

Come il primo, anche l'ultimo pensiero è per Marta Badoni.

Scomparsa a maggio del 2024, a ottantacinque anni, non ha potuto vedere ultimato il romanzo che a lei, necessariamente, è dedicato.

Questo libro è stampato col sole

Azienda carbon-free

Certificato PEFC
Questo prodotto è realizzato con materia prima da foreste gestite in maniera sostenibile e da fonti controllate
www.pefc.it
PEFC
PEFC/18-31-226

Fotocomposizione Editype S.r.l.
Agrate Brianza (MB)

Finito di stampare
nel mese di settembre 2024
per conto della Casa Editrice Nord s.u.r.l.
da Grafica Veneta S.p.A. di Trebaseleghe (PD)
Printed in Italy